陪　夜

朱山坡

济南出版社

"文学新势力"文丛·序

张清华·邱华栋

2012 年 10 月，莫言荣膺诺贝尔文学奖，再度激发了国人的文学激情，也唤醒了各界在文学教育方面的旧梦。这其中就包括北师大。因为一段至关重要的学缘，莫言曾于 1991 年获得了北师大授予的文学硕士学位，而此刻，作为母校的师大自然倍感荣耀，遂立刻决定成立北京师范大学国际写作中心，并邀请莫言前来担任主任。中心成立之初，其核心职能便被提到了议事日程，这就是文学教育和创作人才的培养。

需要稍加追溯前缘，才能说明这套文丛的来历。1988 年，由当时在研究生院任职的童庆炳教授牵头，由北京师范大学提供学制条件，牵手中国作家协会所属的鲁迅文学院，共同招收了首届作家研究生班。那时的学位制度还相对处于比较早期的阶段，各种规章还没有现在这样严苛和完善，所以运作相对容易，招生考试环节也相对宽松。因此，一批在当时的文坛已崭露头角的青年作家，便被不拘一格，悉数收罗。之前，他们中的很多人并未受过太正规的教育，刘震云几乎是唯一一个，他是北京大学中文系 77 级的本科毕业生，系出正宗名门。余华便只是在浙江海盐上过中学；莫言之前虽有在解放军艺术学院文学系学习两年的经历，但更早先却是连中学教育也不完整；严歌苓、迟子建等差不多都只是受过中等专业教

1

育；其他人我们未做过严格的统计，但可以肯定，其中多数未曾上过大学。然而不容置疑的是，这些人是那时中国最具希望的一批，是青年作家中的翘楚，未来文坛的半壁江山。从这里出发，二十年过后，他们的确未负众望，为中国文学争得了至高荣誉，也几乎成为一代作家的代言人。

很显然，这一传统成为北师大和鲁迅文学院共同的一个记忆，一笔不可多得的财富，无论从哪个角度看，这都是两所学校引以为豪的历史。在这样一个背景下，再续昔日文学教育的前缘，找回这一无双的荣耀，也就是很自然的事情了。

因了以上的缘由，2016年，北师大校方经过认真研究，参考过去的合作模式，从全校不多的单招单考的硕士名额中拿出了20个，交由文学院和国际写作中心，来寻求与鲁迅文学院合作，并于2017年秋季正式招收了"非全日制"学术型文学创作硕士研究生。为了省却过于烦琐的制度性限制，我们特地在中国现当代文学专业二级学科下，设立了"文学创作方向"，并采用了学术导师加创作导师相结合的培养模式，以给学员创造更为合适和充分的学习条件。鲁迅文学院则为他们提供居住和学习的物质条件，提供尽可能好的一切形式的支持，并拟在培养方案中结合鲁院的讲座制培养模式，两相结合，尽显特色互补的优势。

同时还必须指出，有几位至关重要的人物支持了这项事业。时任北师大党委书记的刘川生教授、校长董奇教授，他们在推助写作中心的文学教育工作方面给予了大力支持，在制定相关体制机制方面也给予了诸多方便；晚年在病中的童庆炳教授，多次勉励我们传承好过去的经验，大胆探索，争取把工作尽早落到实处。中国作协这一方面，作协党组、特别是铁凝主席也同样给予了积极支持和热诚关怀；分管鲁迅文学院工作的吉狄马加书记，则在工作中给予了非常具体的关心和指导。

参与该项工作，制定合作规划、培养方案、课程体系，以及日常服务管理等诸项事务的，便是本文的两位作者，时任鲁迅文学院常务副院长的邱华栋，和北师大文学院负责研究生教育的副院长兼国际写作中心执行主任张清华。整个过程中，要想实现两个职能完全不同的单位之间的密切合作，在所有培养工作的环节上都无缝对接，是一个至为琐细的工作，难以尽述。好在这不是一个"工作汇报"，我们在此也就从略了。主要想说明的是，两校之间目前的合作进行得非常顺利，一切都在愿景之中。

迄今为止，该方向的研究生已经招收了三届，共56人。从总体情况看，达到了预期的要求。在学员中，有鲁迅文学奖获得者乔叶、鲁敏，有多位全国少数民族文学奖获得者，有"70后""80后"广有影响的青年作家，像东紫、杨遥、朱山坡、林森、马笑泉、高满航、闫文盛、曹谁、曾剑、王小王，等等，他们在文学创作上都已经有了相当出众的成绩，或是十分丰富的经验，然而他们共同的诉求，又是都有"充电"的渴望，有成大家的梦想，所以因了冥冥中某种命运的感召，汇聚到了一起。

关于文学教育，历来也是分歧明显众说不一的，有人坚称"大学不培养作家"。这话一定程度上是对的，大学的使命很多，成败胜负的确不在乎是否出产了一两个作家。但这话的"潜台词"值得商榷——其意思是有轻蔑的，是说"你培养不了作家"，"作家不是谁培养出来的"。这当然也对，没有哪个大学敢说自己"培养"了几个作家，而只能说，那儿"走出了"哪些个作家和诗人。但这么说是否意味着文学教育是无必要的呢？似乎也不能。因为照某些人的逻辑，我们就可以反问，大学不能培养作家，难道就可以"培养"经济学家、政治家、科学家和法学家吗？谁又敢于说，他们"培养"了那些伟大和杰出的人物呢？很显然，各行各业的杰出人才都是很难通过"定制"来培养的。但从另一方面说，大学又必须要提供人才成长和受教育的条件，从这个角度看，宣称大学不培养作家又是不负责任的。回顾当代文学的历史，文学的变革和作家的成长与大学教育的恢复和发展密切相关。"文革"及"文革"前大学教育的草创和荒芜时期，也出现过许多作家，但他们要么是从战争年代的洗礼中锻炼出来的，要么是在长期的自学中成长起来的，因为没有条件受到良好的教育，他们的文学道路多有延宕，艺术成长和成就也都受到了限制，这是人所共知的常识。正是"文革"后教育的全面恢复与发展，才让文学事业出现了人才辈出蓬勃兴旺的局面。

所以，正确的理解应该是，作家是无法培养的，但文学教育是必需的。当然，文学教育对于高校而言，其目标确乎主要不是"培养作家"，而是为所有学生提供一个素质养成的环境条件，这才是成立"国际写作中心"、引进著名作家执教的核心意义所在。换句话说，能不能出产一两个作家或许不是最重要的，其培养的人才是否具备写作的能力，成为文学的内行才是重要的。传统的文学教育虽然有各种各样的问题，但是所培养的读书人大都是既能够研究，又可以写作的双料人才。新文学的早期，大学的教授也有许许多多是学者和作家集于一身者，之后才逐渐文脉不彰，大师不存，大学教育渐趋沦为工具化和技术化的知识教育，名实不符的学术教育。

但无论如何，北师大与鲁院联办的这一培养模式，其目标还是直接而干脆的，就是"培养作家"。当然，这培养不是从根上栽植开始的，而是"选苗"和"移栽"的过程，甚至有的就属于"摘果子"。即便是后者也不是无意义的，当年莫言、余华、刘震云、迟子建、严歌苓等这批人，在进来之前早就是声名鹊起的青年作家了，录取他们无疑也是"摘果子"，但系统的阅读与学习，大学综合环境下的熏陶成长，谁敢说对于他们后来的写作没有助益？所以，我们坚信这一工作是有意义的。

最后再来说说这批作为"文学新势力"的新人。显然，他们都属于"70后"或"80后"的一代，较之他们的前辈，这批新人的主要差异在于代际经验。前代作家的成长期大都经历过历史的大波大澜，童年也大都有原初和完整的乡村生活经验，所以某种程度上还是受到"总体性经验"支配和支持的一代作家。莫言笔下的"高密东北乡"，可以说寄寓了他对于农业社会生存的全部感受和想象，也寄寓了他对近现代中国历史巨变的全部记忆与理解，读之如读一部血火相生、正邪相伴、生死轮替、魔道互换的史诗。这种具有总体性和原生性的经验与美学，在下一代作家这里早已变得不可能，他们都命定地处在某种"晚生"和"后辈"的自我想象之中，不得不在碎片化、个体化的历史经验与记忆中探索前行。

这些都并非新鲜的话题，我们也只是重复了前人既成的说法。但这也是所谓"新势力"的根基与合法条件，"新"在哪里，又何以成为"势力"，这是需要我们想清楚的。在我们看来，所谓"新势力"其实就是指：一是有新的文化特质的，他们在文化上所拥有的"新人"特色或许很难用一两句话说清，但一定是更具有个性、自主性和独立思考的一代，是拥有新知和新的经验方式的一代，是用新的思维与视角看取人生与世界的一代，是在网络信息时代生存和写作的一代；二是有新的美学属性的，这些属性自然更难以总体性的概括来描述，但毫无疑问他们是具有陌生感的一族，是难以用传统范型所涵盖和统摄的一族，是游走和不确定的一族，是空间化和个体性得以充分彰显的一族，当然，也是相对琐屑和相对真实，相对平和和相对日常性的一族。有时我们觉得是这样的不满足，但有时我们又会觉得，他们离着理想的文学，离所谓普世性的"世界文学"的距离越来越近了。

旁观者说一千句，不及读者自己去观照、去体味其中的丰富和微妙，"总体性"之不存，我们的概括也自然显得苍白无力，不如读者们自己去一一打量和细细辨识。

看，这就是"文学新势力"，他们来了。

2019 年 7 月，北京西山暑热中

目　录

陪夜的女人　　001

灵魂课　　026

推销员　　050

最细微的声音是呼救　　065

蜂鸟前传　　074

箱子锁得很严实　　091

想看海想得要死　　107

中国银行　　120

躺在表妹身边的男人　　137

丢失国旗的孩子　　153

捕鳝记　168

你为什么害怕乳房　175

烟花巷里的唐教授　190

旅　途　202

口　罩　218

芳　邻　230

狐狸藏在花丛中　243

美　差　260

响水底　286

陪夜的女人

女人搭乘乌篷船来到凤庄。

这是一条很特别的船。除了特别扁小外，尖细而稍向上翘的船头，古香古色的船板和涂抹了厚厚一层桐油的船篷，还有断断续续引人发笑的马达声都引起了围观者的好奇。凤庄早就没有这种船了。其实，由于航道淤塞，又由于无鱼可打，不要说轮船，连渔船都已经很少见到。乌篷船从下游逆流而上，力气快用完了，速度越来越慢，宛若一个苟延残喘的人。

在人们的担心中，船总算在废弃了的码头靠了岸。船头摆满了炊具和其他日常生活用的物品，乱得像开杂货店。女人从船上跳下来，笨拙地拴好船，掸掸身上的暮气，然后神色镇静地往村子里张望。船里还钻出一个竹竿一样的男人，病恹恹的，吃力地扛着一件东西。后来才知道他是女人的丈夫，那东西是一张弹簧折叠床。男人把东西放在码头的石块上，跟女人嘀咕几句，转身便开船离开。他的脚下，便是慧江，宽阔浩瀚，水流平缓，黄昏的江面像大海一样孤寂。那条船，很快便看不见，似乎已经沉入深不可测的江底。

迎接女人的是一群叽叽喳喳的孩子。女人异常高大，皮肤黝黑，浑身胖乎乎的，头发很短，但手臂很长，而且粗壮，本来需要肩扛的折叠床她只是用手臂夹在肋中，另一只手还抓着一张薄薄的棉被。

"我要去方正德家。"女人说，"你们前面带路。"

孩子们迅速分成两半，一半在前面热情地引路，一半在女人的身后暗中取笑她的大屁股。通往村庄的石板路还残留着夏天洪水浸泡过的痕迹，萧瑟的田野像江面一样空荡。女人的到来给村子增添了新的气氛，像来了一位远客，引起了一些骚动。踩着几声狗吠，从屋里走出一些老人和一个腆着肚皮的妇女。

"来啦？"妇人们笑脸相问。

女人回答得很干脆："来了。"

妇人们如释重负地松了口气。在人们觉得女人话不多的时候，女人的话却意外地多了起来："早上接到了两个电话，一个是金湾镇的，也是个女人，说她烦死了要我一定得过来，但我还是答应来凤庄，方厚生跟我家的侄子在广州是工友，熟人嘛，总得优先照顾。"

腆着肚皮的女人是厚生的老婆，快生了吧，不是万不得已连石阶也不愿爬了，一来累，二来怕摔。厚生家有两处房子，一处在石阶下面，是三年前建的新房子，二层的平顶楼房；另一处在石阶的顶头，是祖屋，破旧得看看就忍不住要动手拆掉，厚生要父亲搬，但老人住那里已经近百年，惯了，不愿挪，他说房子倒塌就倒塌顺便把他埋了最好。这座陡峭的石阶也是他家祖辈砌的，别人很少去爬。爬上高高的石阶，孩子们把女人引到老人的房间门外便一哄而散。为表明比其他孩子更勇敢一点，厚生九岁的儿子至善把女人带到了老人的窗前。窗是老式活动窗，能关上，关上后外面就看不到里面。至善踮起脚，颤巍巍地拉开窗棂，女人把脸贴着窗户往屋子里探望，里面只有一团难以打破的黑暗，但女人还是看到了一张有深蓝色蚊帐的床并闻到了迎面撞来的臭气。

"我阿公就在床上。"至善率真地说，"他就习惯这样，白天睡觉，晚上扰人。"

估计正德老人快睡醒了，睡醒就要吃饭。平常，饭是厚生家的给他送到床边，手一摸，就能碰到不锈钢饭碗，饭菜都在里面。老人像一个壮劳力一样，每顿总得吃满满的一大碗饭，一直到死都是，因此他每喊叫一声都有很足的底气，谁也听不出他是一个行将要死的人。

"我还没有死，你们进来吧，陪我一会儿。"老人在里面说。他醒了，也就是说，凤庄漫长而烦人的夜晚开始了。

女人轻轻推开门进去，点亮了煤油灯。灯光首先照亮了自己，看上去女人有一张还算端庄的脸，样子很热情、虔诚、豁达，她四处张望空荡荡的房子，像出了趟远门的主人回到家里看看是否少了什么东西。

老人说："来啦？"

女人说："来了。"

老人说话的时候省气力，声若纤蚊，还有些沙哑。屋子很宽阔，没有什么显眼的摆设，地面黑得发蓝，凹凸不平。女人先是瞧了瞧老人的床。是一张清朝老式木床，差不多有她家那条船大。老人盖着被子，枕着一只高高的光滑的木枕头，只露出被拧干水似的瘦瘦的脸，胡子比台风后的荒草还乱。女人说："被子该洗了，臭味熏得蚊子也不愿来了。"老人断然拒绝说："不洗，洗什么，人死后统统都要烧了，连床都要烧掉的。"女人还是坚持要洗："明早，我帮你洗了再走。"但老人死活不肯，紧紧地揪住被子，生怕一放松女人便要抢走。

　　"被子又不是你的卵，你揪那么紧干什么！"女人笑着说。至善觉得女人挺幽默、乐观的，也嘿嘿地跟着笑。

　　厚生家的腆着高高的肚皮送饭进来。她住在台阶下面的新房子，老人住的是祖屋，厚生家的对女人说："饭你不用管，他自己还能吃，屎尿平时就拉在床上，他也不让清理，像牛栏，我习惯了，都闻不到臭味。"

　　女人说："你丈夫跟我说了，我什么都不用管，我只是来陪夜的——你知道陪夜吧，大多数病人都是在半夜里断气的，陪夜就是让他们断气的时候身边总算有个伴，不至于死得太寂寞。陪夜不是陪护，陪护得干很多脏活，我做不了陪护，看到别人的屎尿我也恶心，如果不是这样，我早到广州医院做陪护去了，干一天能赚七八十块，遇上大方一点的雇主能赚上百块，比在这儿陪夜强多了。"

　　厚生家的把饭碗放在老人的床边，老人也不侧身，伸手抓起就吃，狼吞虎咽的样子让人觉得他是一条从煎锅跳到水里的鱼。女人说："你慢点，不要白白撑死，我还没赚够你们一天的钱呢。"

老人说："我早想死了，就是死不了——到了我这个年纪，活着就是等死。"

女人嗔怪道："胡说。"

厚生家的对女人说："老家伙一过世，我就要去广州，连孩子我也要在广州生……烦死了。"

老人边吃边咕嘟："快了，说不定今晚就死。"这句话厚生家的听多了，并不以为然，也不想跟老人说话，转身走了。

女人告诉老人："从此以后，每天晚上我都坐船过来陪你。"

老人沉吟说："其实我不怕黑夜，连死都不怕，我还怕黑么！"

女人把自己的床打开，摆在窗口下，离老人的床有三四米远。她试坐自己的床，铁支架床发出尖锐的吱吱声。

老人说："我没有病，我跟我的祖辈一样，都是老死，自然死亡，像一棵老树，朽木，风不吹，自己也要倒——我的大限到了，我自己知道，厚生也知道的。"

女人说："你的儿子还算孝顺，虽然没有回来服侍你，但舍得花钱。"

老人突然来气："呸！我快死了，他还在广州干什么！"

女人说："厚生他忙，你躺在这里不知道打工的难处，要拼命干活，还要看老板的眼色——现在城里到处都是人，找一份工作不容易……"

老人被饭呛了一下，不断地咳嗽，突然一把将饭碗摔在地上。女人站起来捡碗，说："你不要动怒气，很多老人就是动怒死的，到了这年纪，你还跟谁怄气！"

老人咳停，猛喘粗气。女人责备说："我给不少老头陪过夜，从没见过火气像你这么大的。"老人的眼睛瞪得贼亮，突然张嘴大喊一声："李文娟……"

女人想不到这个连说话的力气都凑不足的老头呼喊起来竟像船的汽笛那么洪亮、尖锐，底气十足，爆发力强，有振聋发聩之功。有两三个月了吧，老人每天晚上就是这样不知疲倦地呼喊着李文娟，差不多每隔一分钟便叫一次，把凤庄喊得鸡犬不宁，没有人能睡上一个好觉。厚生家的胆小，夜里不敢进老人的房间，甚至听到老人的呼喊心里也一颤一颤的。厚生回来过两三次，问老人："你嚷什么呀？我在广州都听到你嚷嚷，把人嚷烦了。"老人说："我喊你妈——我快死了，身边没有一个人陪。"厚生陪了他两个晚上，他便不叫，厚生一走，他又嚷了，嚷得理直气壮，像一个委屈的孩子呼喊他的母亲。女人觉得这个声音刺痛了她的耳，使她浑身不舒服。

"你嚷什么呀，厚生不是雇我来陪你了吗？"

老人又是呸一声，接着是更激烈的咳嗽，咳嗽的间隙大声嚷着："李文娟……"

厚生告诉过女人，李文娟是他母亲的名字。厚生也不知道到底是不是她的真名，反正有悬疑的问题还有很多，比如老人的年龄，有的说一百〇一，有的说才九十九，厚生也说不准，父亲六十岁才结婚，母亲四十六岁那年生下他后便去向不明。厚生的母亲是跟随一艘运干鱼的货轮来到凤庄，嫁给老人的，第二年便生下了厚生。那年四川客商从南海贩运一船干鱼到重庆，途经凤庄时做了短暂的停留，停留的结果是，给凤庄留下了一个女人。那个女人到凤庄里去找生姜治晕船，当找到生姜赶到码头的时候，船已经开走了。这个四十五岁的女人刚刚死了丈夫，要到重庆投靠亲戚，如果船上载的不是干鱼，太腥臊，她是不会晕船的，不晕船的话她就不会跑进凤庄要生姜，就不会留在这个人生地不熟的地方。也有人说她是被船家故意甩掉的，因为他们担心一个刚刚死了丈夫的女人会给船带来晦气。那天，她就在码头上哭，凤庄的人知道她刚刚死了丈夫，不愿收留她，甚至不愿给她一口饭。是方正德，不仅把家里最好的一块生姜慷慨地送给了她，后来还乘着夜色把她带回了家里，再后来就成了厚生的母亲。那时的人劝他说："正德，现在兵匪猖狂，你怎么能带一个来路不明的女人回家？"凤庄的人担心她给凤庄带来不祥和危险，处处防着她，甚至有人悄悄报了官。其实，厚生的母亲是一个很好的女人，人长得好看，皮肤细嫩，唇红齿白，不像四十多岁的人。一听口音便知道是外地人，她说老家在陕西，凤庄从没有人到过陕西，因此不知道陕西离凤庄到底有多远。没几天，人们便发现厚生的母亲不是简单的女人，处事老练，说话得体，对谁都笑脸相迎，恭恭敬敬，大家明白她是见过世面历过风雨的人。而且，她还比凤庄所有的女人都勤恳，家里家外收拾得整整齐齐，把一个死气沉沉的家盘活了，对厚生的父亲也好，连重活都不让他做。在凤庄，只有厚生的父亲不用干重活，都让厚生母亲抢着干了。厚生母亲说，她没给前夫生下孩子，要给正德生一窝。第二年春，果然生下了厚生。四十六岁了，还能生孩子，简直吓坏了凤庄的女人。但厚生父亲高兴呀，他逢人便说，他要生十个儿子，要成为凤庄生儿育女最多的人。厚生的母亲跟凤庄的女人不一样，她有长远打算，能谋划，她跟厚生的父亲说，明年春天她要在地里种上一大片生姜，到了秋天把生姜贩卖到重庆去，然后从重庆贩回药材，卖给城里的药铺……厚生父亲为娶到一个精明、贤惠的女人而对上天感恩戴德，那是上天赏赐给他的女人，他发誓他这一辈子呀，除了对自己的女人好，就是要对上天好，不能骂天。厚生父亲一辈子都没骂过厚生的母亲，也没骂过天。厚生母亲曾对厚生父亲说："正德呀，你六十岁才娶妻，你得活到一百岁，否则你对不起我。"厚生的父亲说一定要活到一百岁，跟厚生母亲过一辈子，对她好一辈子。但厚生还没满月，差两天吧，他母亲竟突然跑了，从此销声匿迹，杳无音讯。四十多年了吧，厚生的脑子里早已经没有母亲的概念了，老人也很少提起她，甚至在他呼喊"李文娟"的时候，人们好久才想起，厚生的母亲就叫这个名字。

老人说："我眼睛一闭上，她就出现在面前，说明呀，她要带我走了。"

女人说："那是幻觉，是人都会产生幻觉，有时候我也会。"

"我活了上百岁了，也对得起她啦。"老人说。

女人说："她不该离开你，女人哪能随随便便离开自己的男人？"

"你知道当年她为什么要离开凤庄？"老人自问自答，"她生厚生得了重病，她不想连累我——你想想，四十六岁了才第一次生孩子……"

女人说："危险，不容易。"

老人一个人感慨万端。女人解开裤头，坐在屋角的尿缸上要撒尿的时候才发现窗户没有关上，揪着裤子尴尬地跑过来关窗。至善懂得害臊了，走下第五级台阶，还能听到哗啦啦的尿声和女人埋怨尿臭的谩骂。

至善厌恶地捏住鼻子，夸张地对他母亲说："这女人，撒尿的声音比牛的还响！"

无论如何，这一夜，是凤庄多少天以来最宁静的一个夜晚，静得能听到远处江水流淌的声音。这天晚上，凤庄所有的人都听不到老人令人心烦的呼喊声，睡了一个安稳的好觉。第二天，有人小心翼翼地问："老人是不是驾鹤西去了？"厚生家的满怀歉意地说："还得等，还得多等几天——"一盏残灯即使油料耗尽也不会马上熄灭。人们才知道，老人能还给凤庄宁静的夜晚，全是女人的功劳。

凤庄早起的人们看到女人天一亮就走了，头发也不梳理，脸还来不及洗呢。她说她男人和船在码头边等她，她得回去干活。女人家在江浦，离凤庄有二三十公里的路程吧，那边是齐姓人家多，女人的男人也应该姓齐。女人说她家种了十几亩芭蕉，要除草、施肥，还得防台风，用柱子撑着芭蕉树，但台风来了一千根柱子也不顶用。女人埋怨："去年要不是一场台风把好端端的一地芭蕉毁了，我也不用给一个快要死的老人陪夜，陪自己男人不更好？"

女人的男人果然已经在码头等待。他站在船头抽烟，高高瘦瘦的，腰有点弯，很孱弱的样子，对女人很殷勤。女人跳上船，男人递给她一条毛巾，女人撩把江水洗脸，脸才洗好，船便开了。晨曦中船开得特别快，像是换了一条船似的，一会便到了江中，眨眼间消失在宽阔而沉静的江面上。

女人是个守时的人。黄昏，最迟也用不着到中央电视台新闻联播结束，她便会如期出现在台阶前，朝厚生家的房间里说一声"我来啦"，便拾级而上，推开房门，高声地跟老人说话，把孤寂和恐惧驱散。每次进了老人的房间，女人都要往尿缸里撒尿，好像这泡尿憋了一整天了就等着到这里放掉的。白天干活累了，女人撒完尿便要睡觉。老人睡不着，要跟她说话。女人要早休息，因为明天还得回去干很多的活。老人说："厚生是请你来陪我说话的，不是请你陪我睡觉的，你得说话。"女人说："你说呗，我听就是了。"老人说："你要真听。"女人说："我用心听着呢。"老人便说话。他成了凤庄唯一在深夜里说话的人。女人开始是真的用心听，偶尔还回上一两句，后来注意力不集中了，估计是想着家里鸡零狗碎的事情吧，最后干脆不知不觉睡着了。老人也不知道女人是不是真听他说话，也不知道她是不是睡着了，反正说话，把每一个夜晚都当作是自己生命最后的一宿，每天夜里都要说很多的话，要把所有的话一口气说完，仿佛不说明天就没机会说了。

女人刚来的时候，老人对她说："我呀，死过很多次了。"女人说："大难不死，有后福呗。"老人说不是这个意思，他是怕，年轻时对死很怕。厚生十岁的时候，老人轰轰烈烈地死过一次。那时候在凤凰岭上修水渠，老人负责放炮炸石头。他都干了一天一夜了，几个放炮的人都累趴下了，等他撤下来，他就是不撤。别人问他累不累，他说不累。其实他累得快不成了，他还要炸一口，再炸一口水渠就跟另一头接上来了，他硬是要多炸一口。结果炮响了，水渠两头连了起来，他却跑不及被泥石掩埋，大伙好不容易才把他扒出来，还没送到村卫生所便断了气。大队里紧急开会讨论，追认他为修水渠功臣，奖励他三十工分。家里都为他准备后事啦，响器班把唢呐、牛角、箫笛吹得凄怆而热闹，抬棺材的人都要将他入殓啦，厚生的姑姑们哭得天昏地暗，厚生没有哭，厚生这小子不会哭，别人看不过眼，对厚生说："父亲死了，你装模作样也得哭几声呀。""厚生就是不哭，仿佛他知道我还没有真死。就这个时候，我复活过来了，把所有人都吓了一跳。"老人自豪地说："那时候，这是一个天大的新闻，因为好多年没看到过有人死而复生了。小时候，我就曾看到方必富的祖父捕鱼失足跌落江底，被渔网缠住，从早上一直到中午才被人捞起来，身体冰冷，脸色死灰，大家以为肯定死了，便用破棉被一盖，准备第二天扛到山上埋了，但想不到半夜里他自己竟醒过来，到自家的厨房里找吃的，把他的老婆吓得魂飞魄散。这叫作假死，过去有人被埋葬了才活过来，但复活得太迟啦，自己爬不出来，活活闷死在棺材里。那时候，我就做了一个长长的梦，梦见各种各样的人，梦见很多陌生的地方，梦见自己走了很远很远的路，后来听到文娟骂我，她说，正德，厚生还小，你死什么呀，还轮不到你呢，你答应过我要活到一百岁的，你快回去……因此，我就回来了。"

女人说："你怎么老是想着这些……"

老人说："那时候年轻，怕死，连广州都没去过就死，心有不甘，现在不怕了，还怕什么，都活了上百岁了，阎王不请自己也得去，再不去就成贼了。"

女人说："长寿是福呗，现在活上百岁也不是什么新闻，宋庄的冯启蒙一百一十二岁了，还能撑船哩。"

老人的身体原来是没有什么问题的，三年前，老人跟一只叼走了他的鸡腿的狗怄气，追打它，结果被几根稻草绊着摔了一个大跟头，从台阶上滚下来，从此便一直躺在床上。医生来了很多次，也没说什么，也不给开药，即使开了药他也不吃。老人说："没有病，吃什么药！油尽灯灭，水涸鱼亡，就等死呗。"

老人以为女人瞧不起他，反复向她证明："死，我真的不怕，就当睡着了觉，就当出一趟远门……"

女人笑了笑。女人知道，老人口口声声地说自己不惧怕死亡，事实上，不怕死的人是不存在的，黑夜来临，会使老人战栗，他在夜里呼喊"李文娟"就是对死神召唤的害怕。她的到来，像一盆冷水浇灭了他内心的恐惧。

老人说："他们已经五次把我背到堂屋，但每次我都没有断气，他们又得把我背回来——周而复始，他们都烦透我了。"

习俗是，人之将死，最后要躺的地方必是堂屋，死在堂屋，死在列祖列宗牌位面前，才死得安心，才死得不寂寞，死后才容易找到早逝的亲人。老人三番五次濒危，三番五次地躺在堂屋的左侧（女人躺的是右侧），平静地等待生命最后一秒的来临，亲人和背他到那里的人也屏气凝神地等待老人咽下最后一口气。然而，不再需要奇迹的时候，奇迹却三番五次地降临，老人的气艰难地又缓回来了，死人般的脸色由苍白、僵硬变成暗淡、温润，最后竟然恢复成肉色，像熬过了寒冬腊月的枯树又有了生命复苏的痕迹，顽强而故意地嘲讽着大地的一切。他们的脸上没有惊喜，全是一番徒劳后无奈的苦笑。厚生一次又一次从广州连夜赶回，想一劳永逸地送别老人，但一次又一次地紧急召回派去向亲戚报丧的人，一次又一次歉疚地跟已经准备就绪的响器班和抬棺佬悔约，成了别人茶余饭后的笑柄。厚生终于失去了耐心，叮嘱自己的女人："真死了，你再给我电话！"这些日子来，他的女人好几次拿起了电话又放下来，她害怕说错了又要厚生白白跑一趟。

凤庄的妇孺最厌烦的不是老人从堂屋的地上一次又一次复苏过来，而是在夜里老人声嘶力竭的呼喊。声音不是野兽，困不住。凤庄人不多，但怨声载道起来却到处都能听见。开始的时候，小孩听不惯老人的呼喊，被惊吓得浑身发抖。后来不怕了，还没到深夜，还不睡觉的时候，他们有时在老人的窗口外往里尖叫或吹口哨，像挑逗一个失去法力的妖怪；老人被背到堂屋，他们还敢在门外探头往屋里张望、聆听，向大人报告老人是否还一息尚存。苟延残喘的老人也知道自己已经被凤庄所抛弃，招人嫌了，但他偏偏不愿嘴软，把好心好意来劝慰他的人都看作了恶意："你们把我活埋算了——你们，你们也有死的一天。"后面那句话多歹毒呀。谁也不想被将死的人骂，那是不吉利的，所以没有人愿意跟老人说话，甚至对他产生了厌恶。他就在深夜里独自呼喊，让所有的人都听到像从坟墓里传出来的声音，都体会到深夜的寂静和黑暗的漫长。有几个老汉实在忍不住这种惊扰，站在老人的窗外责怪道："你嚷什么呀，没有人像你，存心要整个村庄的人都睡不了觉！"面对指责，老人既不生气，也不争辩，仍然用冰冷的呼喊回应一切。老头们找不到更好的办法，只能用三个字发泄对正德老人的无奈和不满：老不死。老人如此，厚生的女人便有压力，她不堪重负，便把压力转嫁到远在广州的厚生身上。厚生也想不明白老人为什么会这样。媳妇说："他要陪呗。"厚生陪不了，他在那家韩国人开的电子厂里干得正有起色，照此下去年底便能加薪升职了，但韩国人管得死，稍不小心便要被炒掉。厚生是一个兢兢业业的人，到底是珍惜来之不易的饭碗，轻易不请假。留在村里的男人越来越少，能出去的人都出去赚钱了，出去的女人也越来越多。老人濒危快不成了，只有一次是厚生背到堂屋，另外四次是不同的男人背的，他们都是因为家里有事正好从外面回来，就帮背一把。外出捞世界的人怕惹晦气，本来是不愿意背的，但没办法，村里只有你一个大男人，碰上这事，谁也逃不过，哪家没有老人？谁没有老死的一天？你总不会坐视不管吧。老人给人们带来那么多的烦恼，厚生觉得欠着凤庄人的人情，老人多活一天，欠的人情便越多。一次，厚生上医院，见识了一种叫"陪护"的职业，才豁然开朗：只要舍得花钱，陪别人去地府的活也有人干。厚生便试着雇了女人。

女人的到来使凤庄大大地松了一口气。妇人们恢复了往日的从容和惬意，女人从她们面前经过的时候，她们会拉住女人的手说："你真的不害怕？万一老人半夜升天了……"

女人说："害怕什么呀？不就是死人吗？除了不会睁眼说话外，跟活人没有什么区别。"

女人的勇敢征服了凤庄的妇人，她们只是想不明白，一个女人怎么会不害怕死人呢？

"老人不喊叫了，是不是你从家里拿来擦台布堵住了他的嘴巴？"她们说。

女人说："怎么会呢？"

她们说："那你肯定是把自己的奶子让他啃——老人就像小孩，有奶才安静。"

没等女人回答，她们便笑得令各自的奶子剧烈地颤跳起来，凤庄洋溢着欢快的气氛。

厚生家的也尴尬地笑。女人说："我睡自己的床——一个快死的人怎么还会想到奶子呢？"可她们笑得更放肆了，女人觉得被别人开了玩笑，又拿不出好的回击办法，只好说："反正，我有办法让他安静，即使用奶子，那也是我的本事。"

女人知道自己之所以能让老人在夜里安静下来，是因为老人把她当成了李文娟。凤庄的女人是这么说的。厚生家的也这么说："你就充当一回厚生的母亲呗，反正吃不了什么亏。"女人说："那也算不了什么，一个行将就木的老头难道还能强奸我不成？"妇人们觉得是，突然没话可说了。

老人又不是她的父亲，凤庄的妇人们不相信女人一点也不害怕，没有男人的陪同，夜里连厚生家的都不敢踏进老人的屋子，因为谁都知道那是离死亡最近的地方。但女人一点不害怕也不可能，有一次，厚生家的就听到女人在半夜里发出了一声惊叫，虽然不是很尖锐，但那声音肯定是受惊吓才发出来的。厚生家的以为出了什么事，翻身下床，在台阶下面大声地问女人："老家伙去了吗？"女人良久才回答："还没有。"老人适时地发出了重重的呻吟声，像刚刚缓过气来。厚生家的又说："要不要叫男人？凤庄没有男人了，我得到黄庄去叫。"女人说："不用了，睡吧。"黑夜又恢复了沉寂。没有人知道，那天夜里女人为什么会突然发出惊叫。凤庄的妇人们都听到了她的惊叫，知道她也会害怕，经此一吓，以为她可能不来了，但当天黄昏，女人还是来到了凤庄，只是比平时稍晚了一点点。

其实，那天夜里的那声惊叫确实是因为害怕而发出的。女人竟然不像她自己所说的那么勇敢、坚强。在她们意料之中的是，她果然也会害怕。

那晚，老人突然精神焕发，跟女人滔滔不绝地说起厚生的母亲。"我这一辈子，故事多，遗憾也多，够说得上十辈子的，就一个李文娟，说到死我也说不完。"老人说，"在死掉之前，我就只说文娟。"

"她是一个好女人，我从来没见过那么好的女人。"老人为了证实自己的话，举了很多例子，还用准确的数字说明问题，"短短的一年时间里，文娟干了一万三千一百三十二件活，给我洗了八十二次脚，擂了两百一十五次背，她生孩子的那几天里，还给我修过两次脚指甲。她不让我干重活，她说那些重活呀让我留着等厚生出了满月她再做，那时我还有力气，为什么不能干些重活？文娟说了，她的前夫就是干重活累坏了，丧失了生育能力，她不能再让自己的第二个丈夫累坏了……"

老人说："她不让我干重活，连轻活也让我少干，捕鱼期村里的男人日夜不停地都在江里捕鱼，她呀，就不让我去，让我养好身体，我的身体除了胃肠不好喜欢拉肚子外没什么毛病。一个季节下来，男人们累得趴在地上起不来，我呀，养得胖乎乎的，皮肤又白又嫩，人们说我像衙门的人，对我妒忌得要死。结果，我变得越来越懒惰，很快成了远近闻名的懒汉。外面的人都想到凤庄来看看，陕西的女人到底长得什么样，竟然不用男人干活，一个女人也能把家撑起来！"

"结果是她累坏了自己。坐月子还挑粪去地里培庄稼，还给渔场涮鱼。她涮的鱼比谁都多、都好，别的女人嫉妒她，说文娟，你不怕鱼腥啦？文娟说不怕了。那你还晕船吗？文娟不作声。正是她们刺激了她，使她想起了船，结果几天后便跳上乌篷船跑了。那是一条废弃了的船，不知道是谁丢下的，搁浅在沙滩上，在江边风吹雨打好多年了，没有谁愿意修补它，好几次洪水也没把它带走，如果知道它会带走文娟，我早就一把火将它烧了。那天临近黄昏，我正给厚生洗澡，有人从江边回来对我喊：'方正德，你家文娟没洗完菜就跑了。'我扔下厚生，从村子里追出来，沿着岸边拼命地跑。江面上灰蒙蒙一片，但我还是看见了那条乌篷船，船篷千疮百孔，船上只有她一个人，她就站在船尾摇船。我不知道她从哪里弄来的船撑，她把船划到了江中间。多宽阔的江面呀，像海一样。我大声喊：'李文娟……'但我这一喊，那条乌篷船一眨眼间便在江面上消失得无影无踪，像鬼船一样。她肯定看到了我，却不愿回头，连厚生也不要了。凤庄的人以为我欺负她，把她气走了——那时候只有我知道，她有病，旧病复发了，生厚生才复发的，那是一种治不好的病，她知道我家穷，不愿连累我……"

女人问："什么病呀？"

老人不肯说。他宁愿以漫长的静默回应女人的好奇。

女人改口赞叹说："多好的女人！"

"我到处找过她，要给她治病，即使把我自己卖掉也要攒钱给她治病——她一个人孤零零的，她要去哪里啊？她不是到外面等死吗？但我找了大半年也找不着，有人说那条乌篷船渗水，她走不远，也许还不到陆家庄就沉了……但我不相信那条船会沉，跑得那么快、那么稳，她绝对是一把撑船的好手，一条破船到了她手上也跟好船一样……后来她肯定在哪里上了岸，在哪里躲着我，最后，病死在哪里了……你看，现在她回来了！她就在窗外，我看到她了——她要带我走了！"

女人突然感到害怕。她不是轻易害怕的人，这时却压制不住自己内心的惊惧，惊叫了一声，像闪电划过寂静的凤庄。

"她跟你一样身材高大，能说会道，见过大世面。"老人低声地说。这是老人把女人和厚生母亲做的唯一的一次对比。

那天早晨，女人的男人早早就开船在码头等她，但她硬是要把老人的被子先清洗了。女人说："你不知道我费了多少口舌老人才肯松开抓住被子的手。这张被子真脏，黑乎乎的像一张牛皮，把一江的水都洗黑了，如果江里有鱼，也会被毒死。"女人就把被子摊在江边的芦苇上面晒，黑麻做成的被子像船帆一样远远就能看见。黄昏，女人下船，把被子收起来，走进凤庄。

厚生家的正在屋檐下等她，称赞她说："只有你才能说服老家伙把被子洗了，连厚生也说不服他，死倔。"

女人说："我真想把他背到江边，彻底把身子涮干净……我说了，身体脏兮兮地去了那边，厚生的母亲会骂你邋遢，还要骂厚生不孝顺。"

厚生家的神情骤然紧张，那无论如何得帮他洗一次澡。

老人洗了一生中最后的一次澡。庞大的澡盆就放在床前，水汽一下子弥漫满屋子，水里掺了一些草药，散发着淡雅的香气。女人对老人说："过去呀，只有皇帝才能洗这样的澡水。"但老人死活不愿洗。"人都快死了，还洗什么！"老人气呼呼地说。女人又劝了一会儿，老人仍断然拒绝洗澡。厚生家的觉得没有办法，要撤走澡盆。女人说声不要撤，一把将老人抱起，旋即像放婴儿一样塞进了澡盆。老人试图反抗，但没有力气，只好死死抓住自己的衣服，但衣服很快被女人强行剥落，赤条条一丝不挂。厚生家的害羞，转身走了。女人熟练而敏捷地把水浇到老人的身上，用毛巾使劲地擦拭，水很快变成了墨黑。老人反抗不成，便张开嘴巴呼喊"李文娟"，开始时声音很大，后来被水声压住了，最后竟温顺得像个孩子，静静躺在澡盆里并装出死人的样子，一动不动，让女人帮他洗完了这次澡。

凤庄的妇人们打听到了女人的很多情况。有些情况是从江南传过来的，有些情况是从厚生家的那里来的。厚生打过几次电话回来，厚生家的向男人表达了对女人的满意，同时也流露了一些猜疑。厚生也许知道的也不多，但还是隐隐约约地说了一些女人的情况。几天后，凤庄的女人对女人便另眼相看了。女人感觉得到她们异样的眼神，连孩子们也远远地躲开她。女人终于忍不住问至善："你们为什么躲着我？"至善说："我没有。"女人说："我是说她们。"至善直率地告诉她："她们说你年轻的时候是个浪荡女，在广州做过'三陪'，现在是第四陪，陪夜。"

女人的脸突然暗下来，抓着手提袋的手不断地颤抖。至善后悔说错了话，"她们是胡说八道，"至善想挽回，"她们之前还说过，我的阿婆是旧社会的妓女，在船上做皮肉生意，得了脏病才被船家甩掉的……"

女人手里的袋子终于脱落，几只番石榴、枇杷子从石阶上滚下来。女人并没有回头捡散落的果子，呆站在石阶的中间，抬头往正德老人的房间张望。她犹豫了很久，至善以为她会掉头跑掉，因为她沿着河岸，还能追上她丈夫的乌篷船。但她还是从容地登上台阶，走进屋子，点亮了灯。但这一次，至善没有听到女人撒尿的声音。

从此，女人变得郁郁寡欢，甚至变得有些羞怯。第二天一早看见别人也不怎么打招呼，匆匆忙忙就走。厚生家的似乎意识到自己说错了什么，向凤庄的女人解释："厚生说了，女人过去也不专门做那种事，如果不是家里穷，她也不会……她的男人，几年前从脚手架上摔下来，听说已经是个废人，除了开开船，做点赚不了几个钱的小生意，干不了什么活。"凤庄的女人一阵唏嘘，都后悔自己说了一些不该说的话。凤庄的女人们舌头是长了点，但实际上她们是很感激女人的，为表达她们的谢意，那天晚上，她们不约而同地准备了好些东西，糖果呀、瓜子呀、葡萄干呀，甚至还有奶粉，都是她们的男人从城市里带回来或寄回来的，看到女人来了，便热情地塞满了女人的双手和口袋："这东西，你夜里吃着解闷。"汉光家的最大方，把压在箱底舍不得戴的祖传手镯借给了女人。这只血纹路清晰的手镯在汉光曾祖母的坟墓里待过，能避邪。汉光家的说："连鬼都怕它三分。"女人说："那么贵重的东西我怎么敢借你的呢，万一弄坏了怎么办？"汉光家的说："不要紧，人平安无事最重要，一只手镯算得了什么！"汉光家的把手镯大大方方地戴在女人的手上，女人羞涩地笑笑："其实，我什么也不怕，不过，现在心里更踏实了。"凤庄的妇人们看到女人都收下了她们的小礼物，心里也甚是踏实，好像女人已经原谅了她们。但过后的第三天，女人对厚生家的说，她男人的病又犯了，是旧伤复发，她不会开船，村里又找不到会开船的人，她只好在家护理男人两三天，这两三天，就不算钱。

厚生家的有点始料不及，但不好不同意。女人环顾一下散落在四处的妇孺，抹了一下头发，往江边匆匆走去。一会儿，有小孩回来报，开船的还是女人的男人。女人们的脸上布满了愧疚，断定女人是找借口开溜了。这天晚上，她们又听到了老人声嘶力竭的呼喊声。李文娟，这个女人的名字又像鬼魂一样笼罩在凤庄的头上，缠绕在她们的耳边。宏发家的终于忍不住了，起来骂人，听起来是骂女人，实际上是骂老人。她一开骂，凤庄的人都睡不着，穿着睡衫聚在厚生家的院子里，你一句我一句的，开始是埋怨，后来是想办法。但能想什么办法？夜狗不知疲倦地吠，老人依旧一声一声地呼喊着李文娟，只是那声音渐渐弱下去，像从很遥远的地方传来的，轻轻地抓着你的耳，然而正是这种听起来像垂死挣扎的声音让人更毛骨悚然和难以忍受。妇人们束手无策，只有等女人快点回来。三天后的黄昏，女人终于又来到了凤庄，大家才松了一大口气。

三天不见的女人明显消瘦了许多，脸上结实的肉不见了，多了两块猪肺一样的雀斑。

"你家男人的病好了？"

女人说："好不了，卧床了，医生说再做一次手术看看，不成的话到广州的大医院试试……小儿子也凑热闹，发高烧，拉肚子，真会烦人。"

妇人们关切的程度更深了："你先把儿子的病治好，发高烧等不得……"

女人说："没大碍了，由邻居帮看着。"

"你不在，夜里老人又叫开了。"

女人淡然道："这老家伙……其实我在的时候他也叫——他每时每刻都在呼喊李文娟，只是你们听不见。"

妇人们觉得女人的话有些深意，像是一个读过些书的人。

平日里节俭得可怜的妇人们自觉地从深不可测的口袋里掏出一些面额不等的纸币来，塞到女人的裤兜里。女人百般推却，妇人们要生气了，她才收下，说是借，将来一定还，然后爬上高高的石阶，走进老人没有房门的房间。看到老人房间的灯亮了，大家的心也亮了。但几乎与此同时，妇人们听到了老人一声严厉的叱喝：

"谁要说文娟得的是脏病，我做鬼也不放过她！"

这句话说得比平时重一百倍，像是积蓄了很久的力量才说出来的，甚至把女人也唬住了。很明显，这句话是说给石阶下的妇人们听的，是一个将死之人对活人的最后警告。妇人们的脸色刹那间全变了样，慌里慌张，随即争相向厚生家的否认自己说过李文娟的不是，我们都没见过她，已经是多少年前的事了啊！厚生家的连连澄清事实："谁说啊，谁都没说过。"听厚生家的这么一说，妇人们才放下心来。一安静，便听到了女人不断抚慰老人的说话声。老人的气估计憋了很久，就等女人来了才发泄。女人语重心长地说："她们都说文娟是一个好女人，没有人说过她的坏话——她们也没有说我的坏话，我听到的全是好话。"

老人的气一下子还缓不过来，不断地咳嗽。此后很长的时间里，妇人们再也听不到女人的说话声，听到的只是老人无休止的咳嗽。她们惊疑，到了这时候老人还能说出那么严厉的话，甚至声音还那么雄壮、凶悍。她们有点失望，心怀疙瘩各自散去。

这个夜里她们又听不到老人的呼喊了，宁静得好像要发生什么事似的，她们忽然不习惯这种宁静，心里痒痒的，想听到老人的声音，甚至希望老人突然用一声熟悉的、锐利的呼喊打破黑夜的沉闷和驱散她们心头的不安，让她们能安然睡去。这种等待一样也很漫长，她们辗转反侧，又凝神定气，耳朵都向着老人的方向伸。老人是在下半夜去世的。第一次鸡鸣后，厚生家的迷糊里听到女人叫她，她惊醒了，侧耳一听，果然是女人在石阶上头大声地喊："老家伙不成了。"整个凤庄都听到了女人的呼喊，凤庄提前醒了，到处传来长舒一口气的声音。厚生家的惊慌地爬起来，双手抱着肚皮走到石阶下面，对是否爬上去正犹豫不决。女人说："你不用上来了，老人不能说话了……"厚生家的慌乱地说："那我马上去黄庄，叫谁家的男人背他到堂屋去。"女人说："也不用了，我自己能背。"在厚生家的惊疑之际，女人已经把老人从屋里背出来了。老人耷拉着头，喉咙里发出"咽、咽、咽"的声音，像被骨头卡住了。厚生家的小心翼翼地问："老家伙留下什么话吗？"女人说："没有，整晚他就只说过一句话，大家都听到了，就一句……"

女人从石阶上一步一步探脚走下来，摇摇欲坠。厚生家的既为女人担心，又感到恐惧，本能地往下退却，把路让给女人，甚至忘记用电筒为女人照路。当无路可退，女人从她身边走过的时候，厚生家的怯生生地问老人："大，你没事吧？"

老人没有回答，紧紧地伏在女人的背上，双手松松垮垮地搭在女人的胸前，像一堆不可靠的烂泥。

"人一死，就变重！"女人喘着粗气说，她头发凌乱，没有穿鞋，"快叫至善，给老家伙送终。"至善已经躲在屋角的拐弯处，伸出半颗头。厚生家的说："至善，到堂屋跟阿公叩头。"至善害怕，转身倏地消失在黑暗里。厚生家的远远地跟在女人的背后，一直来到堂屋。女人摸黑进去了，好像踢到了什么，骂了一声。厚生家的说灯在中间的台上，有火柴。女人又踢到了什么，又骂了一声，这才把灯点亮。堂屋里的灯光像濒危的生命一样孱弱，厚生家的看不到女人的脸，也不敢靠近，只是站在堂屋的门外，等待女人从屋里传出话来。大约过了十几分钟吧，女人才从堂屋里走出来，轻描淡写地告诉厚生家的："天一亮，你就可以给厚生打电话了。"

天一亮，女人就收拾东西走了。凤庄都忙于为老人办理后事，开始没有谁留意她的离去，直到有人突然说起，方学明的父亲癌症到了晚期，挨不了多久，开始哭苦喊痛，喋喋不休地叨唠先他而去的老婆，看样子也需要陪夜的女人，人们才想到女人。听说女人要走了，连手镯都还给了汉光家的。妇人们丢下手里的活匆匆跑回家里，胡乱抓了一些东西，面条、粉丝、腌菜、腊肉什么的，有的看看家里没有什么送得出手的，焦急得四处去借，借不到东西干脆从米桶里飞快地装了满满的一袋米……那是要送给女人带走的，她毕竟给凤庄带来了好多个安静的夜晚。她们争先恐后地追到江边的时候，女人的乌篷船已经离开码头。令人难以置信的是，是女人自己开的船。她男人没有来。她原来不会开船呀，现在却开船了。可以断定的是，昨晚也是她自己开船来的！

人们正惊讶间，至善突然喊了一声："她的船要翻了！""至善你能不能不乱说话？"妇人们狠狠地瞪了至善一眼，他的母亲甚至抡起巴掌要抽他的嘴巴。"我看她的船真的要翻了！"至善依然坚持自己的判断，也许是要亲眼证实自己并非信口开河，他沿江边追着乌篷船奔跑。

女人站在船头，手抓着方向盘，动作异常生硬、拙笨，不像是在驾船，而是在试图制服一条鲨鱼。船不听使唤，负隅顽抗，船体左右摇晃，最后向左侧明显倾斜，看上去就要翻了，把妇人们的心吊到了空中。妇人们屏气凝神，紧张得浑身是汗，直到船稍稍平稳，才小心谨慎地向女人晃动手中的东西，但依然不敢喊话，生怕一喊话便分散她的注意力，铸成翻船悲剧。当她们觉得可以松一口气时，船却已经到了江心，在晨曦中越去越远。方学明家的突然觉醒，想对着船呼喊，却连女人的名字也不知道，窘迫得满脸通红。就在转眼间，船消失得无踪无影，只剩下浩瀚的江水和四向逃逸的雾气。

"跑得贼快，像鬼船一样！"

方学明家的悻悻地说。

灵魂课

　　店铺位于民主路和普陀路交接一角偏左靠内的黄金地段。往东，是白沙长途汽车站，往西，是风景秀丽的灵山大道，路的尽头是殡仪馆。几乎就在店面的正面，高大的电线杆一侧，是19、27、323、398路公共汽车上落站，公交车方一停稳，一群乘客冲下来，另一群乘客挤上去，然后车门关闭，把他们往南湖菜市场和海洋公园方向带去。那些在这里下车的乘客，一部分越过马路闪进五月花小区或民族棉纺厂，另一部分便拐过店面从侧门进入肿瘤医院，这一部分基本上是患者，或者是去探望患者的，至少跟病患者有关，也许还有一些是去处理后事的，脚步匆匆，若有所思。他们的脸上鲜有笑容，即使偶现的一丝笑意也马上被尘埃、汽车尾气和福尔马林的气味凝结了。但这里毕竟算得上熙熙攘攘，川流不息，各店铺寸土必争，门口都摆满了应该摆放的东西，显得异常拥挤，行人倒也习以为常，脚尖绊着那些特别的物品也不会发出惊叫，从容，豁达，不动声色。他们中的一些人偶尔会抬眼看看头顶上的店名，本来波澜不惊的脸孔突然露出错愕的异样，甚至还悚然一笑，让人察觉到了他们虚无的表情。

这里一间挨着一间的大都是寿衣店，也有棺材店，还夹杂着花店、香火店和快餐店。我谋生的这间店铺，实际上是两间，上下楼，一楼是吉祥寿衣店，二楼是客栈，空间都很窄小，每间也就二三十来平方米的样子。我的老板娘是一个中年妇女，善良，精明，也有慈悲情怀，我很少看到她的丈夫，听说他在外面有了别的女人。寿衣店的生意比较忙，要招揽生意，看到神情哀伤的行人经过得以恰当的表情和言语让他们留下来，宽慰一番，然后再推介各种款式的衣裳，逝者是男的还是女的，是亲人还是朋友，瘦的还是胖的，身高、年龄、身份、生前喜好都要问得清楚。大多顾客都比较挑剔，而且脾气都不好，得赔尽小心。而客栈则清淡得多，偶尔才来一两个顾客，来了，也是放下或取了东西便走，或者看一眼东西就放心离开，他们说话比我们还客气。卖寿衣有很多行话，很多禁忌，还得有专业知识，老板娘嫌我是新手，嘴巴不够滑，说话还不入行，就让我边干边学的同时主要负责接待客栈的顾客。

通常是，我领着客人沿着狭窄的楼梯轻手轻脚地爬上二楼。二楼也就是一间房间，装潢十分典雅，暗红色的木地板，墙壁上贴满了薄荷绿的瓷片，上面画着宗教题材的图案，基督、圣母、天使和佛陀、罗汉、道士被和谐地安排在一起，没有让人觉得混乱和滑稽。瓦蓝色的天花板由灿烂的云彩和金碧辉煌的宫殿组成，打开灯，一道佛光祥和地笼罩着整个房间。只有薄薄的纱帐式的窗帘，即使不用开灯，大厅里的亮度也恰到好处。我们把这所房间称为客栈。客栈虽小，却居住着三四十个客人，而且还不觉得拥挤。原因是，他们占的地方很少，整齐，稳当，也异常安静。他们来历不明，互不认识，却能和睦相处。他们就住在橡木架上，像一本本的书贴切地待在书架上面。他们居住在泛着漆光的黑色盒子里，盒子上面有的雕刻着我所不熟悉的名字，有的什么标记也没有留下。每一个盒子都有两层，第一层装着一个人的灰烬，第二层安放着他（她）的灵魂——灵魂占的空间要比灰烬更宽阔一些。盒子的设计者说，因为灵魂是要活动的。

　　"当头这一个盒子是母亲的，她在这里三年了，跟他们在一起总算有伴。"老板娘说，"她要等我父亲。我父亲十年前跟另一个女人跑了。她至死都相信父亲会回来的，即使等不来他的骨灰，至少他的灵魂会回到她的身边——一个人死后会懂得后悔，要回到被他伤害的人身边忏悔。她要等到和我父亲一起在春天里埋葬，但现在我父亲仍在青岛，还活着。当时这间房子是间杂物房，我母亲一手创建了这个客栈，她相信将来会有很多灵魂要暂且蜗居在这里，想不到她竟成为第一个。后来，一些朋友一时无法安置他们的亲人，便把他们暂时搁在这里，渐渐地，这里便成了一个客栈。客栈没有名字，没有工商和税务登记，当然也不广为人知，性质上顶多像个地下旅馆，但熟知情况的人都称它为'灵魂客栈'，是让漂泊的灵魂暂且安息、休憩的地方，但他们迟早是要离开的。没有谁愿意死后仍留在异乡。"

当然，我不必向客人介绍这些。因为它并不重要。重要的是，我通常得告诉客人："我们说话要小心一点，不要惊醒他们，不要勾起他们的乡愁。"然后我轻描淡写地介绍客栈的一些基本情况和规矩，还着重提到比殡仪馆便宜得多的收费和浓厚得多的人情味。

客栈的租客，怎么说呢，都不是权贵和有钱人，他们大都不是本市户口，是漂泊在这个城市里的游兵散勇，他们送来的要么是亲人，要么是朋友，客死他乡却不急着叶落归根的微不足道的灵魂。他们暂时把他们安放在这里，等到过年回家了，等到死者亲人的悲痛减轻了，或等到连低廉的房租都交不起了，才把他们带回乡下去。也有一些，生前就反复叮嘱甚至哀求，死后不要把他们带回乡下，花花绿绿的城里生活还没过够呢，房子呀，车子呀，还没有买，我不甘心半途而废回到乡下去，被别人瞧不起，自己也难受。这部分人便成了我们客栈长期固定的"房客"。

客栈只是兼营，老板娘并不指望它能给她带来多少收益。事实上，客栈生意异常清淡，有时候好几天甚至一个月也没有光顾的人。偶尔有客人来，意味着这所客栈又增加了新的成员，我得按照规定给这个新房客贴上序号，安排他（她）一个体面的位置。客人一般不说什么，看到自己送来的盒子有了着落，便匆匆离开。我通常得叮嘱他们记住亲人或朋友的编号，还得善意地提醒："别忘记每月替他交纳房租费。"客人又看一眼我递给他（她）的名片，上面有老板娘的银行账号和联系方式，他们常常会明知故问地说："怎么是邮政储蓄的账号呀？"老板娘主要考虑到邮政储蓄方便乡下人。我顺便向他们转告老板娘的话："五年来，外面房价飙升，房租费也是一月一个价地往上窜，更不用说殡仪馆的费用了，但我们客栈的房租没涨过一分钱。"

像城里人出租的房子那样，我们的客栈也有拖欠房租的，有的一年半载没交过一分钱，打电话过去，要么是听到敷衍的话，要么是号码已经永远安息。老板娘是仁慈的人，并没有把那些被遗弃的"房客"的盒子扔掉，还替他们说话："如果他们还活着，一定不会拖欠我们的。"按照她的要求，我对所有的盒子一视同仁，也每天都给那些拖欠房租的盒子擦拭灰尘，让它们露出暗淡的有尊严的光泽。那时候，我已经在这个城市混迹了两三年，没找到一份像样的工作，变得越来越穷困潦倒，一直同甘共苦的女友终于离我而去，为了生计，我愿意在这里跟那些肉体已经率先离开了这个纷扰世界的人们待在一起，将他们的房租部分地转为我的房租。久而久之，他们跟我熟悉了，我也接纳了他们，我甚至能聆听得到盒子间的窃窃私语，那些梦想呀，劳碌呀，遗憾呀，懊悔呀，不甘呀，无奈呀，都从他们安静的外表下溢出来，像细微的尘埃那样轻轻地飘浮在空中。

有一天，来了一个特殊的客人。

那天我正在擦拭骨灰盒子，听到楼下老板娘大声地呼叫我的名字。我赶紧下楼去。在楼梯口，我首先看到一只白色的气球。一个上了年纪的老太太正在楼梯口下面等着我。她很矮小，却拄着一根比她高出一大截的拐杖，拐杖顶头系着一只半瘪的白色气球，无规则地晃动着；满头脏乱的白发，面容枯槁，背有点弯了，似乎患了轻度白内障，看我的时候眼睛要靠到我的身上了才把我看清，张嘴说话时口气很臭。嘴里没有像样的牙齿了，空洞洞的，身上穿的暗灰色土布衣服沾满了泥污。

"带我上楼去找我儿子。"老妇说得很直接。我也明白她的意思。客人来看望亲朋好友的盒子时往往就是这样直来直去的，省去了许多忌讳。

"请跟我上楼吧。"我说。

"你得帮我。"老人向我伸出另一只手，"这个楼梯不是让活人走的，拐杖也不管用。"

我迟疑了一下。楼梯虽然窄了一些，但还算平缓，看上去老人的腿也不瘸，她应该能上得来。

老板娘有点忙碌，正在和一个顾客说话，转过头来对我说："这位大婶从乡下走路来的，走了五六天，行了几百里的路，累了，你得帮帮她。"

老人的鞋都破成那样了，泥垢把它包裹起来。看样子，老板娘说的没有错。

我只好搀扶着她，但只上了两三级台阶她便气喘吁吁地动不了了："一路上我的腿都用尽了力气，变成了废腿，你得背我。"

我很不情愿地蹲下来让老人趴在我的身上。老人身子轻飘飘的，浑身散发着恶臭，让我很不舒服。

到了二楼老人从我身上下来，站稳，盯着屋子里密密麻麻的盒子，嗡嗡地哭了起来。声音很微弱、干涩，听起来不像是哭，而是喊。

"大婶，你儿子叫什么名字呀？"我用充满宽慰的语气问。

"我儿子叫阙小安。你认识阙小安吗？"老人看着那些盒子问我。

我不认识。说实话，盒子里的人我一个也不认识，萍水相逢，素昧平生，他们到了盒子里都变成了同一个模样，洁白、柔和、粉末状，支离破碎，盒子上也没有照片，只有名字，有的连名字也没有，只有编号，甚至有的连编号也没有。

我说："我帮你找找。"但我对阙小安的名字很陌生，没有一点印象。我翻了一下登记册，确实没有阙小安的名字。

"是他的堂兄弟送他到这里的。他们怕我承受不了，不敢把他带回家，不敢告诉我小安死了。但我知道他死了，难道我连自己的儿子是死是活还不知道吗？"老人面带怨色，"即使他们不告诉我，我也能找到阙小安——我只有一个儿子，世界上只有一个阙小安。"

"他是不是被安放在匿名盒子那边了？"我说。

前面已经说过了，这里的盒子大多数是有名字的，但也有一些没有名字的，送它来的人压根就没有告诉我们盒子里的人是谁。"你不要问他是谁，你就按无名盒子让它待在这里就是了。"有的客人讳莫如深地嘱咐我，"他曾留下遗嘱，生前不能在城里安身立命，死后也要待在城里。没有名字，没有标记，谁也不能将他带走。"老板娘告诉过我的，那些没有名字的盒子，里面住着的都是不愿意离开城市回到乡下的年轻人。他们爱面子，喜欢城市，喜欢繁华和热闹，但年纪轻轻不是累死，就是病死，也有车祸死的，反正都是死于非命，可惜呀，只是他们不像老一辈人，早就没有叶落归根的想法啦。他们舍不得骨灰被撒掉，撒掉了，就灰飞烟灭，什么也没有了。盒子上没有名字、编号和标记，将来他们的亲人也无法分辨出他们是谁，他们就永远留在城里，目的就达到了。

"这里没有阙小安的骨灰盒了。他的身体早已经回到米庄。"老人说。

"那你还来找什么？"我疑惑不解。这只是一个客栈，旅客离开就离开了，不可能落下什么东西。

老人走到第二排架子前，轻轻地抚摸着9号位。那是一个空位置。"我儿子半年前就住在这里，那时候，这个房子里还没有这么多人。小伙子，我带走我儿子的时候，你也还没有来，如果你在，你就会认识他，他长得比你好看，比你高，比你壮，你只是比他白净一点——男人不要太白净。"老人说，"我只有他一个儿子，他跟堂兄弟离开米庄前给我种了一地黄瓜，安装了自来水，还给我准备了整整一年的柴米……他说：'我要到城里去了，先是帮别人建房子，然后自己买房子，跟城里的姑娘结婚，妈妈，到那时你得帮我做饭带孩子。'我真后悔那时候没有答应他。我对他说：'我不要你到城里买房子，在乡下也能住得很好，你妈妈就在米庄住了五十年，只要你平安回来就好了。'我跟米庄的人讲，我很后悔，我四十三岁才生下小安，我就一个儿子，他就这样死了，什么也没有了。"

我怔在那里，不知道说什么好。在这里的客户，每个人都有自己的哀伤。

老人叨唠着，反复抚摸着9号位，像抚摸一张脸颊。那张脸被摸得发烫了。

我说：“你儿子已经回家了……”

“没有。”老人断然喝道，“他的灵魂还留在这里。”

我吃了一惊。

“小伙子，你知道灵魂吗？”老人说，“像你这么年轻，还不懂。等你到了我这个年纪，你什么都会懂了。”

我敷衍地点点头。

“小安很调皮，小时候就经常跟我闹，躲藏在庄稼地、稻秆堆里不肯回家。他爸爸死得早，要不，他就会怕他爸爸，就不会那么调皮，他就会听他爸爸的话，跟我回家了。”老人说，“我知道的，他还在城里，就在这里。”

我耸了耸肩，老人以为我怀疑她说的话，有点生气：“你怎么不相信呢？我儿子的灵魂在哪里我知道的，等到你到了我这个年纪，等到你的儿子死了，你也会知道的……”老人说话被自己的口水呛了一下，变得激动起来。

我要劝慰老人，想告诉她这个世界没有什么不能相信的。

“我告诉你一些我亲身经历的事情。二十年前，有一天夜里，我在做梦，突然有人把我叫醒，我睁开眼睛，没有人呀，我朝窗外喊了声，谁呀？外面传来一个声音说：‘我是阙勇。’阙勇就是小安的爸爸。我说：‘那么深夜了，你才回来呀？’他说：‘我死了，死在米河的第三个码头，现在已经漂流到旧磨坊了。’那声音听起来跟平常不一样，微弱，伤心，像哭，但肯定是小安爸爸的声音。我开了门，外面什么人也没有。我就叫人，果然在旧磨坊河段找到了小安的爸爸，整条河都冒着酒气。”老人为了使我相信还说起了另一件事情，"去年，我在家里晒衣服，我眼前的阳光突然没有了，有一个人的影子闪过，我一看，像我的儿子阙小安。我喊了声，小安！那人影转过身来，满面是血，那肉都模糊了，像被野狗啃过。那影子没有回应，我继续喊："你是不是小安？"我家那条狗跑过来，轰轰叫了两声，那影子刹那间不见了。我知道那影子就是小安。果然，第二天，就听到有人说，阙小安在城里摔死了。我四处打听那是不是真的，但他们都没告诉我实情。其实，我哪里用得着他们告诉我，我心里明白……呜呜。"

老人哭得干巴巴的，像风吹过冬天的树梢。我劝慰她，世态无常，生死难测，请她节哀顺变。

"人死就死了，但灵魂总要回家呀，在外头居无定所，孤魂野鬼的，哪能安息？"老人拭了拭并不存在的眼泪，"米庄村头有一口古井，上千年了，那儿的水清得可以当镜子用，哪家的亲人在外头死了，灵魂有没有回到米庄，从井里就能看得出来。那口井能照得出死去的亲人的灵魂！我天天去井口往里看，就没发现小安，说明他压根就没有回来，米庄的人都是这样说的。"

井水可以照见魂灵的事小时候我也听说过，因此那时候我们小孩子都不敢往井里多看，生怕看到唬人的东西。

"你相信灵魂吗？"老人再一次拷问我。那倔劲不容我做出否定的回答。

"我当然相信。人是有灵魂的。人不管活着还是死了，都应该有灵魂。"我赶紧附和说，"我妈妈五年前就已经去世了，我就知道她在天之灵一直看着我，她其他什么事情也不干，就每天鼓励我，监督我不要做坏事，做人要诚实，要吃苦耐劳，要孝敬父亲……"

老人顿时高兴起来："你年纪轻轻的也知道一些道理了。"

我说："这些道理，小安也会知道的。"

老人突然变得满脸自豪："小安每个月都给家里寄钱，那些钱我都给他留着，一分也没动。你看，从米庄到城里，我也舍不得花一分钱，那些钱，总有一天他还用得着。"

我说："小安比我孝顺，这些年我从没给家里寄过一分钱，倒是我父亲还给我寄过钱，他卖掉了耕牛，替我交过房租，还三番五次叮嘱我，一定要在城里出人头地，要衣锦还乡，在城里混不出名堂就别回去，别给我妈丢脸。我都好几年没回过家了——我爸不让我穷着回去。"

"你爸是一个混蛋。"老人抖了一下拐杖，"天底下哪有这样的父亲？如果你妈还在，她不会让你……你怎么会在此？你一定看见过阙小安！"

"我，我没有。"我说。

"你一个人在这里，不跟小安说话还能跟谁说话呢？你肯定跟他说过话，他是一个话痨子，他总是有说不完的话。听他的堂兄弟说，他就是一边说话一边干活才掉下来摔死的。"老人眼里放着光，尽管暗淡，尽管让人害怕，"他跟你说过什么话？说来听听。"

我说："怎么可能呢？我们互不相识，怎么可能呢？我们有什么可谈的？"

"你们都是年轻人，都在城里，都有野心，花花世界，灯红酒绿，乱七八糟的，什么都可以谈的，你们有没有说到自己的母亲？

小安怎样说我的？他埋怨过我年轻的时候名声不好吗？你母亲年轻的时候名声也不好吗？"老人的思维有些混乱了，语无伦次。

无论是生前还是死后我母亲的声誉一直很好，说到她村里人都交口称赞。

"他是一个话痨子，不说话就吃不饱饭，不说累就睡不着觉，睡熟了也还要说话，现在我才明白，原来他是要用二十五年的时间把一辈子的话都说完。"老人说，"话还没说完，他就摔死了，他肯定还有很多的话要说，他回到家了，可是我没有听到他说话，我的耳根一直清清静静的，证明他的灵魂还没有回家。小安还赖在城里不愿意回去，我得亲自来找他。"

我把所有的灯都开了。房子里顿时明亮了许多。我能听到窗外嘈杂的汽车声音和人的声音，这些声音比什么都真实。

"你帮我劝劝小安，让他回家，他知道的，米庄。"老人突然恳求我，"城里有什么好，连死了都不愿意离开？花花绿绿，乌烟瘴气，坏人比好人多，房价都涨到天上去了……"

"也许小安并不在这里。"我说。"你看，如果他的灵魂还在这里，我们都能看得到，他会跟我们说话。"

老人突然抓住我的手，让我去摸一下9号位。

"是不是还暖和？"老人说。我点点头。老人说："床铺子还热，说明他刚才还在，看到我来了，他却跑掉了，躲起来了。他还是太顽皮，不愿意跟我回家。小伙子，你的眼睛好使，你看看，他往哪里跑了？他能跑到哪里去？"

"他会跑到哪里去呢？我又不认识他。"我搪塞着。这个城市太大了，我也不知道它的边界到底在哪里，到底有多少藏身之所。

"他长得黑黑瘦瘦的，头发乱蓬蓬的，鼻子像他爸，嘴巴像我……我有他的照片，你看看。"老人从口袋里摸出一张皱巴巴的照片，阙小安穿着夹克牛仔裤，朝我们微笑着，一副怡然自得的样子，他的身后有一颗巨大的闪闪发光的金元宝，一看便知道是在财富广场拍的，他的身边到处都是与他无关的游人。

"你带我去找找……"老人乞求道，眼眶里渗出了混浊的泪水。

"可是我要工作。"我去哪里寻找一个飘忽不定的乃至根本不存在的灵魂？

"你帮帮大婶。"老板娘从楼下上来，对我说，"她来一趟城里不容易，你就当陪她散散心。"

老人从怀里掏出一把钱递给我："阙小安寄给我的钱，平时我舍不得用，我就知道总有一天能派得上用场，小伙子，我给你钱。"

我推托着。老人非要我收下不可，说这些钱，她留着也没用，她不需要钱。

老板娘对我说："那你就收下吧，一路上总得花点。"

我背着老人下了楼梯，指着照片对她说："我们去一趟财富广场，小安照相的地方。"

老人说："他就该在那里。"

我们上了 19 路公交车。车上的人满满的，有人给老人腾出了一个位。她一坐下，旁边有的人马上便挪了位置，或捂住了鼻子。

"小安坐过这趟车。我闻得出来，他就坐在我这个位置，座位上还有他的气味。"老人大声说，鼻子使劲地吸着气，仿佛真闻到了熟悉的气味。旁人奇怪地看着她。

我劝老人别那样，说小安看到她在城里出洋相会不高兴的。

"他的堂兄弟说了，我家小安在城里很安分守己，没做过一件坏事。"老人环视了一下车内的人，自豪地说，"除了调皮，他没有其他毛病。"众人愕然。老人突然对司机说："司机师傅，我家小安乘车逃过票吗？"司机没有回答，或许没有听见，或许他根本就不愿意搭理。

老人感觉到了城里人的冷漠，显得不高兴："我是来带我儿子的灵魂回家的，一找到他我马上就回米庄了，再也不占用你们的座位。"

站在老人身边，面对众人异样的目光我很尴尬，但我又不便表明这个老妇不是我的母亲，甚至不是我的什么人，是刚刚认识的，一个原"房客"的母亲，除此之外，跟我没有什么关系。老人的拐杖太长，周边的乘客都防着它，怕被它伤着，更怕不小心碰破了那只白色的气球而惹来意想不到的麻烦。我局促地向众人表达歉意，尽管大可不必如此。我只希望老人少说一些话。她应该饿了，要不，至少口渴了，安静一些总是好的。

财富广场终于到了。我背老人下了车。老人很容易便找对了阚小安拍照时站立的位置。那时候，阚小安笑得很灿烂，好像身后的金元宝只属于他一个人似的，他可以随时把它搬走。老人站在那里一动不动，风吹散了她本来就凌乱的头发。我跑到店那边给她买水和点心。回来的时候，发现很多人围住了她。她正用拐杖狠劲地打金元宝，拐杖被打开裂了，那只半瘪的气球依然还半瘪着，没有漏气。

"阙小安回家！阙小安回家！"老人边打边大声呼喊。

有人劝老人，可是她不听，仍然一边叫喊一边抽打。

一个胖胖的保安过来了，一把夺过老人的拐杖："你在这撒什么野？你是不是想把金元宝打碎了一块一块往家里搬？"

其实金元宝毫发无损，被痛打过的地方依然闪着耀眼的金光。

"我打我儿子。他不肯跟我回家。母亲打儿子也犯王法吗？"老人争辩说，她给保安展示了照片，旁人也看到了，并相信照片上的男孩就是她的儿子，"他的灵魂还在这里。你们懂不懂灵魂？不懂是吧？等你们到我这个年纪，等你们的儿子死了，你们就懂得什么叫灵魂了……"

"什么灵魂？莫名其妙，你再胡闹我就把你抓起来。"保安瞪着眼威严地叱喝着。一个城市的所有威严都在保安的脸上得到充分展示。

我赶紧向保安解释，低声下气地。

"她是你母亲？你为什么不管教自己母亲？"保安不怀好意地说。

"她不是我的母亲，我没有母亲了……我马上带她走。"我架起老人，对她说，"小安不在这里，我们走吧。"

"你怎么知道他不在这里？"老人挣扎着气喘吁吁地诘问，好像我是一个彻头彻尾的撒谎者。

我无法答上来。如果小安在此，看到母亲如此疯癫失态丢人现眼，可能早已经落荒而逃了。

"对，他应该不会在这里。"老人说，"我家小安不喜欢热闹的地方，不贪玩。人为财死，鸟为食亡，这块金元宝，阴气太重，会把人的灵魂摄进去。小安肯定不在这里，我们走。"

老人拉着我离开。老人手里抓着一张纸条，上面写着民主路时代大厦三号工棚。老人说，是小安给她寄钱时留下的地址。生前，他就住在那里。老人问："时代大厦在哪里？"我往前面指了指。老人拖着我，往工人文化宫方向走去。过了工人文化宫和万达影城，往右拐就是时代大厦。

一路上，老人不断地向我夸孝顺、懂事、勤快的阙小安，从她生他差点难产说起，说到怎样给他喂奶，他嫌母亲的奶味道不好，有股羊骚味，要吸别人的。"谁说我的奶有羊骚味？都是米庄的那些臭男人胡说的，吃不到奶说我的奶骚。我就不让自己的儿子吸别人的奶，自己的孩子得自己喂养，所以他从小就逆我，惹我生气。"他多病调皮的小时候，曾经失手把家烧得精光，他的父亲是一个酒鬼、赌棍，从不尽父亲的责任，在小安五岁时，就醉酒跌落河里淹死了。她也说到了自己，年轻时她长得漂亮撩人，但在米庄声名狼藉，那是为了给小安吃得好一点。她扳着指头数了一串男人的名字，"那些男人比小安的爸爸好上一百倍，我宁愿小安有一百个爸爸——为了孩子，女人的名声算得了什么！"

"小安回到米庄，别人会取笑他，说他还不叫谁谁爸爸？"老人理直气壮地说，"我对小安说，不要紧，该叫就叫，多几个爸爸有什么可笑的？可是，小安一个也没有叫。他都好几年没回米庄了。那些取笑他的人有的已经死了，有的快要死了。那些要小安叫他爸爸的男人也差不多都死光了，连灵魂也不知道躲到哪里去了！在这个世界上，比的不是谁的名声好，而是谁活得更长。"

时代大厦到了。这幢崭新的高楼富丽堂皇，是这个城市的一个标志性建筑。

老人仰望着大厦，她已经很用力了但似乎仍看不到顶头。

"他的堂兄弟说，小安就是从五十层高的楼上掉下来摔坏的……那么高的楼，从天上掉下来，他肯定被摔得魂飞魄散了。他的堂兄弟说，那时候他们已经请人给小安做了一场法事，给小安喊魂，把他破碎的灵魂从四面八方召回来重新拼凑在一起。那时候，他们没有告诉我小安出事了，小安肯定怨恨我为什么不早点来带他回家。我来迟他生气了，不愿意跟我回去了。他长大了，不再听我的话。"

我们站在这幢庞然大物面前显得异常渺小，我也试图看看它有多高，但无论如何也看不到顶头。

"小安到底摔在哪里？"老人四下寻找小安留下的痕迹。

时代大厦已经不是阚小安当初往米庄寄钱时的样子了，他当初住的工棚已经拆了，变成了停车场。停车场干干净净的，整齐有序地停放着锃亮的高档轿车，看起来，像一只只形态各异的盒子……小安当初就是在这里建这幢楼宇，小安在它的面前也会显得渺小。那时候，他应该站在楼宇的顶层，像一只鸟俯视着地面，看到地面上的人像蚂蚁一样爬行，有一天突然啪啦一声，他离开了脚手架，俯冲而下。他听到了自己摔在地上的声音，然后什么也听不到了。后来，他的堂兄弟把他装进了一只小盒子，寄存在我们客栈9号位。

我忽然感觉到自己站立的地方就是小安当初躺的地方，血肉横飞，魂飞魄散，像一颗爆炸开来的炮仗。我侧着身，想在小安躺过的地方慢慢躺下去……老人硬是让我带着她找阙小安当初的住所，三号工棚。这哪还有三号工棚啊？我拿着纸条，翻到背面，发现了一个电话号码。老人说，是阙小安的堂兄弟的："他也在城里，但我早就不理睬他了，他是骗子，是他骗小安到城里的，但又不负责把小安带回去。"在老人夺回纸条前我赶紧记下电话号码并拨打过去。小安的堂兄弟接听了电话。我告诉他，阙小安的母亲来到城里了，就在时代大厦。小安的堂兄弟迟疑了一会才说："那，我过去吧。"

大约过了十几分钟，一个又黑又瘦、满面尘土的年轻人赶到了，我快步迎上去，迫不及待地要把老人交给他。

"你就是阙小安的堂兄弟吧？"我想当然地说。

"不是。我是阙小安。"年轻人瞧了一眼老人，拍打了几下身上的尘土，若无其事地说。

我惊愕不已，脑子一下子乱了。年轻人满脸疲惫，头发上还粘着混凝土浆，看得出是从工地上过来的。

"你怎么会是阙小安呢？"我说。

"我本来就是阙小安。"年轻人好像受了委屈似的，理直气壮地说。

"米庄的阙小安？这个电话号码是你的？"我从老人手上抢过纸条向他扬了扬。

年轻人瞧了一眼纸条点点头。

我指着老人说："她是不是你妈？"

"是呀。她怎么又来了？真烦。"年轻人无奈地说。

"你不是……"我困惑不解。

"我没有死。我正在中央广场建大楼呢，比时代大厦更高。"年轻人露出自豪感来。

我仔细瞧了瞧，他跟照片上的阙小安长得没有什么区别。他应该就是阙小安。

老人靠近年轻人，摸了摸他的手："小安，你到底有没有摔坏呀？"

阙小安突然面带愠色斥责道："你就天天盼着我摔死！"

老人像我一样困惑地说："你的堂兄弟不是说你已经摔死了吗？"

阙小安猛地甩掉老人的手："你脑子早坏了，你就不能好好待在米庄？我都说过多少回了，摔死的是阙小飞，不是我。那骨灰盒里装的不是我，是阙小飞。"

老人似懂非懂地看着阙小安，像做错了事的孩子愿意接受最严厉的批评。

阙小安歉疚地对我说："兄弟，给你添麻烦了。"

我说："没关系，就当你妈给我上了一次灵魂课。"我把老人给我的钱交给他，转身要走。

阙小安一把拉住我："兄弟，你相信灵魂吗？"

我错愕地看着阙小安，不置可否："我在寿衣店上班。我是骨灰盒保管员。"

阙小安给我递上一支烟，自己也点上一支，情绪慢慢平静下来："我知道你说的那个地方，有个客栈，我的堂兄阙小飞在那里待过，是我亲自把他送过去的。本来他不愿意回米庄的，但他的母亲硬是接他回去，还把我妈的脑子吓坏了，她天天都在胡思乱想。"阙小安用夹烟的手指着自己的脑门说："我妈，这里坏了。"

"你妈很可怜的。"我说。

阙小安向上用力吐了一口烟，烟雾在空中形成了一个奇怪的烟圈，他指着烟圈说："我们米庄的人都相信这个。"

"灵魂？"我问。

"是的。"阙小安坚定地说，"也许你不相信。"

我想说相信，但没有说出来。

"我也不相信！"阙小安勉强地笑了笑，装出很豁达的样子。

老人拉着我的手，不让我走。阙小安粗暴地掰开老人的手。

"你的老板娘是个好人。"老人幽幽地对我说，"跟着她做事的，也都是好人。好人应该得到好报。"

我支吾着跟他们告别。老人突然上前一把又把我拉住："我送你一只气球。"她飞快地从拐杖上端取下气球递给我，"这里装着一个人的灵魂，我送给你。"我左右为难，我怎么能接受如此虚无缥缈却又让人沉重的礼物？老人怕我拒绝赶紧补充说："这是你母亲的灵魂，带着它，母亲就在你身边，她的灵魂才得到安息。"我迟疑着，盛情难却，但又毫无意义。阙小安又一次粗鲁地阻止了老人的荒唐行径："那只是一只气球，里面除了空气什么也没有！"老人委屈地要与阙小安争辩："你懂什么？里面明明装着一个人的灵魂！一个人的骨灰装不满一只盒子，一个人的灵魂也装不满一只气球。"老人要把气球塞给我，不料阙小安一把抓过气球，往地上一掷，气球弹起来，他再抓住，将它按在地上，然后狠狠地踩上一脚，啪一声气球爆了。老人惊惶失措地俯身寻找气球的残骸，顾不上我了，我终于脱身，赶紧快步离开。

我以为一切已经结束，但走出很远，仍听到阙小安厉声叱喝他的母亲。那声音把我镇住了。我在停车场出口的拐角处停下来，回头看他们母子。大厦的保安以为发生了什么事情，急匆匆走过来，很多闲人不知道从什么地方冒出来，也围了过来，七嘴八舌的。阙小安拉着老人的手要离开，可是她死活不肯。众人劝老人，老人斥责道："你们知道什么呀？他是我儿子，到处都是高楼，他迟早会摔死！"面对负隅顽抗的母亲和给他带来的难堪、羞耻的围观，阙小安愤怒了，猛力拖着母亲往外走。老人站不稳，一个趔趄跌倒在地，顺势挣脱了阙小安，双手藏到了肚皮里，不再让阙小安抓着。可阙小安并不罢休，一把抓住老人母亲的右腿，继续拖着母亲往出口快步离开。老人双手胡乱抓着地面，试图抓住什么，但地面上什么也没有，只有她的肚皮、背、臂膊、左腿、头颅与水泥磨出的一道明亮的血痕。

"造孽啊，快放开我，你这个没有灵魂的东西！"老人恶骂着自己的儿子。

众人和保安都劝阻阙小安，可他没有听从，只是换了另一只手，更坚决地往外拖。老人的身体翻滚着，像一只拖把。众人在后面追赶着，但又束手无策，无能为力，甚至无法追上。

"救命呀！我要死了，我的灵魂要灰飞烟灭了！"老人声嘶力竭地呼喊着，那凄惨的令人战栗的声音穿透了午后热气腾腾的天空。

阙小安拖着老人从停车场的侧门出去，拖着她，像拖着一条死狗快步穿过宽阔的马路，然后不见了，只剩下若近若远、似有似无的惨叫声折腾着我的耳朵。

大概是半年后。

有一天，我在客栈里专注地擦拭着盒子，突然有一只气球在我眼前晃动。我抬头一看，竟然是老人。她的一只手拄着拐杖，拐杖的尽头依然系着一只白色的半瘪的气球，气球是新的，白得耀眼；另一只手捧着一只盒子，也是新的，那是一只常见的骨灰盒，洁净得一尘不染。

"小伙子，还认得我吗？"老人比上次更衰老了，衣衫褴褛，头发乱得都打了无数的结，只是拐杖还是新的，弯弯曲曲，还是那么长。她竟然连鞋也没有穿，脚趾满是血迹，脚背上的伤疤还清晰可见。我不知道她是怎样爬上这楼梯的。

"认得。"我说，"你是从米庄来的大婶。"

"9号位还空着吗？"老人蹒跚着走过来。

"还空着。"我说。我刚擦拭了一次那个位置。我几乎每天都要擦拭一遍所有的盒子和位子，因为只有干净才能显示出尊严。

老人用颤抖的手，艰难地将盒子举放到9号位，然后一丝不苟地将它摆正，直到认为稳妥了才松手。

"谁的？"我的心一沉。

"阙小安。"老人的脸上已经没有了悲伤，或者说她被皱纹和污垢覆盖的脸已经无法展示她应有的表情,"摔死了,粉身碎骨,魂飞魄散……他不愿意回家,死活要留在城里。就让他留在城里吧,反正他的灵魂我也带不回去。"

我将信将疑。从老人的神态和表情我完全看不出真伪。

"你将 10 号位留给我吧。过不了几天,我就来这里陪小安。我们母子终于可以天天在一起了,他只有躺在我的身边才是最安全的,他从噩梦中惊醒时一把就能抓到我的手了——你说,从那么高的空中摔死的人能不做噩梦吗?"老人从口袋里掏出一把钞票,乱蓬蓬脏兮兮的,面值不一,甚至还夹杂着五颜六色的冥币,"这是小安寄给我的钱,平时我舍不得用,我就知道总有一天能派得上用场。"老人凑近我的耳边悄悄地说,"我告诉你一个秘密,小安终于在城里安家落户了,要买房子、车子,要娶妻生子,要光宗耀祖了……这些,都需要钱。小伙子,我给你钱。"

老人把钱塞给我。我再三推辞着。"我家小安不能白住你们的。"老人突然将钱往空中一撒,愤怒地说,"人留下了,钱我也留下了!"

钞票在屋子里飞舞,我要等它们落下来,捡拾起来交还给老人,但她却转身径直下楼梯。我怕她摔跟头,要背她,但被断然拒绝。她就坐在楼梯上,双腿往前,用屁股走路,一步一步地往下挪,用了好长时间才下了楼梯。

我要向老板娘报告情况,但店铺空无一人,老板娘去了哪里呢?

老人从花花绿绿的寿衣中穿过,拄着拐杖摇摇晃晃地走了。我追着她。但她走得出乎意料地快。她是决意要甩掉我。我怕她摔跤，便停了下来。她一直往西走，很快被来来往往的行人淹没了，但系在那长长拐杖上头的那只白色气球一直在迎风飘扬，直到马路拐角处它才消失得无影无踪。

这是一个普通的午后。一只气球消失在空中。

推销员

我刚钻进被窝里午休，忽然有人敲门。开始敲得较轻，我以为是风吹。后来敲的声音越来越大，越来越急促。我很不耐烦，而且有些生气了。我起来去开门。

是一个陌生的小青年。蓬乱的头发，瘦削的脸颊，穿一件单薄的黑色夹克，在寒风中瑟缩着。

"有事吗？"我警惕地半开着门，随时准备猛然关上。

"我是推销员。"小青年双手放到嘴巴呵了口气说。

"我不需要任何东西。"我要把门关上。但他用身子将门顶着不让我关。

"等等，请你先看看这个……帮帮忙。"小青年忙乱地从挎包里掏出一本书递到我的面前，谦卑地对我笑了笑，"诗歌，生活需要诗歌。"

我放松了警惕，把门开得更大。拿过书，看了一眼封面，是一本诗集，名《掩面而泣》。然后随便翻了一下，全是分行的文字。粗略看了几行，显得有些矫情。

我把诗集还给小青年说："是你写的？"小青年摇摇头说："不是，是我们公司的老板写的。""你公司老板是一个诗人？"我惊讶地问。小青年呵呵地笑了："你就买一本吧，不贵，就一包中南海的钱。"他从口袋里取出一包皱巴巴的中南海烟，递一支给我，很自信地说这是北京中南海产的，国家领导人也抽这牌子的烟。我暗笑，摇摇头拒绝了他的烟。他自个儿想抽一根，但犹豫了一下，又把烟插进烟盒，把烟盒塞回口袋。我说："我不读诗歌，我很少读书，几乎不读书了。"其实我喜欢读书，只是宁愿读一堆塞在门缝的恶俗小广告，也不愿意读一行不知所云的现代诗。诗歌早已经跟我的生活没有关系了，而且对诗坛的混乱也略有所闻。我不喜欢诗人。小青年说："其他书我不敢说，这本诗集值得你一读，真的，不骗你，我公司的人都说写得好，写得太好了，肯定是中国最好的诗歌。"我说："你读过吗？"小青年说："我……我读不懂。""你们是什么公司？"我问。小青年说："荷……尔……德……林房地产开发有限公司，你住的这个楼盘就是我们公司开发的，还有银河花园、莱茵河畔、罗马国际、地中海……"

他掰着手指头报告楼盘的名称，我打断他："那你在公司是干什么的？"

"我是新来的员工……不过，还在试用期。老板说了，如果我能够让祥瑞楼每家每户都买他的一本诗集，就正式录用我。"小青年那副老实质朴的样子，容易让人相信他说的是真的。

我仔细端详了这本装帧印刷精美的诗集。作者：隋正义。价格：19.98 元。

"祥瑞楼从一楼到顶层，一共 24 层 48 户住户，我已经推销了 46 册，23 层以下每户住户都买了一册。"小青年从挎包里取了一本登记册，向我逐一展示下面 46 户住户的签名。

"我们公司老板很严格，绝对不能弄虚作假。"小青年态度也很认真。

"你们公司老板是一个诗人，这也没有什么。"我说，"但他不应该把房子卖得那么贵。"

"两码事……诗歌和房价是两码事。"小青年一本正经地说，"我们新员工都必须经过推销诗集的考核。推销任务不完成，说明没有能耐，没有能耐就没有资格到公司上班，我老板说了，什么时候完成任务，什么时候正式上班。这是一道门槛。现在就差你们第 24 层的两个住户了。"

"几乎是不可能完成的任务……但你差不多完成了。"我由衷赞赏他。这个时代还有谁愿意掏腰包买一本诗集？不是舍不得花钱，而是根本不需要，正如谁会无缘无故买一块狗皮膏药贴在自己的脸上。

"我老板说，每一个员工都必须具备向爱摩……斯基人推销冰箱的能耐——推销诗集比推销冰箱容易得多了。大多数住户都理解我们新员工，住得起祥瑞楼的人都是讲人情明事理的人。我的一只脚都已经踏进公司的门槛里去了，你不会让我的另一只脚永远留在外头吧？"小青年很认真地看着我，眼神里又带着乞求。看得出来，他迫切希望尽快完成任务，成为公司的一名正式员工，从此过上体面的生活。

我也不是不讲人情不明事理的人。一个涉世不深、对未来充满想象的小青年到这个城市里混生活不容易。为了成全他，我愿意买一块狗皮膏药贴在墙上。

"先生，我看你也是一个知识分子……你们知识分子最难缠，12楼的住户是一个大学老教授，死活不愿意买这本诗集，严严实实是一个钉子户。他说我老板的诗写得狗屁不通，就一堆文字垃圾。他怎么说话呀，即使是写得狗屁不通，好歹也是一本书呀，他书房里有那么多的书，增加一本诗集就像往水缸里滴一滴水，就像在一千万元钞票中掺杂一张假币，一点也不影响。可是他说，我老板的书不够资格上他的书架——他怎么那么尖酸刻薄呀，我觉得我们老板的诗集比他书架上所有的书都漂亮。"小青年憨态可掬，同时也露出了得意之色，"但是，凡事都可以商量……我们老板说推销员要学会死皮赖脸、死缠烂磨，我每天都来帮老教授收拾乱蓬蓬的废纸堆，整理破破烂烂的旧图书，听他没完没了讲书本上的东西，我什么也没听懂，但我装出听懂了的样子，他很高兴，三天后终于掏20块钱买了一本诗集，在登记表上签上了自己的名字：赵鹏举。老家伙不缺20块钱，只是瞧不起我们老板，瞧不起诗歌。你们知识分子的心理，我也略懂一二。"

我刚想掏腰包，却又犹豫了。

"你懂什么？你对知识分子懂多少？"我没好气地说。

小青年愣头愣脑的，但反应蛮快，马上转为笑嘻嘻地说："不全懂，不全懂……"

我说："人家老教授说得对，不是什么样的书都可以随随便便上他的书架的，就像你们——我们乡下说的，鸡不能钻进凤凰窝。"

小青年说："这个道理我懂了。"瞧瞧四下没人，将嘴巴凑到我跟前悄声说："如果不喜欢读我们老板的书，你们可以一转身就将它扔到垃圾桶，没关系的。"

我故作生气，斥责道："读书人怎么可能将书扔到垃圾桶里去呢！"

小青年知道说错了话，赶紧改口说："对，你说得对，是我理解错了——看得出来，你是一个爽快的人，买一本吧。"

我故意犹豫不决。我是想让他今后说话注意一点，对知识分子有足够的尊重。

他看到我不爽快，脸上露出了失望、焦虑、不耐烦之色。

"这样吧，诗集你可以不买，20块钱我替你垫了，你只需在登记表上签上姓名，说明你已经买过了书。这个忙，你总应该帮吧。"小青年说，"当然，你也可以像老教授那样顽固，知识分子……"

我真要生气了。但小青年突然可怜兮兮地说："我真的很需要这份工作，我爸爸撑不到春节了……你看你，住那么好的房子，什么都不缺了，就缺诗歌——你买一本吧。"

我心一软，叹了一声，转身取了40块钱给他："这样吧，我要两本，替对面住户也买了，省得你去骚扰人家。"

但小青年只收20元，给了我一本诗集。

"你不能替别人买的，如果可以，我早就完成任务了。"小青年说，"做推销这一行，得讲诚信，还得有耐心。"他是对的。是我错了。

我在登记表上规规矩矩地签上了名。小青年对我千恩万谢，转身去敲对面住户的门。我关上门回去午休。

可是，我刚躺下，就被一声断喝惊得跳起来。是对面住户发出的怒吼。

我悄悄地打开一道门缝，看到小青年面对一个暴怒的中年女人胆战心惊、唯唯诺诺的样子。

"你已经敲了一整天了！"女人穿着厚厚的白色羊毛睡衣，从脖子一直包裹到脚，只露出她长长的臃肿的脸。

我搬进来有大半年了，还是第一次看见对面的住户。

小青年不断地道歉："对不起，我不知道你午休那么早……我应该早一点来的！"

"你来要干什么！你是怎么进祥瑞楼的？"中年女人警惕地让小青年退后一些。

"我是……推销员。"小青年说，"我正在工作。"

"推销什么？现在什么世道，竟然到高档住宅上门推销了，物业是干什么的，我给物业打电话，把你轰出去。"中年女人咆哮如雷，把我都惊呆了。她发那么大的火，在我看来，只有两种可能，第一种可能是她刚睡着就被吵醒，第二种可能是做爱做到了一半被迫中断。但无论哪种可能，她的反应都有些过了。

小青年小心翼翼地递上一本书："我不是推销保健品的，我是推销诗集的。"在他看来，推销诗集要比推销保健品理由更正当一些。

中年妇人愣住了："你说什么？推销诗……集？"

小青年说："是的，生活需要诗歌，屋子里摆上一本诗集，整个家就有了诗意，我老板说了，有诗意的地方更适合安居乐业——你的房子什么都有了，就只缺一本诗集。"

中年女人拿过诗集摔到地上，诗集滚了几下，在我的门口躺了下来："太过分了，为了一本破诗集敲了我一整天的门！你不许再敲我的门！"

门啪一声关上了。小青年满脸挫败感，呆头呆脑地站了一会儿，低头捡诗集的时候看到了门缝里的我。

他羞赧地朝我笑了笑。我无话可说，只是向他耸耸肩。

"你能替我说说话吗？给她讲讲道理。"

我摇摇头。因为我不会无缘无故跟一个不认识的人讲道理。

小青年很沮丧，把诗集放回挎包里，摁了电梯。我把门关上。

第二天傍晚，在楼下被踢翻的垃圾桶里，我看到了两本《掩面而泣》躺在那些花花绿绿的小广告上面，想伸手去取出来，但敏锐地发现诗集封面上有痰，我迅速把手缩回来并暗自庆幸。回家，刚走出电梯，我便看见小青年坐在楼梯口的台阶上靠着墙壁打盹。

"先生，你回来啦？"他很机警，马上站了起来，习惯性地往口袋里摸出那包皱巴巴的中南海，但很快醒悟，又把它放回去。

我向他点点头。他穿得依然很单薄，嘴唇被冻成了紫黑色。

"就差她这一户了。"小青年说，"如果她签上名，下周我就可以正式上班了。"

我说:"你继续敲她的门,精诚所至,金石为开,但敲门要轻一点。"

小青年说:"敲过了,没人,她还没有回来——我等了一整天了。"

"那你再等等。我进屋去了。"大约过了十分钟,屋外面有了动静。我听到了女人的声音。

"你怎么又来啦?"

"这是我的工作……你帮帮我,小事一桩,举手之劳。"

"我为什么要帮你的忙?"

"大家都帮了,就差你了。"

"大家都帮,我就应该帮你了?如果大家都死了,我是不是也要跟着他们死呀?"

"跟死没有关系,只是一本诗集……你就当它是一坨屎……"

"我为什么要花钱往家里买一坨屎?"

"我的比喻不恰当,你可以当它是一块垫子、包装纸……每次吃饭的时候,你还可以撕一页安放吐出来骨头,然后把骨头包起来放进垃圾袋。"

"别烦我,我不要什么诗集。你说是谁写的?隋正义?妈的一个混蛋,连自己的名字还写不端正,写什么诗!"

"你不能骂我们隋董事长。"

"我怎么不能骂他?全世界的房子就数他的最贵,一个车位也要我们二十万。他凭什么!我看他就是一坨屎。"

"我们董事长做过很多很多慈善……"

门开了，旋即又关上了。

敲门声又响了。我开了门。小青年犹豫着敲对面的门，动作很轻，轻得像是在抚摸。我示意他继续敲。

中年女人打开门，怒斥："我说过不买，你还想干什么！"

小青年说："我不需要你买诗集了，请你帮我签一个名，证实你已经买过了就行……帮帮忙，就差你了。"

小青年拿着登记册翻给中年女人看谁谁签过名了。中年女人说："我为什么要签名？我能随便签名吗？"

小青年转身指了指我，对中年女人说："对面的先生也已经签过了。"

我点点头。中年女人瞟了我一眼，对小青年说："他管不了我，我不签，你不要再敲我的门了。"

我忍不住对中年女人说了一句："你就签给他吧，他应聘工作需要你的签名，祥瑞楼就只差你一户了，年轻人不容易，能帮就帮个忙……"

中年女人有些不高兴，轻蔑地看了我一眼说："我不能凭你一句话就签名——我并不认识你。"

我心里很不舒服，要来气了，但忍住了，对小青年说："要不，你给她叩头吧。"

小青年愣了一下，似乎真想叩。

"你叩头也没有用。我有我的原则，不吃这一套。"

我自讨没趣，把门关上。为了消气，从饭桌底下取出那本诗集，仔细读了几首。每一首诗都很短，像警句。

比如：

春天，一只鸟停在窗台

向我控诉冬天有多坏

又如：

大海都已经平静

为什么我的心里依然波涛汹涌

再如：

世界那么邪恶，而你那么善良

我朝你高高举起的屠刀

一忍再忍

我觉得这些诗句很好玩，忍不住又读了几首，一肚子的气果然消了。诗歌还是有用的。是我误解了诗歌。我不认识隋正义，他应该不是一个邪恶的人，相反，还有几分善良和意趣。诗集的勒口上有他简短的简介，上面毫不讳言他只有小学的文化程度，在搞房地产生意之前只做过一项工作，就是当了三十年的推销员，什么东西都推销过。本来我不愿意跟房地产商打交道，但会写诗的房地产商让我好奇。我有了想认识他的冲动，但瞬间又打消了这个念头。

我出差了三四天。回来的时候，又看到了小青年坐在楼梯口的台阶上，寒风将他的头发吹乱了。他抬眼看了我一眼，没有哼声。

我说："这几天你都在等她？"

小青年郁郁寡欢，耷拉着头，抱着挎包，还是没有哼声。

"她不在家？"我指了指那扇冰冷的门。

小青年吱了一声："在，一家人都在。"

"她仍然不愿意给你签名？"

小青年的头轻轻地摇了一下。

"大年夜快到了，你先回家去，过了春节再来吧。"我说。"明天，最迟后天，我也要回长沙跟亲人团聚了。"

小青年不回答。

我说："外头冷，到我屋里坐坐吧，我给你煮碗面暖暖身子。"

小青年伸了伸腰，半个身子要起来了，但又坐了下去。

我开了门，三番两次去拉他进我屋里去。但他不肯。我再拉他的时候，他眼里已经盈满泪水。

"我爸快不成了。"他说。

"那你不快点回去看你爸？"

他坚决地摇摇头。

我进屋去了。把行李安放好，然后进厨房。

面条还没有煮好，外面突然传来激烈的打闹声。我赶紧出门看看。

楼道里一下子涌出四五个人。是从对面房子里出来的，四个男人，一老，一个中年，两个个头较高的青年。中年女人站在门口恶狠狠地骂。两个青年揪住小青年拳打脚踢。小青年退到墙角负隅顽抗，用微不足道的力量予以还击。那中年男人似乎怕两个青年吃亏，迅速加入了打斗，隔着两个青年挥拳打向小青年的头。那老男人颤颤巍巍站在门里，因为惊恐不断咳嗽。中年女人指挥着三个男人战斗。小青年满脸是血，很快失去还击和自卫之力。

我大喝一声："你们干什么！"

三人停止打人。小青年倒在墙角里，抱着头蜷缩成一团。中年女人说："这个小无赖天天骚扰我们，辱骂我们，还先动手打了我，你看看我的脖子，我一开门他就像疯狗一样扑过来抓了我一把，都出血了，我满身是血！"

她生怕我看不见，走到我的面前让我看。我看到了她的脖子上确实有一道明亮的抓痕。

"我没有冤枉他吧？他咎由自取，自作自受，我倒是被他枉打了，我要报警！"因为激愤，中年女人臃肿的脸像便盘一样扭曲着。她掏出手机，拨打电话。

我说："他只是一个推销诗集的孩子……"

三个打人的男人不怀好意地看着我。中年男人说："那你是不是觉得我们打错人了？是我们错了？"

我没有回答他的话。我过去要把那孩子扶起来，但他拒绝了我。依然蜷缩着，浑身发抖。他的手和头多处受伤，虽然是皮外伤，但足以让人感觉到痛心。

中年女人没有打通电话，对着小青年说："本来要让你坐牢的，但想想算了，算是便宜你……"

其中一个青年走近小青年狠狠地踢了他的屁股一脚，厉声警告："你再敢骚扰我妈，我打死你！"

门内那老年男人发出一声惊叫。中年女人赶紧回去，温顺地劝慰他："爸，不管他们，外面冷……"

打人的都回屋里去了。楼道里迅速恢复了宁静，仿佛什么也没有发生过。

我回到厨房里，面条已经煮熟。我盛了满满一碗出来，却没有了小青年的踪影。地上除了零星的血迹，再也没有发生过激烈打斗的证据。

第二天，没见到小青年。第三天，我便回长沙过春节。

春节很快就过去了。在这个春节里，我给不认识的隋正义写了一封信，希望他能正式录用负责祥瑞楼推销诗集的那个小青年，我保证他会成为一个好员工。回来后，我做的第一件事就是从一楼开始，挨门逐户地找户主在信上签名，结果只用了不到半天工夫便征集到了除了我家对面户主外的祥瑞楼户主的签名。在我准备把信给隋正义送去的前一天傍晚，我家响起了毫无规则的敲门声。

我打开门。也是一个中年女人。很矮小，毛发稀少，鼻子扁扁的，左脸上有一块醒目的褐色硬痂；穿着厚厚的土棉布衫，衣服很旧，但蛮干净。也许年纪并不特别大，但看上去显得憔悴、苍老，身体里似乎已经没有一丁点力气。

她肯定是一个来自乡下的村妇。城里没有人这样穿着打扮了。

"我是卢远志的妈妈。"村妇满脸歉意，但很淡定。肩上挂着一个挎包。我认得出来，那是装诗集的灰色帆布挎包，也很干净。

"我是替我儿子推销诗集的。"村妇说话很得体，不卑不亢。

村妇从挎包里取出一本诗集递到我的面前。我客气地笑着说："我已经买过你孩子的诗集了。"

"他说祥瑞楼第 24 楼还有一户不愿意购买。不是你吗？"村妇有点不相信我的话。

我指了指对面说："是那户没有买。"

村妇愧疚地说："是我弄错了，电梯口的右边，楼梯口的左边——我是爬楼梯上来的，你的对面才是左边……打扰你了。"她转身去敲对面的门。好一会，门才开。又是那中年女人。她的门上张贴着红艳艳的"福"字，门两侧挂上了喜庆的对联。春天已经来了，站在她的家门口便能感觉到春意盎然。

"我是卢远志的妈妈。"村妇把诗集递到中年女人的面前说，"我是替我儿子推销诗集的。"

中年女人吃了一惊，很快便明白了，脸上迅速露出了警惕和不耐烦的神色，"我跟你儿子说过多少遍了，我不需要诗集。你怎么代替你儿子来烦扰我了？"

村妇挺了挺腰身，平静地说："我儿子不在了。我儿子生前说过……就只差一户了。"

一阵风刮过，我心里一阵紧缩。

"他死了？"中年女人脸色大变，脸上有惶恐。她的脸比年前更加臃肿，让人担心多余的肉随时掉下来。

"死了。死在他爸前头。"村妇平静地说，"两父子凑到了一块。"

看不出村妇的脸上有悲伤，仿佛不应该有悲伤似的。我心里很慌乱。

面对个头比自己矮一头的村妇，中年女人终于低下了傲慢的头颅。

"村里的人都看过这本书，都说值二十块。孩子他爸虽然不认识字，但也说值。你们为什么就说不值呢？"村妇叹息道。

中年女人惘然不知所措，突然扑通一声跪下来。

"我不是故意的。我……我错了！"

"跟你们没有关系。我不怪你们。"村妇说。

中年女人还是惶恐不安。她没有穿那件厚厚的白色羊毛睡衣，身子在剧烈颤抖。

村妇把诗集放门槛上："我替我儿子送这本书给你。"然后从容地转身往楼梯口走去。

中年女人猛站起来，飞快地从口袋里摸出20块钱，手里扬着钞票追上去说："我签！我给他签名！"

村妇迟疑了一会，但最终没有转身，只是淡淡地说："不用了。"

一切都如此措手不及。我不知道应该说点什么，我想问村妇一个问题"你儿子是怎么死的"，但说出来的却是："你可以乘电梯走。"

村妇走到了楼梯转角，依然没有回头，她回答我的声音依然很平静："不用了……我不能白白坐你们的电梯。"

村妇不紧不慢，一步一步地往楼下走。很快我便看不到她的身影。

当把目光从村妇身上收回来时，我才发现中年女人原来和我肩并肩地站在楼梯口往下张望。我们的目光瞬间对视了一下便随即分开。

她把诗集捡起，迅速把门关上。

我也只好把门关上。

最细微的声音是呼救

　　蝶花派出所实习民警小宋刚报到的第一天便接到一个电话，电话里传来深沉而急促的呼救声。小宋神色紧张地追问报警者的详略情况，是不是遇到危险了？具体在哪里？能不能先做自救措施？等他一问下来才知道，打电话的是一个老太太，不是她身陷险境，是她听到了她所在的仙鹤居民小区有人呼救，不仅仅她听到了，小区的其他人也听到了，虽然不知道声音从哪里传来，但确实听到了低沉的、哀求般的呼救声，尽管声音低微，若隐若现，如海面上溺水者的惊叫，但还是像闪电一样穿透了他们的耳膜，让他们既心惊胆战又焦虑不安。

　　小宋向所长汇报。所长说："不管她，打报警电话的那个老太太神经有问题，这几天她老打电话说这个事，大前天、昨天老赵都去了仙鹤小区好几回了，哪有人呼救？屁事也没有。"小宋说："那就先不管她。"可是，过了一会，电话响了，又是刚才报警的老太太。

"那呼救声都喊了好几天了，你们为什么见死不救？你们是不是太过冷漠了？"

小宋说："你真听到呼救声了？没有听错？"

老太太在电话里吼叫："我们没听错，每一个耳朵都听到了，就你们警察没听到！"

"可是，我们所的民警老赵都去了几趟了。"小宋说。

老太太吼声："老赵是一个聋子！聋子怎么还当警察！"

小宋见过老赵，可是老赵不是聋子呀，一点也不聋。

老太太在电话里猛说了一通，说几号楼几号房传来的呼救声，昨晚都叫了一宿了，整个小区的人都睡不着……"你们要是来晚了，便要出人命了，人命关天啊"。

小宋对所长说："所长，你还是让我去看看吧。"

所长说："你去便是了。"

小宋很快便骑车来到仙鹤小区。打电话的老太太就待在正大门口，看到小宋便拦住了："你是小宋吧？看上去你比老赵负责任，那个老赵呀，像个老爷一样，每次来都不好说话，像猫一样哼哧几声便走了。"

仙鹤小区是一个新旧建筑掺杂的小区，既有崭新的楼房，也有破破烂烂的房屋。原来这里是氮肥厂的职工宿舍，后来氮肥厂倒闭了，不仅厂区卖了，部分职工宿舍区也卖了。楼房间显得拥挤不堪，垃圾也随处可见，住在这里面的人员也杂七杂八的，什么身份的人都有，什么地方搬过来的人都有，连物业管委也搞不清楚小区到底住了多少人。按老太太和另外几个的指点，小宋爬上了七幢四楼，敲开了402号房间的门。

按老太太所说，呼救声是从这套房传出来的。像是一个女声，低沉得几乎让人听不见，只有在半夜三更万籁俱寂的时候才听得清晰，虽然不知道为什么呼救，也不知道呼喊什么，但正是因为如此才觉得毛骨悚然。小区物业管理的保安说，他也听到了，他也曾敲门进去过。这户住的是一对氮肥厂下岗夫妇，男的得了白血病都半年了，半死不活的，他们唯一的女儿是个智障，去年被人拐卖到了河北，上个月刚生了一个儿子便坠楼身亡。保安说，他们夫妇都坚决否认曾发出呼救声。

开门的是一个女人。小宋说："有人听到这里发出呼救，是你们吗？"

那女人说："不是，我们早就声明过，即使饿死也不会给政府添麻烦，你看我丈夫，连说话的力气都没有了，哪里还能呼救？肯定是你们听错了。"

小宋往屋里瞧了一眼，乱七八糟的房间里，散发着浓厚的药味。一个人躺在床上，骨瘦如柴，胡子和头发一样长。

"我没有呼救……"床上的人说，低沉却颇具穿透力，"我倒以为是我们头顶上的住户在呼救，我好像也听到了，如果我能起来，我想爬上去看看是怎么回事……"

小宋的心颤抖了一下："我们以为是你呼救——其实你是可以呼救的——五楼上住的是什么人？"

保安争着说："住的是一对从美国回来的夫妇，平日出入挺文明的，从不乱扔垃圾，也不乱吐痰，两口子对人也挺和气，生怕得罪人似的，对保安也客客气气，夫妻彼此相敬如宾，每天都像在谈恋爱，亲热得令人羡慕，说明他们生活很美满。这样的住户怎么会发出呼救呢？"

一直跟在身后的报警老太太说："他们亲热给我们看的，说不定他们比仇人还憎恨对方……"

保安说："怎么可能呢？那样子谁也装不出来，是你看不惯吧？"

老太太不屑和保安争论，紧跟在小宋的身后，生怕被谁插了队似的。

小宋耐心地爬上五楼。开门的果然是一对年轻夫妇，他们几乎是半裸着拥在一起，满脸兴奋，且喘息未定。很明显，他们为了应付敲门而中断了做爱，但他们没有不满的表情，相反，还对不速之客充满了歉意。老太太对此也不觉得尴尬，对他们说："近来我们听到了你这里发出呼救声，现在民警同志来看看是怎么回事。"

那对夫妇面面相觑，男的说："我是曾经呼救过，但那是在美国，我觉得活得压抑，快要窒息了，便报了警。美国警察告诉我，你要想活得不压抑，建议你回到中国去，于是我们便回来了——可是我们呼救了吗？我倒听到我们头顶上的住户呼救了，对，应该是他。"

"六楼的住户是一个孤寡老人，儿女都不愿意理他，因为他是一个疯老头，脾气很古怪的，很少出门，出门也不跟别人说话。"老太太主动介绍了六楼住户的情况，以证明她对这幢楼了如指掌。

保安也说是住着这样的一个人："听说他曾经是一个教授，房子是老伴留给他的，他老伴原来是氮肥厂的职工，现在一直跟在青岛啤酒厂工作的儿子生活在一起，很少回来。"

　　小宋爬上七楼，敲开老头的门。老头戴着老花眼镜穿着一身睡衣出来打开门。小宋打量了一下，老头头发苍白，却油光发亮，但脸上充斥着愤激的表情，但这表情应该在他的脸上停留了很长的时间，并非是因为小宋他们的打扰才突然出现的。

　　"教授，有人听到你呼救了……"小宋说。

　　"是吗？"老头突然转怒为喜，兴奋地说，"你们真听到了吗？"

　　小宋说："你遇险了？有什么困难吗？"

　　老头说："我写的文章还在这里，还没有发表呢，他们便听到我的呼救声了？"

　　老头旋即返回书房，兴致勃勃地取来一叠书稿递给小宋。小宋看了一下题目：救救孩子。

　　小宋哭笑不得："教授，我是说你有没有呼救……"

　　老头认真地说："呼救了呀，都在书稿上。即使还没有出版，它自己也能发出振聋发聩的呼救声，你们都听到了吧？"

　　小宋只好解释说："我们说的不是抽象的呼救声，是具体的，物理意义上的……是从嘴里发出的呼救声，有人听到你从嘴里发出的呼救声了，大家很关心你的，有人报警了。"

　　老头终于明白了，失望地说："原来是这样——我的嘴巴是用来吃饭的，从没有发出过呼救声，我历来是用文章来呼救……你们可以读读我的文章——它的呼喊声比喉咙发出的不知道要强多少倍。"

　　小宋说："等有空我一定拜读，但现在得找到真正呼救的人，也许他（她）正危在旦夕，我们得救人于危难。"

老头突然醒悟似的说："对了，我也听到了呼救声，是从我顶层楼上传来的。天天都在呼救，昨晚也呼喊了半宿。"

小宋将信将疑。老头推开小宋，看到了躲在小宋身后的老太太，大声地说："住在我上面的不是她吗？就是她。"

老太太说："是我呀，我住的就是这幢楼的最顶层——我呼救了吗？"

小宋狐疑地看着老太太。老太太有点慌乱："老头子撒谎，我怎么会呼救？"

老头争辩说："我听到了，呼救声是从你那里传来的，我经常一边写文章一边听到你的呼救声，文章越写越激荡，我对你的呼救声都产生依赖性了，听不到你的呼喊我都写不出文章来了。"

老太太斥责了老头子一声"老疯子"，便爬上楼去。小宋跟随着她到了顶层。

老太太熟练地开门进去。小宋也跟着进去了。

屋子内布置得很整齐，也很干净，但空旷得有点寂寞，还弥漫着一股腐味。小宋说："是你一个人在住吗？"

"不是……"老太太依然有些慌张说，"不是我呼救的，不是我……"

小宋说："其实是谁呼救也不要紧，有紧急情况是可以呼救的，呼救是不用付钱的……"

"真不是我，我……虽然我很想呼救，可是我一直没有……"老太太说，"我害怕，我快死了。我怕听到自己的呼救声，所以我不会呼救。"

小宋说："你身体不好？"

老太太说："好，很好，一口气能爬上来，我身体很好，可是我觉得自己快死了……"

小宋说："你的亲人呢？"

老太太说："他们晚上才回来，一回来便满满一屋子人了。"

保安凑近小宋的耳朵悄声说："她一直是一个人住，像六楼的老头……"

老太太说："我没有呼救，我想起来了，呼救声好像是从我顶上传来的，对了，是从顶上传来的，我敢肯定，不会错——老不死，为什么到现在我才想起来？"

保安说："上面是楼顶，楼顶是封锁的，除了保安其他人没有钥匙上去。"

老太太说："你怎么知道别人上不去？也许有呢。"

小宋对保安说："那你领我到楼顶上看看吧？"

保安打开楼顶锈迹斑斑的门。小宋走到楼顶上去，踩着楼面的预制板，似乎有种晃荡的感觉。因为人迹罕至，楼面上都有丛生的杂草了。

楼顶上除了一个小水塔，再也没有其他东西了。小水塔是用水泥筑的，四四方方的，里面一滴水也没有，只有一些鸟粪。保安说，小水塔已经废弃多年了。

老太太说："我喝过小水塔的水，十年前。"

小宋仔细端详了一番小水塔，似乎发现了秘密似的："呼救声是小水塔发出来的！"

保安莫名其妙，上上下下看了一通："没道理呀，有风的时候小水塔至多也只能发出嗡嗡的风声，不可能会呼救……"

小宋不容置疑地说："就是小水塔发出的呼救声！"

老太太的神情也赞同保安的质疑，也跟着保安端详小水塔，结果一脸茫然。小宋觉得自己的话过于武断，甚至强词夺理，他还不习惯这样说话，因此心里有点虚，但转念一想，警察就得这么说话。

保安再次端详了一番小水塔，仍然一脸茫然，要刨根问底，可是小宋就是不肯说出所以然来。保安有点不服气，反复察看，又屏气凝神地听。小宋吆喝了一声："看什么看，有什么好看的，你不是警察，你能看出什么头绪来？"保安愣了愣，被迫放弃寻找真相，但他依然不服气。

"你们告诉大家，呼救声是从小水塔传出来的，把它拆了，就不会再有呼救声了。"小宋说，"废弃的东西就应该拆掉，否则会扰民的。"

老太太似乎终于弄明白了什么，如释重负，赞赏地对小宋说："你工作比老赵认真，老赵干活粗心，没有耐性，还不能好好说话，真不知道他怎样当上警察的。"

小宋离开仙鹤小区的路上，耳朵嗡嗡地响着，开始以为是什么噪音，可仔细一听，却是低沉而急促的呼救声。这声音不知道是从哪里传来的，好像从遥远的地方，也好像就在身边；听不清楚是谁发出这声音，好像是正在捡破烂的小老头，又像是行色匆匆的陌生人……反正是有人呼救。小宋屏息听了一会，才听清楚这声音原来是从自己的心底发出来的，像空气一样弥漫得到处都是，又像锋利的刀子能穿透一切。小宋心里一慌，好像要赶往哪里拯救什么似的，不禁赶紧加快了步伐，拼命蹬车，一下子跑到了风的前头。

蜂鸟前传

　　十年前的某一天，我第一次登门拜访岳父。仪式很隆重。岳母精心为我准备了一顿丰盛的晚餐。我和岳父喝酒。小饮小喝，他有脑溢血后遗症，几乎就是我自己喝。晚餐快要结束的时候，突然来了一个人。高高瘦瘦的，脸很小且长，但不能简单粗暴地用"尖嘴猴腮"来形容。大热天穿着宽大的格布长袖衬衫，让人怀疑他的衣服是从胖子那里偷来的。仔细观察，他的手臂长满了毛，长长的，像猴子。原来他的长袖是用来掩盖长毛的。看上去他还是有些清高和傲骨，见到我们不卑不亢。我的妻子叶芝颇为意外，甚至有点措手不及，赶紧引这个不速之客坐到我的身边，给他添上碗筷和酒杯。

　　"你知道，我从不喝酒。今天也不例外。"他对叶芝说，然后对我说，"我姓刘。中山靖王之后。"

在我错愕间，他旋即从一个印有兽药广告的布袋里取出一本厚厚的皱巴巴的书，我以为是县志，仔细一看，却是尚未定稿的蛋镇刘氏族谱。

他应该是我岳父家的常客。因为他进门后一点也不见外，与我岳父岳母也不客气，只是举手打了一个招呼。叶芝告诉我，他是她的高中同学，名叫刘直。

叶芝读的是臭名昭著的蛋镇高中。这所乡下普通高中，从学生到老师都是吊儿郎当的，虽不能说是藏污纳垢，但简直就是一群乌合之众，打架斗殴、鸡鸣狗盗，乱七八糟。每届高中生，能坚持到毕业高考那天的学生算是凤毛麟角。彼时刘直是蛋镇臭水湾初中的代课老师，经常周末到城里来拜会一下老同学。

这是我有生以来最漫长的一顿晚餐。一个天上掉下的朋友。他拉住我，用了一个小时又十五分钟向我介绍他的身世：中山靖王之后。族谱中的蛋镇刘氏一脉源远流长，错综复杂，但抽丝剥茧便会发现，中山靖王之后有一支可能流落至此，落地生根，开枝散叶。虽然脉络可疑，证据不足，但刘直言之凿凿。

"不同的是，刘玄德是嫡亲，我是庶出。但也是亲生，是皇室血统。如果当今仍是刘家天下，理论上我是有皇位继承权的。"刘直笑起来脸更长了。

岳父早已经回他的书房里休息。叶芝也回卧室看电视去了。岳母一直在厨房里忙着准备明天的早餐。只剩下我和刘直在餐桌上。叶芝告诫过我，一定要陪好她这个同学——他可是我高中最要好的同学，如果当初他出手，我已经成为他的妻子了——为了报答他不下手之恩，你可得好好待他，至少你得承认他是中山靖王之后。

　　好吧，我认了。就算你是前朝太子，又怎么样呢？幸好，在我死心塌地地相信他的身世之后，他心满意足地离开了。也就是说，他在让我反感和厌烦之前结束了刘氏族谱的梳理、普及教育。他始终没喝一滴酒，面对满桌子菜肴，也只是偶尔动动筷子，吃得很少。只顾说话，诚恳而谦逊，没有迂腐之气，也没有一点皇室宗亲的傲慢，好像我们是久别重逢的朋友，或是失散多年的前世兄弟，平等而情重。这是我第一次认识他。其间，我装模作样地粗略翻阅了一下刘氏族谱和序言。刘直祖辈自宋代前期才迁居蛋镇，历来都是佃农，祖上最出息的人便是他的一个伯父，曾经给李宗仁喂过马，后来替李宗仁挡炮弹死了。刘直说，如果他的这个伯父没有死，中山靖王之后完全有可能与桂系军阀联手逐鹿中原问鼎天下。除此之外，"这一支"中山靖王之后便乏善可陈，世代都是升斗小民，且在蛋镇也是弱势群体。虽然如此，但从此以后，在我的大脑里增加了一个新的知识点：中山靖王之后，至少有两个人，一是刘玄德，另一个是刘直。

　　但是后来我才发现，娶了叶芝，我几乎就相当于同时娶了刘直。他开始频繁出现在我的生活里。比如说，两个月后的某个周末，当我和妻子都穿着睡衣搂抱着在客厅看电视时，突然响起了敲门声。看这个时间点，只能是刘直。开了门，果然是他。

　　"我刚从王游那里过来，顺便来看看你们。"

　　在县城里，叶芝和刘直还有一个共同的高中同学叫王游，一个鱼贩子。每次去菜市场，叶芝总要光顾他的鱼摊。因此，结婚半年来，吃鱼快让我发疯了。而王游每次都对我们缺斤短两。因为太明显，我曾经要揭穿他，但叶芝都不好气地阻止了我。也让我明白，她和王游和刘直之间有很深的同学情谊，我不要轻易破坏了。

刘直就坐在我家的一张小板凳上与我们对话。姿势放得很低，像是和我商讨。

"虽然我是中山靖王之后，但我一直被他们明目张胆地欺负。"刘直说。

刘直说的他们是指臭水湾初中的同事。这是一所偏僻破烂的镇初中，在全县中学中几乎可以忽略不计。学生都是为了混一个文凭好远赴广东。有一次，刘直说被他的学生打了，学校竟然不闻不问。同事们从不把中山靖王之后放在眼里，有一天，他们终于剥夺了他上讲台的权利，安排他喂养学校的十三头猪。

"如果刘玄德地下有知，会亲自出马收拾他们。"刘直说，"即使他不亲自出马，他的兄弟张翼德、关云长也会替他动手。"

刘直恳请我帮一个忙，目的是改善一下他在学校的地位。

叶芝蹲在厕所里对我吼道："你得帮他，赴汤蹈火，粉身碎骨。"

刘直眼里全是哀求。

我说："如何帮，你说。"

我手里没有权力，我只是陶城图书馆的一个实习管理员，还没有转正，连处理一本破烂书的权力也没有。馆长几乎每天都告诫我，只要我在工作中有丁点疏漏，随时有可能走人。叶芝是国有电影院的一名售票员，她手里的票卖不出去几张，电影院迟早要倒闭。

刘直给我出了一个主意，让我和王游冒充《人民日报》记者去学校采访他。

"为朋友两肋插刀，"我说，"我没有问题。"刘直说："王游也表示没有问题。"

王游身上的鱼腥臭肯定是从远古带来的，否则不会那么臭，挥之不去。自从我们跳上班车的那一刻开始，车上的人便立即做出反应，呕吐声此起彼落。最后连司机都吐了。只有我没有吐。也许得益于我每天都光顾他的鱼摊，习惯了。王游是一个胖子。年纪轻轻便大腹便便，脸上的横肉也相当可观。幸好他的皮肤很白很嫩，像女人。路途遥远，总得说什么。他愉快地回忆起他的高中生活。

"我，刘直，还有叶芝，我们是患难兄弟。"他说，"因为我们班就我们仨坚持到了高考。"

是的，"凤毛麟角"的他们三人坚持走到了失败的尽头。叶芝现在变成了我的妻子，一个相貌中规中矩的女人，泼辣，耿直，仗义。说实在的，我一点也不喜欢她的性格，我也不知道我怎么就跟她谈起了恋爱，或者说，我和她从来就没有谈过恋爱，完全是听信了媒妁之言，草草结合。我对她的了解未必比得上刘直和王游。岳父曾经是蛋镇的一个布商，在流行布票的年代他已经在蛋镇贩卖起五颜六色的布匹，因此他家有能力在县城建了一幢小楼。

"我和刘直无比热爱叶芝。"王游真诚地说，"但因为不愿意对方受到伤害，我和刘直都没有对叶芝下手，宁愿眼睁睁地看着她另嫁他人。"

车上的人都听清楚了我们的关系，也似乎猜到了我们前往蛋镇的目的。我几乎一声不哼。王游兴致勃勃地挖掘、诉说叶芝和他们的细节。比如说，高考前的一天，叶芝坐在蛋河岸上看王游和刘直裸泳。是洪水期间，污浊的河水翻滚着。一团水草将刘直缠住了，洪水裹挟着刘直飞速而去。河的下游是险恶的漩涡，进入漩涡的水牛都无法生还。情况异常危险，叶芝惊叫，命令王游去救。王游冒着生命危险好不容易才将刘直救上岸。叶芝手忙脚乱地给刘直做人工呼吸。最后，两个男人直挺挺地站在我未来的妻子面前，一丝不挂。可以想象，他们的鸡巴竖得老高，像冲天炮，像两根旗杆。

　　"那时候，刘直还不知道自己是中山靖王之后。"王游说。

　　从县城到蛋镇，是多么漫长的旅途。泥巴路高低不平，洼洼坑坑，坐在班车里我们都像蹦极一样，弹跳起来，头撞到了车顶的天花板。王游安之若素，谈兴丝毫不受影响，毛发不乱，皱巴巴的西装依然皱巴巴的。只是我们下车的时候，坐在后排的我们，在车头的角落里找到了我们的鞋。

　　从蛋镇到臭水湾，我们又得步行两个小时。秋风扫落叶，落叶在我们的肩头上停留。我们排练，对台词，互相挑剔、纠正对方的表情和动作。直到我们都觉得对方像《人民日报》的记者了，才道貌岸然地闯进臭水湾初中。而迎面走来的却是惊喜交集的刘直。我们装作不认识他，道路以目，向其他人点名道姓要找校长姚春风。

　　刘直伸长脖子，大声呼喊姚春风："中央来人了！"

　　姚春风从树木中间的厕所里跑出来，有些慌张。我们向他亮明身份：《人民日报》记者。王游拿出一本连夜赶制的蓝色封面的记者证，在姚春风眼前晃了一下便放回口袋里。

姚春风是一个临近中年的人，头发已经过早地花白。措手不及，忐忑不安，又有些受宠若惊。

"你们学校的卫生状况太差了，到处都是垃圾，污水横流，整个学校简直就是一所巨型厕所。"王游居高临下地斥责姚春风校长，"即便是厕所，也得有一块干净一点的地方吧，要不你让我往哪蹲去？"

姚春风唯唯诺诺，诚惶诚恐，抬头命令刘直："你，马上给我打扫一下……"

王游严肃地制止了姚春风。

"我们是专程来采访刘直老师的。今天他是主角，从此以后你不应该随便命令他打扫卫生。"王游说，"中山靖王之后甘心情愿奉献乡村教育事业的先进事迹，已经惊动中央。中央领导说了，刘直老师的事迹应该让全国人民都知道。因此，我们不得不往你这儿跑一趟。"

姚春风脸上露出不屑的冷笑，凑近王游的耳边说："假的，都是假的，刘老师伪造身份欺世盗名，已经成为臭水湾的一个大笑话——堆臭狗屎……"

王游板起脸，右手举起，然后劈下来，斩钉截铁、气势汹汹地说："谁说是假的？谁说的？是造谣，是妒忌，中央有关部门已经考证过了，刘直老师就是中山靖王之后，千真万确，天地可鉴，谁也否定不了，谁否定谁倒霉。"

姚春风惊疑中夹着失望，又不敢争辩，但异常热情和积极地配合采访，尽拣好的说。本来并不存在的先进事迹，我们也旁敲侧击地引导姚春风和其他教师编造，还让学生来作证。由于我们准备充分，采访过程十分顺利，天衣无缝，毫无破绽。我们向姚春风保证，在主要宣传刘直事迹的同时，顺带表扬一下姚校长及其他教师。姚春风暗喜，仿佛看到了自己的远大前程即将起航，小心翼翼又迫不及待地询问何时能见报。王游拍着胸脯说："尽快，争取上头版，你们要做好闻名遐迩的准备。"其间，刘直故作谦虚低调，背对着我们手脚麻利地杀鸡、做饭。席间，他依然低头不语，刻意躲过我们赞许的目光。姚春风和几个老师争相向刘直祝贺，刘直坦然接受，甚至对向他阿谀奉承的姚春风端出一副傲慢和鄙视的样子，连我和王游都看不下去了。饭毕，匆匆告辞。

一切完美，无懈可击。王游很得意。我也很得意。但离开时，我听到姚春风在身后跟刘直嘀咕："朱记者是不是刚从鱼塘里爬上来的呀，浑身散发着鱼腥臭。"我姓朱。姚春风好几次对着我捂鼻，虽然隐蔽而迅速，但还是让我察觉了。原来他一直以为鱼腥臭是从我身上发出的。这明明是张冠李戴，但刘直曲意奉承道："可能是吧，朱记者喜欢捞鱼，跟鱼有缘。"

回去的路上，王游身上的鱼腥臭更浓了，仿佛他本身就是一条死鱼。我远远地躲着他，同时对姚春风耿耿于怀。后来，我听叶芝说，自从《人民日报》记者采访之后，刘直在臭水湾初中的地位一夜之间拔地而起，姚春风不怕得罪十三个排名靠前的同事，决定把唯一的一个代课老师转正的指标越过千山万水让给他。但好事很快让他搞砸了。原因并非《人民日报》迟迟没有刊登刘直的事迹，而是王游身上的鱼腥味引起了姚春风的深度怀疑。

"朱记者怎么像一条臭鱼？"姚春风跟其他教师说。

刘直解释说："朱记者身上的鱼腥臭或许就是与生俱来的，像村长的老婆天生就有狐臭一个道理。"但自始至终没有为我正名说，鱼腥臭是从王记者身上发出的。所以后来我对他代课老师转正功亏一篑有点幸灾乐祸。

姚春风决定暗中调查。此厮像蚂蟥一样死死盯住不放，顺藤摸瓜，半个月后在县城菜市场看到了正在卖鱼的王游。

"你是一个鱼贩子——原来鱼腥臭是从你身上发出的，我们冤枉朱记者了。"姚春风冷冰冰地说。桶里的鲈鱼惶恐乱跳，恨不得飞起来。

王游惊慌失措，试图躲避，仓皇间滑倒在一堆鱼肠上，肚皮朝天，满脸鱼屎和鳞片。

冒充历史名人之后，勾结外人欺骗学校，刘直被除名在意料之中。但他坚持说是辞职。在学校宣布开除之前他已经声明辞职了。好吧。

刘直连夜离开臭水湾初中，带着一个农妇来到我家。那个矮胖的农妇便是他的妻子李洁，肚子里已经有了四个月的胎儿。她说当初愿意嫁给刘直的原因是相信了"中山靖王之后"，皇家血统，将来孩子们一出生便高人一等，现在好了，连当个土鳖都当不成了，她的一辈子也就毁了。李洁说："总得有人为此事负责。"他们暂且住在我家里，如果他们的生活没有着落，就永远得让我们养着。我满腹牢骚，叶芝对我说："此事已定，不容商量，无法更改。"

叶芝还说："但主要责任在王游，从明天开始，你每天去他那里要一条鱼回来，不必付款，这是他应该为办事不周全所承担的后果。"

然而，更严重的后果是，我被单位辞退了。因为冒充《人民日报》记者。此事在陶县已经家喻户晓。公安去菜市场抓捕王游，却扑空了。王游不知所踪，鱼摊的木桶里还剩下三条肚皮翻白了的鲈鱼，被随之而来的姚春风心安理得地拿走了。

叶芝并无悔意。她觉得为刘直两肋插刀是应该的。我被辞退了，前途黑暗，吃饭成了问题。叶芝说她养我，直至老死。可是，怎么能靠一个薪水微薄的电影院售票员养家糊口？我怎么能把未来交给一个身无长物的女人？

但刘直夫妇把未来彻底地交给了叶芝。

刘直夫妇在我家白吃白喝白睡，一直到他们的女儿来到人世。有时我觉得，他们的女儿压根儿就不应降临到人世，因为他们寄人篱下，朝不保夕，怎么能养活一个婴儿啊？然而，叶芝像祖母，像保姆，像人民公仆，对他们关怀备至，细心得让人妒忌，把李洁伺候得像个女王，就差擦屁股、蹲厕所不替她，其他活全替她做完。李洁当然很享受，很满意。刘直几乎帮不上什么忙，他只是在规划自己的人生。他有雄图大略，不过，可能要经过漫长的等待，像汉高祖的戎马生涯一样漫长、曲折。我们可以忍受刘直夫妇，但他们经常半夜啼哭的婴儿严重干扰了我们的生活。叶芝也终于无法忍受了。她根本无法安睡，黑眼圈吓坏了电影观众，影响了她的清誉。她求遍所有的熟人，终于为刘直在一家夜总会谋到了一份保安工作。同时，靠三条红梅烟行贿，在电影院职工宿舍楼找到了一间废弃多年的楼梯间，苦口婆心地劝刘直一家三口搬过去。为了弥补逐客之过，叶芝每天都往那个楼梯间跑，为他们张罗一切。但无论如何卖力，也无法挽回刘直老婆李洁对她的怨恨。有一天，李洁竟然拒绝让她进门。这让叶芝十分恼火，站在西街口对着电影院破口大骂，同事们以为她神经错乱，真心实意地替她着想，催促我赶紧送往精神病院。

"如果医治及时，能恢复到90%。"同事们说，并举了许多例子。我相信一切都是真的。

刘直有事没事仍然往我家跑，跟我辩解"中山靖王之后"。他从没有怀疑过自己的身世。对蛋镇刘氏一支的来龙去脉有多种假设，他也总能自圆其说。

"此事有多种可能。"刘直说，"我又不是要反清复明，他们犯不着视我如洪水猛兽。"

他比原来更瘦了，手臂上的毛更长更浓密，但比原来谦卑得多，总觉得比我们不止低一个等级。

叶芝偶尔会向他埋怨受不了李洁充满仇恨的脸色和心安理得地等靠要。

"她总是觉得我是县长，她是贫困户。"

"我们不跟妇人一般见识。"刘直说，"她不是吕后，影响不了朝局。"

我们偶尔会谈到王游。刘直说，他跑深圳避风头去了，很快会回来的——深圳人受不了他身上的鱼腥臭。

我和叶芝担心刘直在夜总会的工作干不了多久。果然，半个月后，他说不干了。实际上是被开除了。因为他忍受不了夜班的孤独，半夜偷偷跑回家里，与李洁交配后再回到岗位上。叶芝安慰他，说再想办法给他找一份工作。刘直说不用了，真的不用麻烦了。一个星期后，他注册开了一家公司，叫蜂鸟文化公司，专门替他人编撰族谱。公司就设在他家里，电影院职工宿舍三楼楼梯间，5平方米。公司牌匾是用一块捡来的松木板做的，用毛笔写的公司名称。墨水渗透到木板里去了。刘直很兴奋，手舞足蹈，不像是开公司，而是像揭竿而起，踌躇满志，目光远大。而李洁对公司的开张冷嘲热讽："整天跟一堆死人的名字打交道，够晦气的。"

从此，叶芝对姓氏的兴趣陡然增加，有空没空跟我探讨百家姓。"欣逢盛世，你们朱氏也应该编撰新族谱了，你抽空回老家动员一下。"叶芝对我说。她经常跑去老干部活动中心、人民公园和鹿三剃头店，打听哪个姓氏需要编写、修订、印制族谱，给他们发放蜂鸟公司的名片。甚至她卖电影票的时候，也顺便给购票者一张蜂鸟公司的名片。

刘直开始忙起来，到我家里来的次数越来越少。我也忙于重新报考干部，准备东山再起。

有一天，刘直登门拜访，与过去不同的是，他身后带着一个人。

姚春风一进门就点头哈腰，不断地向我道歉。

"难道你有重大发现，刘直确实是中山靖王之后？"我问。

姚春风说："不是……我误会了你，那天的鱼腥臭不是从你身上发出的，是王记者。让你蒙受不白之冤，我给你平反来了。"

事实上，姚春风不是给我来平反的，而是他惹上麻烦了。有人向检察院举报他伙同刘直贪污学校公款。他一焦急便连夜跑到县城来找人疏通关系。然而，他在县城里只有一个熟人：刘直。刘直只有一个也许帮得上忙的朋友，便是叶芝。

无端受到举报揭发，刘直也惶恐不安。古今中外，从王公贵族到平民百姓，冤死的不计其数。他反复推敲自己在臭水湾 1009 个日夜的每一个细节，扪心自问，没有贪污、盗窃学校的一针一线，但也觉得害怕，贪污罪要比冒充名人之后严重得多。虽然他辞职了，对等待转正的代课老师不再有威胁，但仍然有人要对他赶尽杀绝。他想不明白臭水湾初中这潭水到底有多深，人心有多险恶。他来不及愤怒，也不做无谓的辩解，只能和姚春风不计前嫌，快速组成联合阵线，合力度过这一劫难。

但叶芝只询问刘直到底贪污了没有，贪污了多少。

"天地良心，我一分钱也没有贪污！"刘直扑通一声跪在叶芝面前。

"你不贪污干吗跪下来？"叶芝坐在沙发上，跷起二郎腿。刘直的下巴都快碰到叶芝的脚尖了。他的身子往前倾，似乎是要去抱叶芝的大腿。姚春风对此始料不及，目瞪口呆，以此认定叶芝是一个神通广大的人物，觉得这一次敲对门了，迅速从怀里掏出一只玉镯递给叶芝："这是五十年前一个英国军官送给我祖母的，那时候她很年轻漂亮，在缅甸。这是她给我家留下来的唯一值钱的东西，我保管不好，好几次差点摔坏了。我送给你。你的手腕像我祖母一样白净纤细，刚好配得上。戴在你的手上我十分放心，我祖母也放心。"

叶芝拿过手镯举到灯光下认真瞧了一会，然后点了点头，赞叹道："是好东西，我恨不得占为己有。"但她把它还给姚春风："我在手镯里看到了你祖母的影子，她仍然活着，正对着我们笑呢。"

姚春风左右细看，看不出手镯里有祖母的影子，再次递给叶芝："我祖母都死了七八年了。"

"人死了，她的灵魂仍在。"叶芝坚辞不受。

姚春风脸上有绝望之色。

"你们不必害怕，朗朗乾坤，清者自清，吉人自有天相。"叶芝说话铿锵有力，掷地有声，"如果他们胆敢把你们屈打成招，我替你们鸣鼓申冤，踏平检察院！"

事实上，叶芝根本帮不上忙。她算什么东西呀。但她胸有成竹的样子还是让刘直和姚春风吃了定心丸，好像从此风平浪静，天下太平。

第三天早上，叶芝正在上班，看见刘直急冲冲往电影院外跑。叶芝问："去哪里？"他说："检察院传唤我。"叶芝再问："你究竟贪污了没？"刘直说："没有。"叶芝说："那你不用害怕，慢慢去，先吃点什么，像散步一样去检察院，一定要镇静，正气凛然，别让他们觉得你慌张。"刘直说："知道了，我没贪污，他们打死我也不会承认。"

叶芝还是有些担心，在电影院一直等刘直回来。然而，等到中午乃至下午，仍然不见他从检察院回来。李洁抱着女儿痛哭流涕，几欲寻死。夜色快要降临时，刘直才慢慢腾腾地回来。叶芝问：

"你招了？是不是屈打成招了？"

刘直没有被屈打成招。身上没有伤痕，什么事也没有。

原来，他进了检察院，检察官跟他聊法律，他跟检察官聊"中山靖王之后"，彼此增长了知识，两个小时后便被允许离开了。但离开审讯室时竟然被检察官察觉到他脚上穿的拖鞋不对。左脚是他自己的灰色拖鞋，右脚是李洁的粉色拖鞋。

"穿错了鞋，说明你惊慌失措，手忙脚乱，证明你内心有鬼，屁股有屎。"检察官说。

为此，刘直被重新审讯，这次不再是聊天，而是不断被警告"坦白从宽，抗拒从严"。被旁敲侧击，死缠烂打，多次被勒令"再好好想想，想通了再说"，因此多待了一个下午。

但姚春风招了。他承认贪污了678元，其中273元冒用了刘直的签名。

姚春风没有被判刑，据刘直说，是因为叶芝疏通了关系。而据我所知，这是扯淡。但姚春风被开除了。他也来到了县城，加盟刘直的公司，替刘直校对族谱。李洁看不惯姚春风在她哺乳时色眯眯地盯着她的胸脯，一怒之下将公司的牌匾从窗口扔了出去，并让姚春风马上滚蛋。公司搬到了解放大街文化馆与大成殿交界的一间杂物房，直接面对车水马龙的大街。因此越来越多的人知道了蜂鸟公司。

半年后的一天中午，一个头发蓬乱的脑袋鬼鬼祟祟地探进公司门内，但看不到身子。刘直看不清楚头发遮掩下的脸，叱喝一声："谁？"那脑袋才小心翼翼地抬起来，露出一张失魂落魄的脸。同时，清风送来一阵久违了的鱼腥臭。

是王游。

现在说说十年之后的事情。蜂鸟公司已经成为陶城最大的民营企业，经营房地产和路桥建筑，垄断了陶城的快餐市场。族谱仍然是公司的一项业务，虽然很不显眼，但十分重要，有一支二十多人的团队在做这个工作。蜂鸟公司搬到解放大街后的第二年，叶芝辞去电影院售票员工作，出任公司董事长。这个前布商的女儿表现出惊人的商人素质和超群的亲和力，只要她在家，我家几乎天天宾客盈门，三教九流，川流不息，即便是公司危机四伏、风声鹤唳之时依然络绎不绝。她在家与他们嘻嘻哈哈，划拳猜码，烂醉如泥，但在公司从来都是满面杀气，说一不二，且一直出奇地低调而内敛，把抛头露面和上报纸电视的机会全让给刘直。刘直是总经理，变得精明强干，足智多谋，在陶城呼风唤雨，捐款出手之阔绰让人惊叹。但依然很瘦，手臂上的长毛已经除掉，变得白白净净的。姚春风、王游是刘直的左膀右臂，忠心耿耿，兢兢业业。人们说他们是"桃园三杰"，宛如当年的刘、关、张。但他们在叶芝面前永远一副服服帖帖、唯唯诺诺的样子。只是王游身上的鱼腥臭一直无法根除，越来越让人怀疑他的前世就是一条鲈鱼。李洁早已经习惯一副趾高气扬的样子，但一见到叶芝，她便马上变得毕恭毕敬，说话低声下气。我从不掺和他们的事情，安静地待在方志办当一名合同制干部，七年间编撰了一部新县志。电影院被蜂鸟公司买下，推倒重建，成了公司的总部。从民间到官方，乃至我们的《陶城县志》，都已经接受了一个细节仍有些模糊的新事实：蛋镇刘氏一脉，乃中山靖王之后。

　　令人肃然起敬的是，蜂鸟公司入门大堂悬挂的巨幅画像上的人并不是如日中天的刘直，而是刘玄德。

箱子锁得很严实

　　确切地说，我和谢意的友谊是从父辈那里继承过来的，只是到了我们这一代更深了一层。我们都有一个刚愎自用、脾气暴躁、令人畏惧的父亲。谢意的父亲曾经在黄埔军校有过短暂的培训，在杜聿明警卫团干过八个月，官至上校，蛋镇的人都称他谢上校。1948年春夏秋冬，分别被解放军俘虏了四次。每一次解放军都给他两个选择：一是调转枪口；二是领取路费回家。但他每次都没作选择，而是以过人的机灵成功逃脱，重新回到自己的阵营。1949年春天，他又一次被俘获了。我父亲认出了这个狡诈和宁死不降的敌军上校，因为这是第三次落到我父亲的手里。我父亲说，这一次你依然有两个选择。这一次，谢上校做出了选择，回家。但他没有领取路费。他靠步行和乞讨，从山东一直回到广西。我父亲和谢上校再次见面是在1983年，他们在蛋镇相遇了。我父亲犯了错误，从市自

091

行车厂下放到蛋镇农械厂，实际上就是一个生产铁铲和锄头的手作作坊。母亲在偏僻而穷困的横水镇乡下，带着三个弟弟。谢上校是只有三个人的蛋镇玻璃厂厂长。我想象不出他们的不期而遇是怎样的情景。总之，他们成了最能促膝长谈的朋友，也成了最旗鼓相当的敌人——争吵的对手。他们相见恨晚，有说不完的话题，但又常常针锋相对，互不妥协。谢上校一直为他的宁死不降而自豪，至今仍坚持当初的理想信念，而我父亲永远为己方赢得了最终的胜利而自豪。有一次，一个与我年龄相仿的男孩急匆匆地跑到我家——一间黑瓦房，问我是不是陈梭。我说是。他说："你父亲被我父亲打破了头，快送去医院。"我随着他去了玻璃厂。两个醉醺醺的男人仍然有气无力地扭打在一起，我好不容易才从一颗鲜血淋漓的头颅中辨认出了父亲。我试图将他背起来，但我力气不够。谢上校的儿子，是的，他叫谢意，瘦瘦的，腰杆不直，看上去营养不良，远没有发育，且生性懦弱，说话像鸡吱吱叫。他机灵而熟练地卸下一门板，我们将我父亲抬到卫生院。当然，兵家胜负难测，有时候是我们合力将谢上校抬进卫生院。在这过程中，我和谢意成了团结合作的好朋友、好兄弟，一起进了蛋镇高中，一起高考。只是我们都落榜了。这一年，我父亲心肌梗死，突然倒在农械厂，再也没有爬起来。我和谢意将我父亲抬上一辆牛车，一起赶着牛车回到横水镇，将我父亲草草埋了。然后，谢意不顾谢上校的强烈反对和阻挠，毅然应征入伍。我到了县中学补习，第二年考上了一所破落的师范学院。四年后，我大学毕业回到县城，分配在县志办公室工作，将微薄薪水寄给正在读书的弟弟们之后，我再揭不开锅。更艰难的是，单位分房迟迟无法落实，睡办公室的日子难以为继，我如丧家之犬居无定所。谢意说："到我家里住吧。"

彼时的谢意已经退伍。看上去比过去壮实了一些，性格也开朗阳光了许多，还蓄起了小胡子，戴一副度数很低的黑框眼镜，形象和气质跟过去有了很大的变化。当然，我跟在蛋镇的时候相比，也很不一样了。尽管如此，尽管四年没见，我俩的友谊毫无减弱，而且还要更成熟，像亲情。在过去的四年里，我们通过不少的信，互相通报情况、彼此鼓励。谢意在部队里混得并不好，因为身体太瘦，训练跟不上，被安排到后勤部，欲当厨师而不得，养了三年猪，每年出栏二十八头，头头壮实而白净，获得战友们的一致好评。除此之外，平淡无奇，默默无闻，眼看就要退伍了。退伍前一个月，邑城78路公交车上，一个上了年纪的流氓公然调戏妇女。他犹豫和纠结了三站的时间，才挺身而出，结果被捅了一刀肚皮，肠子都快流出来了。虽然流氓没有抓住，却因此立了三等功。退伍后，又因为他当兵时曾经在养猪之余学习过水彩画，在文化馆谋得了一份合同制差事，简称合同工，三年军旅生涯总算有了一个马马虎虎的结局。在县城有了一份稳当体面的工作，本应心满意足，但谢意不以为然，他认为自己应该继续留在部队，上军校，当军官，建功立业，哪怕在部队养一辈子的猪，而不应该像绝大多数士兵一样从哪里来回到哪里去。从部队回来的第一个月，他写了一本近三万字的养猪心得，寄给接他班的战友。文化馆的人都知道，谢意并不心甘情愿离开部队。他的父亲谢上校却十分欣慰，因为他一直担心和焦虑的中美大战没有发生，他的儿子平平安安完完整整地回来了，而且迅速讨上了女人。谢意说到与其父亲的关系时，没有多余的言辞，只有一句：国民党的士兵永远无法理解人民解放军。

谢意住在文化馆狭长昏暗的四合院里，只有一间平房。中间隔了半堵墙，把房间一分为二。谢意说："你睡外头，我和姚芳睡里面。中间还有一扇门呢。关了门，谁也干扰不了谁。只是没有卫生间，公共卫生间要走到院子的尽头，解手还常常要排长长的队。老鼠肆无忌惮地穿行，半夜跳上你的床头也不要惊慌，也不必破口大骂。它们才是四合院真正的主人。"我搬了过来，照他说的办。

谢意和姚芳已经结婚一年多。姚芳相貌平凡，甚至过于普通，肥胖，矮，精力旺盛，脸上过早地布满了雀斑。如果再观察细致一些，会发现她的左脸比右脸阔些许。但她通情达理，古道热肠，乐观开朗，耿直好客，对亲戚朋友耐心周到体贴入微。对我和谢意源远流长且无可挑剔的友谊赞不绝口，当然愿意接受我暂时寄宿，而且热情地为我张罗一切，把我当成了家庭成员，坚决不收我的伙食费，每天把我和谢意的衣服一起洗了，还紧锣密鼓地为我海选媳妇。开始的时候，我们三人都很客气，后来熟悉了，就不见外了，可以同坐在一张床上聊天，互相肆无忌惮地开玩笑、说荤话，她在里面更衣时也不忌讳我就在外面抬头即见，甚至习以为常地谈论性事。在文化馆四合院里公开谈论性事算不了什么，小孩也毫无顾忌地说。似乎是，男女之事跟一日三餐一样平常。半夜三更哪家女人控制不住自己发出猫一样的呻吟声，第二天会成为四合院茶余饭后的笑柄。大多数夫妇都曾经因为动静太大干扰过别人，被别人取笑过，但姚芳似乎是个例外。她向来悄无声息，连近在咫尺的我也几乎不知道他们的性事何时开始，何处结束。

姚芳是县第二国有瓷厂的职工，性格刚强，办事干练，说话气势如虹，家里家外全是她一人扛起来。她八面玲珑，对四合院里复杂的人际关系应付自如。谢意喜欢认死理，有点小脾气，还喜欢跟人拌嘴。有一次，因为一言不合，谢意被院子里的一个送煤气的男人打了一记耳光，姚芳来不及脱掉高跟鞋便扑上去与那男的厮打，硬是从对方的手臂上啃下一块血淋淋的肉。谢意在姚芳面前向来唯唯诺诺，逆来顺受，还常常无缘无故招来她的一顿斥骂。只有我在的时候，姚芳才对他委婉些。谢意离不开她，不仅仅是这个家必须由她来支撑，更重要的是他患上了性瘾。

"这是职业病。"谢意说。

他说的并非扯淡。文化馆早已经跟文化毫无瓜葛，仅有的两间书画展厅被改装成录像厅。谢意是录像厅管理员，卖票，验票，每天与涌进录像厅看毛片的男男女女打交道，清理满地的避孕套和湿乎乎的纸巾以及瓜子皮。他坐在门口，转身便能看到银幕上下流龌龊的交配镜头。即使不转身看，那些淫荡的声音也会一直撞击他的耳朵，抓咬他的心扉，跟随他回到家里，出现在乱七八糟的梦中，那些呻吟声像中了刀子的猪发出的尖叫和悲鸣，让他无法自控。每到夜里，他都要和姚芳交配。

然而，姚芳有性洁癖，乃至性冷淡，每次把身子给谢意，总像是施舍。而且是不定期的，有时候三天一次，有时候半个月一次。施舍与否，全看姚芳的心情。而影响姚芳心情的因素很多，煤气价格的波动，街坊邻里的流言蜚语，天气的变化，公厕的卫生程度等，甚至因为突然被一只老鼠惊吓，都会直接让谢意来之不易的交配权得而复失。一旦丧失，当夜再也不可能失而复得，而需要新的等待。这一等，也许是三天，也许是五天，又也许，要等下个月。对谢意来说，这是世界上最漫长、最煎熬的等待，犹如等待彗星光顾地球。

这不能全怪姚芳。有时候我甚至认为这是谢意咎由自取。

谢意承认在部队的时候，跟一个给部队送菜的丧偶的女人谈过短暂的恋爱。短到只有三天。这本来没有什么，但他承认曾发生过一次关系。在一个猪圈里。那时候他除了喂猪，还管秤。第一天，在送菜女人弯腰放下菜担子过秤的时候，谢意看到了她的乳房，洁白而丰满。当她重新挑起担子要去厨房时，他伸手去扶她的胳膊，一直扶着她走出十米之外。她说："不用扶了，我能成。"但谢意的手一直不愿意放开。她停下来说："你能帮我把菜挑到厨房去吗？"谢意说："能。"他侧着身子，弯腰贴到送菜女的面前，让她把担子送到他的肩上。在交接担子的时候，他的背结结实实地碰到了她的胸部。他转身，抱了一下她的腰。她犹豫了一下，轻轻推开他："这是部队，注意影响。"他放开了手，把菜挑到了厨房。第二天，几乎是如法炮制，但他抱住她不肯松手，直到炊事班的人嚷叫了，他才把手松开。第三天，一见面，他直接把她抱进了猪圈，在猪乱哄哄的喊叫声中完成了他的第一次交配……如果在结婚前知道真相，姚芳肯定不会跟谢意结婚。姚芳曾经埋怨我知情不报。我发誓，我对谢意在猪圈的所作所为一无所知。此事原本只有当事人知道，如果那个送菜女人不说出去，世界上根本就没有第三个人知道。谢意不应该听取姚芳的诱供，把此事如实说出来。其实有什么可说的？自从发生关系后，那个送菜女人再也不给部队送菜了，销声匿迹，好像她根本就没有出现过。世界上每天都发生无数的事情，有些事为人所知，有些事无声无息，随着时间消逝，一切都烟消云散，了无痕迹。人生中很多秘密就像粪便一样，经不起回味的。我们何必主动去化粪池里将自己的粪便取回来品味一番呢？

坦诚未必就是美德。

自从知道真相，避孕套开始强硬地介入他们的生活。姚芳必须见到避孕套稳稳当当地戴上了才能同意谢意爬到她的肚皮上去。原则问题，不容商量，威严如圣旨。为了换取交配的机会，谢意宁愿奉旨同时戴上三只避孕套。

谢上校几次从乡下来，质问谢意：为什么姚芳的肚子没有鼓起来。谢意支走父亲，恳求姚芳看在繁衍后代的分上，免戴一次避孕套。但姚芳坚决不允。她内心里无法磨灭送菜女人的形象。她跟我描述过，送菜女人，有时候像住在对门的保洁员，脸上有巨型黑疤，头发永远脏得像一坨屎；有时候，像老馆长的老婆，屁股比化粪池还大；有时候，像录像海报上的浪荡女，胸大无朋，人尽可夫。送菜女人无端被姚芳一次又一次地糟蹋、贬损，让谢意忍无可忍。有一次，谢意不知道从哪借来的胆子，对姚芳说，送菜女人长得像山口百惠。

因言获罪，谢意换来一次长达一个月零六天不得与姚芳同床的严厉制裁。他只能和我睡在一张床上。他的性幻想超出了我能忍受的程度，我宁愿在躺椅上过下半夜。我劝导姚芳："对男人的惩罚有一千种方法，但最坏的一条就是不让他过性生活。"姚芳说："难道不是他罪有应得吗？如果他的身体像你一样干净，我才舍不得惩罚他。"我说不服姚芳，转而对谢意说："你可以嫖娟，近水楼台，找录像厅的暗娟，或多走几步找发廊的明娟，再不济，也可以去荔枝公园按摩室找野鸡解决问题——我给你钱，就当给你房租费。我不是开玩笑，县城的性开放程度已经赶上东莞，既不笑嫖，更不笑娟。如果不是因为手头拮据，我也考虑去试试。"然而，谢意用蔑视和怀疑的眼神看着我，有些生气地说："你学坏了？你脑子里想的是什么呀？你把我当什么人了？"看样子他是认真的，他不会和别的女人发生关系，如果我再动员他嫖娟，他会跟我恩断义绝，反目成仇。

他努力讨好姚芳。

"他说的是牲口百惠——百惠是一头母猪的名字。"面对四合院此起彼落的哄笑，姚芳反复更正谢意的言辞。谢意早已经认错，也附和着姚芳："我说的本来就是一头牲口。"

姚芳还不能容忍家里备有避孕套。

"即使将它们埋在床底，我也能闻到它们的味道，淫乱，恶心，让我想到公猪与母猪交配。"姚芳说，"但是，我知道自己是女人，有时候也不得不像她们那样张开双腿。"每次交配前，她都让谢意在夜色中跑到大成殿门口右侧，找到墙上免费发放避孕套的箱子，按下取套键，取回一只新鲜的避孕套。只取一只。取多了，姚芳不高兴，倒不是她担心其他人没套可取，而是她不允许家里藏着多余的避孕套。谢意嫌免费发放的避孕套不好用，厚硬，干涩，像隔着厚厚的包装纸吸吮冰棍。有一次，他擅自从药店买了一盒超薄型，试图偷天换日，暗度陈仓，但刚接触便被姚芳察觉了。气味不对，感觉不对。性事戛然而止。

"我们的日子远没有富裕到花钱买避孕套的程度。凡是需要花钱的夫妻生活，都是铺张浪费，都属于败家行为。"姚芳严厉斥责谢意，并要求他把花钱买来的避孕套退回去。

第二天，谢意拿着拆封了的避孕套垂头丧气地回来。姚芳拿着它向四合院的人推销，哪怕挽回一半的损失也是值得的。但他们都拒绝了她。因为他们也舍不得把钱花在一项本不该花钱的事情上。最后，老馆长替谢意出了一个主意：把避孕套卖给看毛片的人。此主意甚好，谢意以三张票的价钱卖掉了避孕套。但此举启发了他，为他带来了麻烦，先暂且按下不表。

我尽量不干扰他们的生活。只有他们半夜起来去公共厕所的时候才会惊动我。他们虽然小心翼翼，但每次都会惊醒我，只是我装作没有受到任何影响，依然发出均匀的鼾声。他们做爱的时候，姚芳总是不耐烦地厉声地催促谢意"快点……差不多就成啦"，因而过程很短暂，几乎不发出什么声响。只有完事了，谢意才轻轻地叹息一声，然后睡觉。在此过程中，有时候，姚芳会偶尔发出犹如鲤鱼浮出水面吸气的"啜泣声"，兴奋而压抑。

我明显感觉到谢意的性瘾没有得到满足和缓解。白天他无精打采，有时候盯着四合院的年轻女人甚至老丑女人看上半天，眼神里有淫色。有一次，有意无意地撞开公共浴室，把正在洗澡的老馆长老婆吓得大呼小叫。这样下去不是办法，会将一个人毁掉。远在乡下的谢上校对谢意的夫妻生活竟也略有耳闻，进城跟我商量对策。我还是一个处男，完全不懂男女鱼水之事。但我给出了一个大胆的建议：强奸。

一个妻子不尽职责，受到丈夫的惩罚不合法但合情理，相信会得到大多数人的支持。只是我觉得有点对不起姚芳。她跟我没有过节，且对我不薄。我完全是出于公道考虑。当年蛋镇就有人是这么干的，而且效果显著，不久便让妻子怀孕了。谢上校支持我的建议，他也是那样想的。对女人不能过于谦让和迁就。但谢意断然否决了我的建议。

"即使是牲口，也不能那样做。"谢意道貌岸然地说，然后声音变得沮丧，"至于强奸……我也没有那能力。"

谢上校拉下脸皮，跟儿媳妇谈判。姚芳说："要过正常夫妻生活不是不可以，免戴避孕套也是可以商量的，但得满足一个条件，请你们把送菜女人带到我的面前，让我好好瞧一眼，看看先我和谢意性交的到底是什么样的女人。"

这是不可能的。根本找不到。而且，这算什么？

谢意死活不愿意去找送菜女人。不仅仅是因为丢脸和愧疚，而且还是大海捞针，注定徒劳无功。

谢上校和我躺在一张床上，彻夜跟我谈他与我父亲的友谊，虽然信仰不同，但肝胆相照。

"你父亲的早逝，让我一直感到悲痛和孤独。"谢上校说，"我宁愿追随他而去，但膝下无孙，于心不甘。我希望你和谢意继承我与你父亲的友谊，并发扬光大。"

我相信他的真诚，更明白他的言外之意。我答应他，愿意为谢意两肋插刀，愿意远赴邑城，寻找送菜女人，把她带回来，治好姚芳的心病。心病好了，夫妻生活也就正常了。

　　谢意在里面提醒我说："不是邑城，是邑城东郊。她是一个农村女人。"

　　到了周末，我请了两天的假，乘车前往邑城。按照谢意私下吞吞吐吐交代的线索，我找到了东郊的农村，挨村挨屯寻找当年给部队送过菜的姓韦的女人。不叫韦月红，就叫韦季红。村民对我充满了警惕和敌意，有人还想动手打我。我亮出了谢意的退伍军人证。照片被汗水渍过，已经有点模糊不清。但威严的人民解放军钢印仍清晰可见。

　　"我的部队就在不远处。要是我今晚不回到营地，他们就会来找我。谁欺负了他们的战友，他们就会荡平整个村子——他们历来都是这样干的，从不手软。"我故作镇定，编造谎言吓唬他们，并且要求他们为我提供线索。

　　我努力了三天，结果一无所获。

　　谢上校很失望。我安慰他说："我已经有了线索，下次肯定能找到她。我愿意一直找下去，直到找到送菜女人为止。"

　　其实，我已经找到那个送菜女人，她不叫韦月红，也不叫韦季红，而是叫韦燕红。长得苗条清秀，举手投足间确实有点像山口百惠。她仍然为部队送菜。只是她说，她从不认识谢意。"谢意是谁呀？每年有那么多的士兵进进出出，可是我怎么没听说过叫谢意的士兵呢？"韦燕红说，"养猪的士兵，哪个我不认识呀，就没有谢意这个人。"我给她看谢意退伍证上的照片。她拼命摇头，说不认识，没见过。看上去她不像是撒谎。我宁愿相信我没找对人。我将另择时机继续寻找。但谢上校说，凡事不能强求，人各有命，上天早有安排。那时候我还不知道他已经患上了癌症。或许他自己也不知道。我从邑城回来的第二天，他就回蛋镇去了。他已经退休，一个人在蛋镇乡下种地。谢意的老家是乡下的，他早逝的母亲一直在乡下种地。在蛋镇读书的时候，谢意也很少回乡下看他的母亲。他讨厌农村的一切，似乎包括他的母亲。

有一次，谢意满脸沮丧和歉意地跟我说："你已经找到了送菜女人，找对了人。她说的没有错，她真的不认识我，那时候，她是我的幻想对象，梦里常常跟她睡在一起，那两三年，我都快分不清楚她是不是曾经跟我睡过……我对你们都撒了谎。"

我愤怒地说："那你为什么不如实告诉姚芳？"

谢意说："这是我这辈子最成功最得意的一次撒谎……我也说不清楚了，况且她还能信吗？"

谢意在文化馆时运不济，本来就郁郁不得志，还被计生委的人兴师问罪，说他从免费发放避孕套的箱子偷取大量避孕套贩卖给看毛片的人。人赃俱获，无话可说。谢意承认两个月内把全城免费发放避孕套的箱子里的避孕套全部取光了。但不能说是偷。因为免费的，人人可取，而且没有哪条法律规定不能多取。但是，人家不是告他盗取国家财产，而是告他扰乱社会秩序和破坏计生政策。

"你取光了箱子里的避孕套，就意味着全城夫妻无法安全地进行正常的性生活，或者冒险进行了性生活，却因为不戴套而造成计划外怀孕，一下子多生上千人，后果十分严重。"计生委的人说。

谢意被责令上交贩卖避孕套非法所得，还负责赔偿被破坏的箱子维修费。

全城到底有多少免费发放避孕套的箱子被人为损坏，谁也说不清。

面对计生委的附加性处罚，姚芳不能坐视不管。她到计生委去闹，说谢意没有破坏箱子，如果一定要栽赃，那我们不能保证那些箱子再次被破坏。

谢意确实很委屈，因为破坏箱子的事不是他干的。他从来都是按绿键，按一次，出来一只避孕套。如果按十次，出来十只。有时候，按第二次，便没有了，说明箱子已经空了，只能到另一只箱子去取。他从来只取一只，不多取。因为他听信姚芳说的，如果取出来不用，第二天便不新鲜了，像隔夜的樱桃一样。她明明白白地警告过谢意，把一只不新鲜的避孕套塞进她的阴道，比逼她吃一只绿头苍蝇还恶心。

"如果没有那些该死的箱子，全城所有的人都无法性交，你们就省事了。"姚芳说，"我可是计生政策忠实的执行者，不戴上你们的避孕套，我坚决不性交。你们不应该处罚我们，而应该奖励我们。"

闹归闹，姚芳还是偷偷给计生委的头头送了一套十六件套的精美的瓷器，谢意才免于被额外处罚。但谢意被停职反省，工资也暂停发放。停职反省的时间可能是一个月，也可能是一年。姚芳闯进老馆长的房间，要求他给个说法。

"谢意的父亲快死了，要钱用，你不能停发他的工资，不能将一个老实人逼上绝路，那样对你也没有好处。"

老馆长说是上头的决定，他只是执行。姚芳说："我不管，如果你不给谢意发工资，我告你们，文化馆开录像厅，放毛片，放任他们在包厢里卖淫嫖娼，我有证据。"

这种告状毫无用处。各行各业，各单位都在开动脑筋，千方百计搞创收，只要不是杀人放火，都是默许的。

然而，第二天，谢意恢复了工作，只是换了岗位，到棋牌室收取场租费。我想，这是一次好机会，谢意的职业病将不治自愈。

但谢意还是每天惦记着做爱，对姚芳忍辱负重、奴颜婢膝到了厚颜无耻、不可思议的地步，让我对他感到悲哀。他以轻蔑的语气对我说："等你结婚了，碰过了女人，便会明白。"

因为谢意，我迫不及待地要碰女人。要碰女人，就得有自己的房间。我每天都去缠着管房的领导。半年后，单位终于给我在政府大院分配了一间简陋的楼梯间房，并且一再降低择偶标准，迅速和一个女人同居了，尝到了女人身体的味道，确实令人销魂，但好奇心和新鲜期一过，便索然无味，甚至有点厌烦。她是姚芳介绍我认识的，国营照相馆冲洗相片的技术员。与姚芳相反的是，她对性爱无比执着、期待，天一黑，便催促我上床。我以谢意作为自己的反面教材，对女友摆出大男子主义的气概，像姚芳对待谢意那样支使她，故意让她去免费发放避孕套的箱子取避孕套回来做爱，每次只能取一只。她从不敢拂逆我的旨意，犹如谢意臣服于姚芳。我有一种替谢意报仇雪恨的快感。有一天夜里，我让她去大成殿门口右侧取免费避孕套时，见到了一个貌似谢意的人蹲在那箱子下面哭泣。

她不敢惊扰他，掉头回来告诉我。

我赶紧赶过去。确实是有人蹲在箱子下面掩面粗声低号。虽夜不是很深，但正值冬天，街道上早早没有了人影。那人犹如发情的公猫在求偶。走近一看，果然是谢意。我俯下身去，抚摸了一下他的肩头。他抬头认出了我。我说："你怎么啦？"

他止了哭泣，说："没事。"

我说："你肯定有事。"那时候他的父亲去世已经一个多月了，早没有了悲伤，我经常看到他与棋牌室的老头们玩得兴致勃勃。

他知道骗不过我，抬头指了指墙上的箱子说："箱子锁得很严实，我取不到避孕套。"

我说："不是按键取的吗？按一次，出一只，按两次，出两只。"

他说："按键坏了，不听使唤。"

我试了试，按下绿色按键，但没有避孕套出来。又拍了拍箱子，箱子发出啪啪的声响。"是不是箱子空了？"我说。

谢意说："不是的，你没取过避孕套，你不懂——箱子里有没有避孕套，用耳朵听听便知道——刚才你拍打箱子，把避孕套惊醒了，它们正在欢呼雀跃，争相逃出来，要往最快活的地方去，但就是出不来。"

是的，我从没有从这种箱子里取过避孕套，经验为零。

也就是说，他听出来了，箱子里装满了避孕套。它们像憋坏了的兔子，正在等待主人召唤、解救。

但是按键坏了，取不出来。是卡住了，没有其他的出口。

"很多箱子的门是虚掩着的。但这只箱子一直锁得很严实。"谢意抱怨道，"像银行的保险柜。"

好不容易得到一次交配的机会，却因为无法获取避孕套而错失。所以他哭了。

"你不能到其他地方的箱子去取吗？比如说新街口、望街岭、水浸社……"我说，"天下免费的避孕套都是一样的。"

"不能。姚芳用惯了这个箱子的避孕套，她闻得出来。你也要记住，专一很重要。"谢意说。

我试了试，箱子确实锁得很严实。有必要锁得那么严实吗？

女友学着我的样子，用手去抠了抠箱子的门和锁，却连缝隙都没有，根本无法打开。

"我抠了一整晚，手都快抠断了。没有用的，它比监狱的门还要严实。"谢意很绝望。蹲下来，又哭了，哭得更加悲伤，往死里哭。

借着昏黄的路灯，我四处寻找砖头。在墙角转弯处抓到一块三角形的大理石，气势汹汹地回来。谢意以为我要杀人，站起来，害怕地退避。我用大理石使劲地往箱子砸去，一下，两下，到第七下，箱子被砸开了，掉下一堆避孕套。它们真的像受惊吓的兔子，终于解救了，迅速溃散开去。

我叫谢意随便捡一只，捡最好的那一只。但那些避孕套好像是即将爆炸的炸弹，谢意惊惧不已，没有弯腰，他本能地后退几步，突然转身抱头鼠窜，往文化馆方向飞速遁逃，像一只夜猫瞬间消失在空寂的街道。

想看海想得要死

治遍北京各大医院，我的咳嗽病还是没有好转。1988年，高考后，母亲听从协和医院的一个病友的指点，辗转数千里，动用了人类发明过的所有交通工具，几乎是强制性地把我送到了黔桂交界的一个山沟里，把最后的希望寄托于此。

这个地方叫三百弄，云蒸雾罩，山抱水绕，树木茂密，到处是悬崖峭壁，几乎与世隔绝，无路可逃。抬头，只能看到一片并不开阔的天空和陌生的云朵，我怀疑自己已经抵达另一个星球的偏僻角落，有一种巨大的恐慌和孤独感。母亲对我说，只要遵循医嘱，安心疗养，一个月后，我的咳嗽病就会好的。病好了，就可以回北京读大学了。她反复叮嘱我一番便离开了，像是把我遗弃了一样。母亲一离开，我就哭了，一哭就剧烈咳嗽起来，咳得地动山摇的。村民好奇地围着评头品足。他们似乎是在观摩一个外星人，弄不明白我好端端的为什么要哭？哭的时候为什么咳得如此绝望？

村民主要是瑶民，十几个原始古朴的瑶寨分布点缀于山弄洼地底部。瑶寨的房子都很低矮、简陋，有的是木头竹子搭起来的，有的是由石头泥土堆叠而成。此地的贫穷令我震惊，可以用"衣不遮体，食不果腹"形容村民的生活现状，让我竟然有到了非洲原始部落的感觉。我替他们悲哀，但他们过得很知足很快乐，唱歌跳舞喝酒，捕鱼逗鸟斗鸡，从不担心明天的粮食和蔬菜，更不关心世界上正在发生的战争和正在蔓延的瘟疫，老老少少的脸上没有愁容，整天乐呵呵的，估计连睡觉的时候都在笑。

他们向我投来善良得近乎卑微的笑容，并把腰际的短刀藏得更隐蔽，以此证明他们没有危险性。实际上，他们对我并没有恶意，相反，还十分温和、友好。当知道我是来疗养治病的，对我更加客气，对我产生了强烈的同情心。"这孩子真可怜！"他们摸摸我的脸，抚抚我的背。我不哭了。因为我意识到了这是世界上最偏远的地方，纵使我哭破了天，北京的母亲也听不到，反而给村民洞察到我内心的怯懦。

我住在一个名气很大的老瑶医家。老瑶医言辞不多，个头矮小，不甚显眼，附近村寨的人都找他看病。

"在这里，除了吃药，你只管拼命吞食空气。这里的空气，比药还管用。"他吩咐我说，"我的草药只有用这里的水煎效果才是最好的，到了北京，这些草药就变成了一堆草。"

我完全听老瑶医的。每天早上喝过他煎的草药，然后往屋后的山坡上爬，张开嘴巴大口吞食新鲜的空气，把自己弄出一身热汗。

遵照老瑶医的吩咐，晚上我还得用温润的泥土捂着肚脐睡觉，说是接地气。

这里的时光十分漫长，过得十分缓慢。为了打发无聊，我经常走访各寨子。瑶民友善好客，但我们彼此语言不通，靠手脚比画沟通。还好，我父亲是语言学家，我继承了他的语言天赋。在一个乡村教师的帮助下，我迅速掌握了他们的说话方式和发音技巧，用了不很长的时间，我基本上可以与当地人对话了。他们知道我是北京来的，对我充满了好奇和敬畏，好像他们从没见过来自京城的人。他们大都从没有离开过三百弄，对方圆三百里外的事物几乎一无所知。他们虔诚地向我打听北京，我恨不得把全世界都告诉他们。

每天爬山坡，必路过一家孤零零的屋子。我结识了这家的主人，一位近百岁的老人。她的儿子叫韦京，她叫韦京妈。房子在陡峭的山坡上，三间，土夯的矮墙因年月久远和风雨侵蚀而破损，四面漏风，屋顶爬满了野藤，屋子里只有一口瓦锅和一口水缸，还有几张残缺的木凳，几乎是家徒四壁，只有门口的墙壁上挂着几串玉米棒和零星红椒让人感觉到有人间烟火的气息。每天一早她就坐在门口的木墩子上，双目紧闭，像是打坐。我从她身边走过，她也不张开眼睛看我一眼。开始我不好意思去跟她打招呼，生怕一打招呼便惊醒了她，把她吓得魂飞魄散。因此，我总是小心翼翼地从她身边走过。有一次，她突然叫住了我。

"北京来的，我给你看一件宝贝。"她说。

我愣住了。她从衣兜里取出一只白色的海螺。是一个空壳。

"好漂亮的一只凤尾螺！"我赞叹道。

她煞有介事地说："它还活着。"她把它递向我，让我聆听，"它在呼呼地喘气，像男人背着木头走路。"

我伸手去拿，她却把海螺壳迅速收了回去。

"我不能给你碰它。"她吝惜地说。

我在海南澄迈的海边长大。小时候，舅舅经常带我下海捕虾，会顺便捞到许多海螺，最好看的是凤尾螺。我和舅舅把凤尾螺精心打磨，制作成各种工艺品卖给镇上的人。韦京妈手里的这一只，看上去那么熟悉、亲切，像极我那时亲手捕捞和制作的。

"这是谁送给你的？"我问。

"是天上掉下来的。"她敏捷地回答说，表情很严肃，不容我置疑，"你得相信我，因为我比你多活了四辈子。"

好吧，它就是天上掉下来的。

她说它陪伴她都快十年了，都把它当成自己的骨肉，有人曾经以一百斤玉米的高价换它改作号角，用在丧事上，她坚决不同意——那么好的东西不能用到黑暗的地方。

我脑海里愉快地回忆起童年在海边玩耍嬉闹的时光，想起了那些欢奔乱跳的鱼虾和色彩斑斓的贝壳，但最让我回味的是那些与大海有关的神秘莫测的奥秘和虚虚实实的传说。大海是很神奇的地方。小时我听外婆说过，人死后，回到大海里会重新复活的。尸体从这一头沉入海底，过一段时间，会变成活人从海的另一头浮上来，爬上岸，然后回家。海边的人死后，都放入大海，结果他们都复生了，只是换了一副副我们都不认识的面孔。

"人死后，要在海里待多长时间才能重新活过来呀？"我问过外婆。

外婆心里早有了答案，回答说："很快！"

我追问："究竟有多快？"

外婆佯怒道："小孩子别知道太多——反正很快！"

五年前的冬天，外婆死了。她沉入了海底。舅舅说，她会重新活过来的，很快。

我相信外婆已经重新活了过来，只是她换了一副陌生的面孔。

"我想知道海是什么样子的。"韦京妈一本正经地说，"是不是跟我想的一样。"她向我晃手里的凤尾螺。螺壳被她抚摸过无数次，十分光滑明亮。

她把螺壳放到耳朵边，静气屏息，仿佛在倾听海的声音。她听得很入迷，脸上溢满了喜悦和幸福的光芒。

"你听到了什么？"我问她。

她放下海螺，满脸歉意地回答道："什么也没听到。"

我大失所望。我还以为她聆听到了大海传来的信息呢。

"我想看海想得要死。"韦京妈很虔诚地说，甚至她要站起来，让我引路，马上出发。

但她拍了拍自己的腿，指了指自己的眼睛，皱纹纵横的脸上布满了遗憾和懊恼之色。老人的腿不行了，眼睛也不好使，走不了几步路。大海离这儿太遥远了，要翻越无数的山峦。

"韦京他爸还活着的时候，说要带我去看看海的。那天早上他还骗我说，等他砍够一千棵树就带我去看海，眼看马上就要砍够一千棵树了，结果那天傍晚便被自己砍倒的树压死了。"老人惋惜道，"韦京也说，等他砍够一千棵树，就替他爸带我去看海。他已经砍掉九百零七棵树了。我得等他。"

整个上午，我都不遗余力地向她描述大海。蔚蓝色，无边无际，波涛翻滚，海鸥，船只，鱼虾，海怪，狂风，海啸，古老的传说，海岸线，海的尽头是美国……她似乎听懂了，但又好像更加迷糊。

"我骗你。其实我听到了海那边传来的信息。听得很清楚，有风，有波浪，有轮船，有山峰……"韦京妈说，"好像我是从那边来的。"

我喜出望外，信以为真。是的，凤尾螺是通灵之物，通过凤尾螺，她就应该能听到大海。

"其实，大海没有韦京父子说的那么远，就在山那边，翻过观天岭就到了。这只凤尾螺不是天下掉下来的，是从山那边的海爬过来的。它厌腻了海里的生活，爬上岸，越过沙滩，翻过观天岭，顺着韦京父子走的那条山路，才半个月便爬到三百弄了。你说说，海离三百弄才多远？他们就是不愿意让我看到大海，害怕我一看到海就要死了。是啊，我这辈子就只剩下最后一个愿望了，只要看到海的模样，我真的就可以死了。"老人话语中夹杂了不满情绪，这很少见。

我知道观天岭。高耸入云，犹如天堑。三百弄的人都视它为神山。

老人炯炯有神地看着远方云雾缭绕的观天岭。她一辈子也没有到达过那里。从年轻开始，她的腿就不好使，干不了农活，甚至爬

112

不了岭，翻不了山，每天只能坐在门口等待韦京和韦京他爸。

我对老人说，海并非近在咫尺，其实比去北京的路途还要遥远……

"你们都骗不了我。海就在观天岭那边！我闻到了咸味，听到了韦京跟他爸在海上伐木的声音。"老人向我挥动手上的凤尾螺，脸色变得肃穆，而且有点语无伦次，"大海的模样，就是他们父子的模样：一个在砍树，另一个也在砍树。"

因为那只精美的凤尾螺，我每天都要跟韦京妈聊聊，东拉西扯，家长里短，像俩婆孙。更多的时候，我们坐在一起什么话也不说。我屏静气息，贪婪地呼吸空气。她闭目养神，安静地享受人生最后的时光。喝过草药后，我浑身散发着药味。我讨厌这种气味。

"你身上有海的味道。"老人的鼻子很灵敏，闻到了我身上的气息，"你就是一只凤尾螺，翻山越岭爬到三百弄来了。"

我说："我身上的味道不是海的味道，而是草药。"

老人驳斥道："不是草药……你不要相信老巫医，他什么病也没有治好过。这里根本就没有什么疾病。"

我跟老人从不争辩，不反驳，她也就不多说什么，手里把玩着那只凤尾螺，继续闭目养神，仿佛在积攒能量。只有我剧烈地咳嗽的时候，她才睁开眼睛对我说："你根本就没有病，只是你在这里待的时间还不够长，如果你待的时间像我一样长，什么病也不会有，比这只螺还要健康、长寿。"

我说："是的。"如果不曾见识过远方，我也愿意在此终老。

113

这里的长寿老人特别多，有的九十多岁了还能上山砍树，死去的大都是无疾而终，跟病似乎没有什么关系。

"我身体里也没有什么病，只是患了心病。"老人自言自语道，"几十年了，老是惦记着海。"

我说："这不是病。"

老人说："老惦记着一件事，这就是病。在你们北京，这不算什么，但在三百弄，这种病属于大病、重病、死病，一旦患上就治不好了。"

这里的夜晚比白天更加幽静，无数的山峦在缓慢地走动，耳边不断传来能穿透千年的鸟兽声。长夜漫漫，无边无际，漫长得足够让我梦里回到北京。我不习惯如此寂静的环境，常常失眠，因而，有时候我会和韦京妈一起坐等韦京回来，不管月明星稀，还是月黑风高。这个活了一百年的人，身上蕴藏着无穷的人生信息和生命奥秘，跟这样的人在一起，内心会变得更加丰盈和恬静。渐渐地，我不那么想北京和母亲了。咳嗽病也有了明显好转。

韦京每天一早都得翻过几座山到观天岭那边帮别人伐木，晚上才拖着疲惫的身体回来。有时候回来得早一点，有时候回来很晚。有时候连续几个晚上也不回来，韦京妈一点也不担心。三百弄所有的人仿佛都不替自己也不为亲人担心。韦京也快七十岁了，身体还像五十岁的人那么精壮、坚韧，但因为贫穷，还没有结婚。

"结婚还早呢。"韦京妈笑嘻嘻地对我说。似乎是，她的儿子正值青春年少，还能活很长很长。

114

"你不害怕你儿子路上被猛兽吃了？"我问韦京妈。

她满脸皱纹，笑起来天真无邪："要吃早就吃掉了。猛兽仁慈，会给穷人留条活路。"

儿子星夜回来了，她习以为常地问一句："吃过了没？"儿子答："在山那边吃过了。"

在山那边吃过，翻越那么陡峭的山回来，肚子也应该饿了，但他不会在家里多吃，只是简单洗了洗澡便睡了。在儿子的心里，家里的粮食是留给母亲的。

儿子睡觉了，韦京妈也慢悠悠地进屋子里去，向我挥手，算是道过晚安。

其实，只要儿子还没有回来，韦京妈是不会独自回屋子里睡的。她一直在家门口坐，山风吹拂，群山沉寂，满天星光。她捧着那只闪闪发亮的凤尾螺，眺望并不存在的远方和深不可测的夜空，心如止水，面目慈祥。儿子回来了，除了一成不变的两句，她也不多说什么，只是缓缓地站起来，转身回屋子里睡觉。这样的日子，一天这样过，一年这样过，一百年也是这样过。

老人吃得很少。半根红薯，一勺南瓜粥，便能对付一顿。她在屋后的空地上种了些瓜和青菜。有时候，早晨起来，发现菜地被半夜里来的野兽糟蹋成废墟，她也不生气，重新种上就是。夜里睡觉也只是虚掩着门，"我给饥饿的野兽留了条门缝"。

在我面前，老人偶尔会叨唠韦京年轻时不听话，错过了一段好姻缘，还责备韦京无端把钱花在那些不正经的女人身上。但韦京回来，她从不责备，呵护有加，仿佛她跟我说的韦京是另一个人。

韦京不爱说话，每次遇见我，只是轻轻地点点头，向我露出他洁白整齐的牙齿。他的背直不起来了，肩膀上有一层厚厚的痂，左脚明显是瘸了，长年的重活在他的身体上留下了痕迹。老人以为我会因为韦京对我态度冷淡而不高兴，向我解释说："他累坏了，没力气说话了，等他恢复了气力，就会像他爸那样喜欢嘻嘻哈哈。"

韦京每天出门时，总要向母亲报告截至昨天的劳动成果：总共砍掉了多少棵树。

每次报告的数字，总会比前一天多出两棵。老人都记得这些数字。

"你知道砍一棵树要费多大的气力吗？"老人问我。

我不知道。我从没砍过树。

"总之，砍一千棵树的气力，相当于用斗量了一次整个大海！"老人还没说完便被自己夸张的比喻逗笑了，"人不可貌相，海水不可斗量……韦京是我的好儿子！"

一天傍晚，有人急匆匆地跑过来告诉老人，韦京被他自己砍倒的树压死了。像他爸一样，压在胸部，当场断了气。

螺壳从老人颤抖的手里轻轻滑落，掉在石板上发出一声清脆的响声。

"那，你的意思是说，韦京今晚不回来了？"她淡淡地问来报信的人。

来人叹息一声，没有回答，扭头离开。夜色突然降临，将一切淹没。老人俯身去拾那只凤尾螺，但它惊慌地挣扎着，仿佛全心要

116

逃脱，她一直抓不着，心里有些急，竟一屁股坐在地上，对着山下呼喊我的名字。

我跑到老人跟前，把螺壳拾起来递给她。她把它紧紧地搂在怀里，然后用力推了我一把："去你的！"

韦京果然没有回来。听说就地埋在观天岭那边了。但每天老人依然像平常那样，在门口坐等，一言不发，脸上也没有过多的悲伤。只是，看上去，她比以往更加孤独，连她的房子也显得更孤零，像大海上漂浮的三片叶子，甚至没有存在的证据。

凤尾螺还在她的手里。只是它的身子摔破了一个窟窿，像一条船漏了水。

"它可能死了。"老人说。

我伸手去触摸，螺壳是冰凉的，僵硬的，漏气了，风吹进来，再也听不到它的喘息。

估计它真的是死了。

从此，老人变得垂头丧气，沉默寡言，不愿意和我多说话。我不知道如何安慰她，怕她伤心，因而不敢再靠近她。

一个月后，我的咳嗽病果然彻底好了。我要回北京去了，去向韦京妈告别。

韦京妈照常坐在门口，像一棵能经得起漫长等待的老树，但看上去明显枯萎了。

"回到北京你代我向毛主席问好。"先前，每次我从她家离开时，她总不厌其烦地叮嘱我，生怕我忘记了。这次，她再次提醒我。

我向她解释过了，毛主席已经去世很多年。可是她不相信。

"毛主席肯定比我长寿。我还活着呢，毛主席怎么会死呢？"韦京妈说。

韦京妈说不清楚自己到底活了多少年。她说她跟毛主席同年生的，但韦京说，她比毛主席早生三年。她一辈子也没有离开过三百弄。她不知道世界有多大，北京有多远。

我发现，经历昨夜一场雨，韦京妈的房子已经倒塌了半边，倒塌掉的泥砖头像人的骨头一样赤裸裸地露出来。房子周边长满了青草，开满了各色野花。门墙上空荡荡的，只剩下几枚挂钉，食物没有了。我要给她留下一点钱，村民告诉我，她不懂得用钱的。我只好托村民用钱换成玉米和一点腊肉，挂在她的家门口。老人笑呵呵地说："你不用担心我，即使不吃不喝，我还能再活二十年。"

我真的要走了。她突然拉住我的手，从衣兜里取出凤尾螺，小心翼翼地递给我说："它没有真死，你还可以将它救活。到了海里，它就能活了。"

凤尾螺先前摔破的窟窿被精心修补过了，完好如初，依然闪亮着，好像恢复了体温，风一吹，还发出衰弱的嗡嗡声。

我答应她，一定要把凤尾螺救活。

"告诉你一句实话：我的前世也是一只凤尾螺。"老人的嘴巴对着我的耳朵悄悄地说，"我是过腻了海里的生活，才爬到三百弄的。现在我想回海里去了。"

离开三百弄，我没有回北京，而是日夜兼程赶到海南外婆家，拉上舅舅，将那只凤尾螺投进了海里。

在海里，它果然呼吸起来，吞着海水，吐着水泡，重新生长肌肉，然后舒展着身子，扭动着尾巴，向我挥手告别，缓慢地向大海深处走去。

此时海面上隐隐约约浮现出一座森林茂密的高山，像观天岭。接着，耳际传来笃笃的伐木声，此起彼落，像是两个人合作砍着同一棵树。

我这才完全相信，凤尾螺已经活过来了。

中国银行

上个月城北营业所发生了一起抢劫，一个老态龙钟的妇女走近我的窗口，轻声地问我："是中国银行吗？"我低着头正忙于数钱，就快数完了，因此没有及时抬头看她。可能是我的态度惹了她生气，她低吼一声："你正眼看看我！"我听出了这是一个激愤的男人的声音，有些沙哑。我抬起头来，站在窗前的却是一个老妇。我吃了一惊，和气地说："我能为你做什么吗？"老妇突然从口袋里掏出一支五四式手枪对着我，哗啦哗啦地吼叫，意思是让我把堆放在桌面上的钞票装进她扔进来的尼龙袋里。我和同事们立刻都明白我们遇上了劫匪，另外两个客户吓得夺路而逃。我很慌张，茫然不知所措。因为我才参加工作两个多月，从没遇见过这种倒霉事。我用眼角瞧了瞧其他三个同事，但他们也被黑洞洞的枪口吓呆了，高举着双手，没有给我任何指点，我只好将桌面上的一捆100元面值的钱小心翼翼地放进尼龙袋里。"装多点——装够十万！"老妇鼓励我说，"他妈的，有了十万元看谁还敢取笑我！"当我将装了十万元的尼龙袋递给老妇，她竟抱着钱袋子呜呜地哭了。营业所的潘主任似乎松了一口气，胸有成竹地示意我再扔给她一堆钱。我木讷地又将一堆钱递给老妇。那老妇对我吼道："够了！"潘主任劝导说："袋子还空得很，多装点。"她又示意我再递一堆钱给老妇。老妇一看到那么多的钱进了自己的袋子，竟然两眼发直，一股白沫从嘴里喷吐出来，并摇摇晃晃地倒在了地上。我被这个莫名其妙而富有戏剧性的情景弄糊涂了。潘主任却老谋深算地笑道："这办法真灵。我一看就知道她是个精神病！"接到报警后的警察全副武装地冲进来，将老妇死死按住，然后拖走了。在拖走时，那老妇的花白色假发勾住一只垃圾桶掉在地上，我才看出来"她"原来真的是一个男人。枪也是假的，因为掉到地上时发出来的是塑料的声音，而且当场散了架。当天晚上潘主任给我打电话说，劫匪果然是一个有癫痫病史的外地人，刚从精神病院里出来几天。他要抢银行的理由很多，比如说他穷途末路了，孩子病了，本地人欺负了他，老婆跟别的男人睡觉等，还有一条有趣的理由是听说中国银行是中国最有钱的银行，而且还有大把的美元和英镑。

几天后，我惊魂甫定便申请调到城南营业所。上班的第一天，营业所的新同事都以开玩笑的形式欢迎我的到来，小张还为我倒了一杯茶为我压惊，然后打开营业所的正门，面对熙熙攘攘的大街，开始新一天的营业。

我被安排坐在离正门最近的座位，那是请了产假的小李的位置，暂且由我代理。大家各就各位，准备面对不同的客户。我对这里的环境还不习惯，像刚刚搬进了一所新房子；对小李用的电脑还有点陌生，小心谨慎地调试一下。

"是中国银行吗？"

这时有一个尖锐的声音传到了我的耳朵。我确信，它也传到了其他同事的耳朵。我忙抬头一看，是一个头发雪白、脸上除了皱纹什么也没有的老妇。她的眼睛很小，鼻子扁平，嘴巴往里塌陷，看不见牙齿。这个老妇说不上端庄，也说不上十分丑陋，只是声音很尖锐，像撕裂布匹的声音。她是在明知故问，因为门口上头"中国银行"几个大字的颜色还很艳丽，相当醒目，如果她嫌汉字不好看，那么也可以看到中国银行的英文名称"BANK OF CHINA"，在三百米外也可以看得清楚。

之所以我心里有点不快，是因为她跟那个劫匪问了同一个问题，而且语气也差不多，带着鄙夷和嘲弄。如果那个劫匪还没被抓住，我完全有理由怀疑她是嫌疑犯并悄然报警。但我很快便肯定这是一个真正的老妇，一个风烛残年、弱不禁风的老妇。因此我很快消灭了内心的不快，微笑着和气地回答说："这是中国银行营业所，请问你是存款还是取款？我愿意为你服务。"

我说话的时候，小张他们却低着头或转过脸去窃笑。我不明白他们为什么要笑，而且笑得那么心照不宣、鬼鬼祟祟。也许他们认为我心有余悸，谈虎色变，看到老太婆便想到劫匪。我也对他们坦然自若地笑了笑，表明我已经从劫案的阴影里走了出来。而且我确信，站在我窗口前的老妇是一个不折不扣的老妇，而不是什么假扮的劫匪——世界上有很多老妇，包括你我的母亲，但不一定都是劫匪。

"你帮我查查，县氮肥厂4月份的退休金到了没有。"老妇说。她把存折递给我。她的下巴刚好碰得到柜台的平面，双眼直勾勾地盯着我，似乎对我并不那么信任。

我还是有点手忙脚乱："你等一下，我马上帮你查——今天都11月27日了，怎么还查4月份的退休金？"

老妇说："你是新来的？"

我说："是。"

"小李呢？"

"小李请产假了。"

"你也生过小孩？"

"我还没有结婚。"

"你父母是干什么的？"

"都是教师。"

"教师好，教师的孩子有教养。你学校才毕业？"

"快三个月了。"

"你长得不错，我女儿年轻时也跟你差不多，可惜她比你死得早。"

"哦。"

"你比小李热情。"

"是吗？"

"小李很容易不耐烦，给人脸色，摔别人的存折，我看你不

123

会。"

我笑笑，我心想我可从没有摔过客户的存折。小李是一个很温文尔雅、说话和风细雨的女孩子，怎么会摔客户的存折呢？我怀疑这个老妇在恶意诽谤小李。我边想边给她查是否有新的款项到达她的存折上。

我查过了，她的存折上存进来的最新款项仍然是3月份的退休金，478元，3月28日中午到的，当天下午便被全部取出，现在的余额是2元8角。我告诉这个叫冯雪花的老妇："氮肥厂4月份的退休金还没到。"这时我才想起，氮肥厂的退休金停发好几个月了。冯雪花突然破口大骂："吴国锋这个大贪污犯，把一个好端端的厂搞垮了！要天诛地灭。"

我被她震了一下。她的脸上全是失望和愤激，嘴唇在微微颤动。

"你们应该追问一下，你们有责任追问一下。"冯雪花喃喃地说。她接过存折的右手在不断地颤抖。她戴上台面上专门为老年客户提供的老花镜，再次打开有点折皱的存折，又审视一次。

我说："你耐心一点，退休金也许明天就到。"

冯雪花厉声说："你们应该为我追讨！"

我想，银行是没有为客户追讨债务或退休金的义务和责任的，营业所从事的只是存取转账支付结账之类的业务，过去曾经有过揽储的任务，现在不准那样弄了。当然，营业所还有其他的工作，如鉴别假币、给客户找零钱等，但肯定没有为一个退休工人追讨退休金的职责——那是政府和法院的事情。因此，我只能对她说："你给我留下电话号码，退休金到账了我便马上通知你，好吗？"

"好什么！你跟小李一样只会唬人！你们都是一路货色！"冯雪花生气了，显然她对我也失去了信心，轻易便把我和小李归为一类性格和服务态度的营业员。

此时此刻同事们反而不敢笑了，都故作忙碌，或者装作没听到冯雪花和我之间的对话，他们打开钱柜，取出一捆捆花花绿绿的钞票，习以为常地堆放在桌面上。这成堆的钞票在我们的眼里，简直就是一堆普通的纸，堆得再高也是纸，没有什么特别的感觉。但冯雪花的眼珠子像被那一堆堆钱灼伤了似的，突然把手从狭窄的窗口伸进来，要抓桌面上的钱。但她的手太短，远远够不着。我的心猛然一缩，倒吸了几口冷气，老妇手中的存折好像变成了一支手枪，我顿时惊呆了。小张镇静自若，大声对冯雪花说："你想干什么！"

冯雪花怔了怔，才对着小张破口大骂："我想摸一下钞票都不成？年轻时我数过的钱比你们整个中国银行的钱还多，你们算什么东西——你们得把我的退休金追回来！"

骂罢，冯雪花气冲冲地转身要走，但系着一根绳子固定在台面上的老花镜从她的脸上掉下来，把她的眼眶擦痛了。她抓起那眼镜往台面上一摔，那眼镜便碎裂开来，那些刚进来的客户见此情形不禁目瞪口呆。我也由恐慌变成了震惊。冯雪花的脸上掠过一阵慌乱，推开一个刚刚走进来的挡路的男客户，快步逃之夭夭。

冯雪花走后小张他们告诉我，冯雪花每天都要来一趟营业所查领她的退休金，经常由于存折空荡荡而对我们破口大骂，小李就是被她纠缠烦了骂多了才摔她的存折的。小张笑嘻嘻地说："你要是经受得起考验，年底评先进我们都选你。"小林调侃说："小马连抢劫银行的事情都经历过了，难道还应付不了一个老太婆的纠缠？这个先进工作者称号她得定了。"营业所里洋溢着一阵阵欢笑声，窗口外的客户们也觉得心旷神怡。

冯雪花对我的纠缠才刚刚开始。小张他们告诉我，她几乎天天如此，差不多每天都是我们营业所的第一个顾客。她是固定找第一个窗口，因此从此以后我就是她要找的人。第二天，她像昨天那样，果然早早就来到了营业所。同事们对我会心一笑。我耸耸肩，既无奈又觉得不必太介意。我抱着无所谓的态度，既来之则安之，有什么大不了的？

这次是我主动跟冯雪花打了一声招呼。我说："冯姨早呀。"冯雪花还是不容商量地大声说："你们嫌我烦了是不是？这是中国银行，不是你们的私人钱庄，我天天来怎么啦？看不顺眼是不是？"

我微笑着说："你误会了，我们并没有嫌你烦，为客户服务是应该的，你也是我们的客户嘛。"

冯雪花说："我女儿的嘴比你还甜，可惜她死得比你早——你帮我查查我4月份的退休金究竟到了没有？"

我说："马上帮你查。"我接过她递进来的存折，在设备上刷了一下，电脑屏幕上马上显示出2元8角的余额。我告诉她："还未到，你还得耐心等。"

冯雪花突然大声骂道："这个吴国锋，天诛地灭啊！"

我说："冯姨，你可以到氮肥厂去咨询一下……"

冯雪花说："我天天去，每天出了中国银行的门口我便去氮肥厂，连人都找不着，他们像阴毛一样躲在裤裆里！"

冯雪花骂得太脏了，我听得也觉得脸上发热，不敢正眼看她阴森的双眼。同事们也低着头做忙碌状。小张示意我不要跟她说话了。我便忍气吞声，给另一个刚来的客户办理业务。冯雪花还喋喋不休地骂。营业所里的顾客也觉得不舒服，但对她敢怒不敢言。

冯雪花煞有介事地说："中国银行跟氮肥厂是一伙的，你们都黑着心搞垮了氮肥厂，还不给我发退休金，想让我活活饿死。你们跟吴国锋是同谋，甚至你们都是他包养的情妇——吴某人倒台了你们还护着他！"

我终于来气了："你怎么能侮辱人呢？"

冯雪花吵架似的，吼叫着说："我就是要侮辱人，我都快饿死了，幸好还有力气骂骂你们，破鞋！"

我猛地站起来，将她的存折往窗口外的大理石柜台一摔，严厉地警告她："你凭什么骂人？这里是中国银行不是街头狗肉摊，你不要太过分！"

冯雪花说："我就是这样骂小李的，就不能这样骂你？你凭什么摔我的存折！你比小李好不到哪里去，你们都是一路货色！中国银行，一个专存阴毛的地方！你们数的不是钱，是男人的阴毛！"

我长那么大，从没见过如此蛮横、鲁莽、粗鄙的老妇。先前我对她的境况还是有些同情的，但现在只有愤怒和厌恶。虽然我是中国银行的职员，知道任何时候都要善待每一个客户，但我是一个经不起辱骂的人——作为中国银行的职员，我也必须维护中国银行的尊严。我大声说："你可以骂我，但你不能骂中国银行——如果你的嘴巴不干净，故意扰乱银行的经营秩序，请你出去，不然我要报警了。"

冯雪花似乎感觉到了我的愤怒和报警后可能面临的麻烦，右手挥舞着存折，胡骂了几句，在众目睽睽之下匆匆而去。

我以为冯雪花经此一闹，再也不会来城南营业所。在小小的陶城一共有八家中国银行的营业所，全国联网，方便得很。但第三天冯雪花还是像前两天一样准时而习以为常地出现在我的窗口。

"是中国银行吗？"冯雪花轻声地问，像遇到一个熟人问"吃饭了吗"一样。

我冷冷地回答："是。"

冯雪花说："东门口出了车祸，死者是我过去的一个同事的女儿，当场便死了，头脑浆液飞溅到灯笼桥。"

冯雪花兴致勃勃地叙述她来中国银行的路上的所见所闻，欲向我们表示她已经完全忘记昨天的不快。但我们并没有搭讪。

"我的那个同事像我一样只有一个女儿。可惜她的女儿也死了，她也只能躺在床上等死，她都癌症晚期了。"冯雪花叹息说，"幸好，我还有一个儿子。"

因此，我知道冯雪花曾经有一个女儿，并且现在仍有一个儿子。很明显，儿子成了她唯一的依托，或者说是她比她的同事更幸运的理由。但我们没空或不屑于和她搭讪，况且她说的事情与我们一点关系也没有。

"小马，今天你不用查我的退休金了，我知道还没有到。"但冯雪花还是递她的存折给我，略带羞涩地说，"领2元。"

我接过存折，吃惊地说："2元？你的存折余额只有2元8角了。"

"急用——可以吧？"冯雪花好像害怕我不给她取款一样，说话的语气轻柔而尴尬，甚至还带着哀求，与前两天咄咄逼人的态度截然不同，看得出来，她对我有几分愧疚。

我说："存款自愿、取款自由，悉听尊便。"

冯雪花带着笑意看了小张他们一眼。他们正忙碌着，无暇理她。冯雪花便谦和地看着我，希望我的手脚麻利些。

"给我零钱。零钱耐用！"冯雪花又叮嘱我一句。

于是我给了她蓬蓬松松的二十张纸币，同时告诉她，她的退休金确实是没有到。

冯雪花抓起存折和钱，转身便走了，走得很急。她穿着一身黑色的土布衣服，从背后看上去头发很乱，腰有些弯。

存折余额仅剩下8毛钱后，我以为冯雪花会隔一些日子才来。但她仍天天准时来一趟我的窗口，风雨不改，而且几乎是早上8：02左右，几乎还是营业所的第一个顾客。令人意外和迷惑的是，她突然变得安静而和善，不再吵闹，也不骂人，她还亲近地与我们每一个人打招呼。我们都为她的改变而感到如释重负，小张他们甚至还向我表示祝贺。其实这没有什么值得祝贺的，因为她的转变并非我的功劳，而且也不能给我的工作带来新的变化，我每天上班后的第一件事还是不厌其烦地为她查证氮肥厂是否已经发放4月份的退休金，结果却都是一样，4月份的没有发，4月份以后的自然也没有发，不仅她失望，我也失望。一年又将结束了，但冯雪花的存折上很久没有被刷新，有时候我也希望它被新存款刷新一次——我也想看到每一个客户的脸上都绽放着喜悦的笑容。

　　与过去不同的还有：冯雪花再也不鄙夷地、明知故问地问"是中国银行吗"，很多时候也不直接咨询她的退休金问题。她每天都会兴味盎然地告诉我们一个故事或者刚刚被她看到的新鲜事，故事大多是陶城鸡零狗碎的陈年旧事，如某女曾被扒光衣服游街之类；新鲜事往往是鸡毛蒜皮的日常小事，比如昨晚有人将死老鼠扔到她的厨房、两个捡垃圾的男人刚刚在西街打架、谁谁又突然死了等。实在没有值得一说的故事或新鲜事，她也会指名道姓地说一些她认识的人的传闻甚至抨击一下日益糟糕的社会风气，反正不让自己的嘴巴闲着。她说话的时候，是站在窗台前，倚靠着台面，右手抓着暗红色的存折。我们不得不装作饶有兴趣地听她说事，每当听到值得一笑的地方我们也会报以一笑。

　　其实冯雪花也不是不明事理的人。她在窗口前不会待太久，一般是说完一件事便走了，走时还跟我们说一声"好啦，不耽误你们工作啦"，遇到顾客多的时候，她只说几句话便仓促走开，一般不会影响到我们的营业。冯雪花有时也许觉得没有什么趣事告诉我们，便送给我们一些花苗，大多数是普通的水仙、玫瑰、鸡冠花、三角花，不知道她是从哪里弄来的，硬是要我们拿回家去种在阳台的花盆上，并且会经常关切地询问它们的生长情况，好像那些花苗是寄养在我们家里的孩子一样令她放不下心。我们常常敷衍地说"长新芽了，出新叶子了"，或干脆说"开花了，好看"。其实我们都没有把花苗拿回家，因为它们太普通了，而且又不是春天，难

130

料理。但听我们这样一说，她便信以为真，欣慰地说："家里有花，才是幸福家。"有一次，她突然有意无意地对我说："先前我也有一个幸福的家。"说得有点伤感，但她没有多说，我们也没有多问！新的一年到了，我们礼尚往来地给她送了一些中国银行的宣传性挂历，她很高兴，第二天说拿去送人了，并因此觉得颇有面子，她和中国银行的关系也似乎因此好了起来。

有一天早上，我惊讶地发现冯雪花的额头上有个伤口，用纱布包扎着特别醒目。我关切地问她："冯姨，怎么回事？"冯雪花躲闪着说："不小心摔跤了，有人在我家门口扔了香蕉皮。"令我们更为惊讶的是，元旦过后没几天，她竟兴冲冲走到我的窗口，掏出一堆钱和存折一起交给我："数数，一共8元。"是一堆零零碎碎的角币，仿佛是从乞丐盘子里倒出来的。我说："冯姨，有钱存啦？"冯雪花说："快要过年了，也得存些钱了。"我郑重其事地数了数钱，正好是8元。她的存折终于又被刷新一次。冯雪花端详了好一会存折，发现没有错误后又给我们说了一件趣事才走。可是第二天一早她又来把那8元钱取走了，还多取了5毛，存折只剩下3毛钱了。这一次，她脸色很不好，来的时候没跟我们打招呼，走的时候也没有说一声，走得很匆忙，当然也没有询问我们花苗的长势。

每近年终，营业所的业务都会成倍多起来，我们因此很忙。在越来越浓的过年气氛中，我们关心起自己的每一个亲人和朋友。闲聊中小张突然惊呼："好久不见冯雪花了。"这使我猛然想起，冯雪花似乎已经十多天没来了。于是我们稍有片刻空闲便猜测她为什么没来。她不来，我们反而好像缺少了一点什么似的，还是希望她隔那么几天便来一次，至少大年夜前应该来一次。

这一天的黄昏，我下班回家，经过旧人民食堂，拐过语录塔，穿过废弃多年的自行车厂，去探望一个朋友，经过和平巷的时候忍不住停下来往巷里瞧瞧。因为这里是氮肥厂职工聚居的地方——有一个小院子仍被称为氮肥厂宿舍，也许能偶遇到冯雪花。我从一条到处是垃圾的小巷进去，小心翼翼地，一会便闻到了狗吠和男女的吵架，巷道里的行人很少，偶然遇到一个挑着担子、担子里装着废品的男人，他的担子碰到了我也不说一句表示歉意的话。我正要装作生气地嘀咕两句，却被一个从一间瓦屋里冲出来的疯子吓了一跳。他是一个高大的疯子，蓬头垢面，目光凶险，向我扑过来。我惊惶地呼救，并扔下单车撒腿便逃。但小巷很窄，挑着破旧担子的男人挡住了我的去路，我说："你快让让！"那男人给我让开了路，我侧身走到了那男人的前面。跑了很远，我感觉到疯子没有追上来才回头看，原来疯子被收破烂的男人阻拦住了。那男人正用扁担吓唬疯子，吆喝他回去。那疯子可能明白自己不是那男人的对手，才悻悻而回，转身消失在小巷深处。

我心有余悸地站在那里，央求收破烂的男人帮我把我扔下的单车拉过来。那男人热心地把单车拉出来送到我的手上，笑嘻嘻地说："妹子，你到这些地方干什么？天快黑了不怕抢劫？"我笑笑。那男人说："刚才那个疯子是氮肥厂职工的家属，疯了好多年了，前几天又把他母亲都打伤了，他经常打他的母亲，人疯了连畜生都不如。"我敏感地问："他母亲是谁？"那男人说："叫冯雪花，她差不多也算是个疯婆了，不过她还给我捡过一些垃圾。"

132

此后还有一些与冯雪花有关的零零星星的消息。小张说，她看见过冯雪花在菜市捡菜叶，小韩说她看见过冯雪花在邮政局前的垃圾堆旁和一个流浪汉为一只废纸盒争吵得轰轰烈烈，甚至还动起粗来，被流浪汉掴了一记耳光。小林还说，她看见冯雪花的右腿绑着厚厚的纱布——估计是瘸了，在西街口百货商场门前呆坐，屁股下坐着一只小破盘子——但她一直不敢把盘子端在手上，因此我们不能说她已经变成了乞丐。如果小林说的是真的话，也许是她儿子把她打瘸了。但我一直没有在营业所之外看见过冯雪花，而且我很久没看见过她了，我竟有点想她。

　　忽然到了大年夜。街市上张灯结彩，鞭炮声此起彼伏。我们也收拾东西准备回家吃年饭。我们首先送走最后一个顾客，把营业所的正门关上，然后我和小张抬起一箱子钱从侧门出来，放到运钞车上。运钞车已经在门外等候多时，运钞的司机看到我们走出来，跟我们开了一句暧昧的玩笑，我们都笑了，但那两个持枪的押运员没有笑，他们全副武装，一左一右，严阵以待，表情冷峻而威严，对周边的每一个行人、每一个可疑的动静都保持高度警惕，手指紧紧扣住冲锋枪的扳机。那些即将靠近运钞车的行人看到这个阵势都自觉而害怕地绕道而行，也有个别低头走路没有发现前面停着运钞车的人听到押运员厉声提醒、警告后赶紧拐弯疾去。

　　我们把两个装钞票的铁箱子都搬到运钞车上后，终于松了一口气，可以回家过大年夜了，大家的脸上都洋溢着笑容。然而，此时发生了我难以置信的一幕。在押运员准备关上车厢门的时候，一个头发蓬松的老妇持着一根拐杖从营业所对面的大街斜冲过来，动作迅速，直取运钞车。

　　站在右边的押运员老宋大喝一声："干什么！站住！"那老妇并不停下，莽撞地靠近运钞车车厢，一把推开目瞪口呆的小张，一只手已经抓住车厢的门，另一只手要抓车厢里的钱箱。经验丰富而又高大剽悍的老宋对着那老妇果断地来了一个扫堂腿，老妇啪一声趴在地上，老宋一脚踏住她的背，枪口顶着她的后脑。另一个押钞员一下扑上去，用右膝盖重重地压着老妇的腰，一手掐住她的脖子，然后反剪了她的双手，整套动作一气呵成，相当专业。我们被押运员的勇猛精干训练有素所折服，围观的行人也情不自禁地为他们鼓掌。

　　老宋把老妇提起来，抓起她的头发，仰起她的脸。这时候，我们惊呆了。因为我们已经能清清楚楚地认出那老妇竟是冯雪花。她额头上的伤疤还很明显，但分不清是嘴巴还是鼻子在流着鲜血，血滴在坚硬的地面上很快便凝结了。她那根拐杖已经被老宋踢到旁边，司机小心翼翼地把它捡起来，警惕地反复打量看是不是被伪装过的武器。冯雪花双目紧闭，身子瘫软，站不住脚，估计她是昏死过去了。

　　在警车和救护车来到之前，老宋还从冯雪花的衣袋里搜出一块面包、一个精巧的中国结、两张皱巴巴的角币，同时还有一张暗红色的中国银行的存折。

　　一会，警车和救护车风驰电掣地赶到，带走了冯雪花。我们也带着几分惆怅赶回各自的家里过年。吃过年饭后，我坐在电视机前和家人看中央电视台春节文艺晚会，心里却总是惴惴不安的，快到十二点的时候，小张兴冲冲地打来电话说："刚才医院的医生说了，冯雪花总算挺过来了，没有死。"这下我的心才轻松了许多，但一整夜都在担心她的儿子。这个年我过得好像很不是滋味。

春节过后，好像已经是二三月，世界上的新鲜事儿层出不穷，过去的事情我们也就很少提起，不知不觉中我们竟淡忘了冯雪花。大约是春天气息扑鼻的缘故，小张说应该种些花苗才好，大家这才偶然想起冯雪花来。一天早上，外面下着毛毛细雨，天气很不暖和，营业所的窗前冷冷清清，我们也懒洋洋地无事可做，等待着漫长的一天尽快结束。在寂静中我突然听到了一个微弱而含糊的声音："是中国银行吗？"这个声音似乎已经在我的耳边嗡嗡地响了几遍，但我环顾窗前，一个顾客也没有，连门外的大街上也罕见行人。我正惊愕之际，看见一只苍老、瘦小而肮脏的手缓缓伸到窗台，手中抓着一本有些破损的存折。

这只手是费了很大力气才摸到窗台的，它还像一只爪子一样艰难地抓着窗台不让它滑落。泥土深深地侵蚀了它的指甲，随着手掌的移动，洁净的窗台出现了污秽的抓痕。我轻易便判断到，这只手的主人是隐蔽在窗台之下，只是我们看不到。我站起来，伸长脖子，终于看到一个老妇弓着腰，一只手扶着椅子，竭力使自己站立着，但伸不直腰，连头也埋在窗台下面——她的头即使仰起来估计也够不着高高的窗台，花白而蓬乱的头发遮掩了她的脸，单薄的衣服看上去破烂而邋遢，整个身子都在不断地颤抖，连她倚靠的椅子也随之晃动。

我认出来了，她是冯雪花。我惊诧而悯惜地叫了一声："冯姨。"

小张他们也赶紧站起来探头看她。但冯雪花没有抬头和我们说话，突然慌乱地收起存折，摸起地上的拐杖，颤颤巍巍地转身走了。她的背驼得真厉害——我从没见过这样的差不多成 90 度角的驼背。她的右腿好像是废了，走路时是被拖着走的，成了她身体的累赘和行走的负担。看得出来，她很惊惶，好像害怕我们抓住她似的，因此她努力走得更快一些，但反而更加踉踉跄跄，跌跌撞撞，一个趔趄差点摔倒在门槛儿上。

　　冯雪花走出营业所后，小张他们反复地追问我："刚才那个老妇真的是冯雪花？"我始终没有看清楚她的脸，但我敢肯定，她百分之一百是冯雪花。因为我还翻看了她的存折，存折上赫然写着冯雪花的名字和 0.3 元的余额。

　　这是我最后一次见到冯雪花。不久，小李回来上班，我调到了城东营业所，一个月后我调到了省城。从此，冯雪花杳无音信。

躺在表妹身边的男人

　　表妹到了深圳，是因为有人告诉她，那里有很多的钱，多得像地里的玉米棒无论你多么小心都会碰到额头，让人恨不得多长了一条腿。但现在她要回家了，她不愿再在那里待下去。因为她少了一条腿。关键是少了一条腿。她说，那条左腿像男人一样背叛了她，她不需要那条左腿了，把它留在深圳，现在只想回家。于是她便托老乡买了回家的车票，决定今后再也不来深圳了。她离开前用拐杖使劲敲击着车站坚硬的地板，引起了一个小男人的注意，他用很特别的眼光觑她。但表妹不想理睬任何人，尽管他一再以目光为先导试图亲近她与她建立关系。

　　他只是一个小男人，矮矬、寒碜，看上去还算善良，尽管他不断故作大度，但皱巴巴的劣质西服并不能掩饰他的邋遢和猥琐，这样的男人即使在湖南乡下也普通得遍地都是。表妹是不会跟他有太多的搭讪和拉扯的，她一心只想回家，除了回家什么也不想。

表妹的家在株洲，离深圳有一千多公里，回到株洲城，她还得在我家里住上一个晚上，第二天才能搭上回乡下的班车。她当然可以堂而皇之地住在我的家里，因为她是我的表妹。在湖南乡下我有很多个表妹，她们像珍珠一样散落在全国各地，上海、西安、北京、南昌、武汉、厦门，她们占领了祖国的大半河山，我常常以此为荣，每近年关，我都不厌其烦地接待从四面八方返回株洲的她们，腾出房子让她们叽叽喳喳地宣泄回到家乡的喜悦、炫耀各自的见闻、展示身上五光十色的穿戴。在没有少一条腿之前，无论从哪一角度来看表妹都是我众多表妹中最漂亮的一个，尽管她有点泼辣，还常常敢和我就某些问题争得面红耳赤。她现在踏上了回家的旅途，即使我远在株洲也能感觉到她艰难地爬上班车时的喘息。我猜想，她是先让双拐上了车，因为双拐比她的另一条腿重要。她把双拐搁在车门内让乘客们知道她要上车了你们不要堵塞在门口向深圳招手了，然后，她大胆而理直气壮地对乘务员说："来，帮我一把。"于是，乘务员便战栗地拉了她一把。表妹就这样上了车，并在靠香港的方向找到了她的座位。是一个下铺的座位。双拐先于她躺到了座位的底下，像一只温顺的狗时刻等待主人的呼唤，有时她伸手摸一下它，确信自己仍然和双拐紧密地连在一起，她就感觉到踏实、安全、温暖而宁静。

她乘的是一辆开往株洲的长途卧铺班车。车上密密实实地躺满了人。那个小男人也和她同乘一辆车，他就坐在狭窄的通道上，而且就坐在她的旁边，肥大的西服盖住了他屁股下的小板凳，他有点局促，左手有意无意地搁在她的座位边上。这个小男人是没有固定座位的，属于超员。但他为什么偏偏要坐在她的旁边呢？不过这没有关系，因为看上去他不是坏人，甚至连小偷也不是。即使是坏人她也不怕，他并不剽悍，强奸不了她。因此小男人靠近她也没能引起她的不快。相反，一想到明天中午便能回到株洲了，表妹心里便抑制不住喜悦。她对在通道上来回走动的乘务员——班车老板娘说："到了株洲，你得提醒我下车，你也看到了，我跟其他人不同，我少了一条左腿，你得帮我下车，下了车我就找我的表哥，我的表哥在株洲。"班车的老板娘说："知道了，这趟车的乘客都在株洲下车，他也是。"老板娘指了指小男人。小男人朝表妹笑了笑，露出并不难看的牙齿。表妹这才放心地半躺半坐在座位上，并用被子掩盖了她空荡荡的裤筒和隆起的胸脯。班车出了深圳城区，她突然注意到了与她肩并肩躺在一起的是一个男人，如果这是一张床的话，只有夫妻才这样亲近，好在各盖一张被子将他们的关系降格为彼此互不相干的乘客关系。他躺在里面靠近窗口的座位上，被子已经盖住了他的半边脸。他的脸斜对着窗口，背对着表妹。表妹觉得他臃肿的身躯稍稍越过了中间线，侵占了她的领地，而且他有可能得寸进尺甚至在离株洲还很远的路上将她重重地压在身下蹂躏她。这个推测使她警惕起来，她用手尖轻轻地推了推他的屁股，提醒他应该把屁股退回到他自己的座位上去。这种提醒是合情合理的，无可厚非。但他无动于衷，用富有弹性的屁股拒绝了表妹。表妹对他的傲慢产生了不满，厌恶地咕噜了一声。小男人看在眼里，不失时机地讨好表妹说："也许他睡着了，睡着的男人都是很霸道的，你大可不必跟他怄气。"

"我怎么不能跟他怄气？"表妹反驳说，"我不能让一个陌生男人的屁股碰到我的左腿——尽管我的左腿没有了，但碰我的裤子也不成！"

小男人被表妹的凶悍震慑住了，吐吐舌头，把脸掉过去，把后脑上乱蓬蓬的头发展示给表妹。表妹意识到自己已经夹在了两个男人中间——女人总是夹在男人中间。她有点沮丧。幸好这是回家。

过了一会，表妹微微地抬起头，拉长目光，打量身边这个傲慢而霸道的男人。他用左手枕着头，睡的姿势很舒服。他的头发长而整齐，额头很宽阔，鼻梁挺直，脸的上半部分还算白净，只是胖了一点。小男人说得没错，他是睡着了，睡得很沉。似乎闻到了轻微的匀称的鼾声，意味着还睡得很香。"他真贪睡。"表妹自言自语，却又是说给小男人听的。她一下子原谅了睡觉的男人。

"累了就要睡觉，男人都这样。"小男人说。

表妹没有正眼看小男人，她看着正前方。小男人没有睡意，想找点话题，环顾左右，觉得只有表妹适合与他交谈，便试图和表妹搭讪，但表妹选择了沉默不语，她不喜欢和陌生人说话，她把要说的话留到株洲跟我说。颠簸的班车离深圳越来越远，一会便在高速公路上行驶。有人觉得少了点什么，便对老板娘嚷："播放录像看看，最好是香港搞笑片。"老板娘坐在车头上回头歉疚地说："播放机坏了，回到株洲马上叫人修理，下一次搭我的车便能看录像了。"那人有些不高兴，小男人乘机打趣道："看不上录像，那你得补钱。"老板娘笑道："不补了，到了株洲我再请你们到录像厅里去看个够。"老板娘笑得有点暧昧和狡赖。小男人抓住机会兴奋地展示他的幽默才华，说："老板娘，你就站在那里，脱少一点衣服，让我们看你算了。"众人哄笑。车上顿时洋溢着欢快的气氛，连司机也笑了。笑声从车门的门缝冲出去，洒在宽敞笔直的高速公路上，车子跑得更快，逐渐走在了寒风的前头。表妹也被快乐的气氛所感染，脸上绽开了隐蔽的笑容，她相信这将是一次愉快的旅程。

笑声消退，小男人抬头看表妹，期待自己的幽默和坦荡能得到她的肯定和赞赏。但表妹矜持地仰起头，噘着嘴，断然不肯表扬小男人。小男人把眼光转移到其他人的身上，人们的嘴角上仍挂着来不及消散的笑意，一对年轻男女在后面的上铺缠在一起热烈地接吻，这使小男人顿时充满了成就感。也可以看得出来，表妹对小男人的敌视和警戒已经逐渐解除，虽然并不想和他说话。小男人不甚理解表妹为什么对他冷若冰霜，但他仍然愿意用廉价而充沛的笑容去表明自己实际上对她并无企图。

"妹子，你的镜子掉了。"小男人从车厢的地板上捡起一只小镜子，并顺便瞧了瞧镜子背面的明星。

表妹摸摸口袋。镜子的确是掉了，而且还在小男人的手里。"是我的，你怎么能照我的镜子！"

小男人用表妹的镜子照了自己并不英俊的脸，损害了他刚刚用幽默建立起来的给表妹的好感，表妹一把抓回镜子，塞进口袋，但用力过猛的左手越过了座位的中间线，碰到了睡觉男人的肩膀。表妹歉意地说了声对不起。睡觉男人并不跟她计较，他甚至忽略了表妹的碰撞，依然延续他的睡眠。表妹松了一口气。

"他睡得沉。累了我也会睡得很沉。"小男人笑嘻嘻地说，"我给你十块钱，你把你的座位让给我吧，我也想睡一觉。"

表妹说："我不要你的臭钱——你居然说出这样的话，难道你没看见我比你少了一条腿？"

小男人赔礼道歉说："是，是，我看见了，对不起，我记性真差，下次轮到我也缺一条腿……"

表妹突然笑了。这笑来得奇怪。表妹不是蛮不讲理的人，她一下子原谅了小男人。她用灿烂的笑脸向小男人表达了和解。小男人受此鼓舞，猛地抽起自己左腿说："你看，我这条腿差点也飞了，一条20公分的钢筋曾从这里穿过去——幸好，钢筋不是从我的头颅中间穿过！"

表妹看到了小男人左腿脚跟处有一个巨大的伤痕，如果揭开疤痕也许还能看到一个黑暗得看不到尽头的隧洞。表妹对小男人产生了一些同情。她夸张地倒吸了一口冷气，脸上露出悯惜。

小男人说："我是干建筑的，我哥也是，我们家乡很多人都搞建筑——我家是茶陵县的，你家在哪里？"

表妹淡淡地说："醴陵。"

小男人惊喜地瞪大眼睛："你是醴陵的？你认识李大炮吗？"

表妹不屑道："不认识。"

小男人说："呆子马三呢？"

"不认识。"表妹说，"他们是什么人？"

"都是我们工程队的，他们好赌，一年半载剩不下几个钱，好多年不敢回家了，大年夜都是在工棚里瞎混，没出息……他们都是醴陵人。"小男人咧嘴笑。

　　表妹觉得小男人说的都是一些无聊的人，这些人在哪里都有，不足为奇。但他说得口沫横飞，表妹对他又恢复了几分厌恶，心想，如果让他这样说下去，也许他会把所有他认识的和不认识的人全说给她听，那样塞满她的脑袋的将全是不三不四的男人，万一其中有一个是她认识的，小男人会兴奋地跟她滔滔不绝，旁人还以为小男人是她的男人呢。表妹突然打断了小男人的话："我连你也不认识，你干吗说那么多？你烦不烦？"然后背对着他，小男人的嘴才戛然而止。

　　他们之间有了一段长时间的沉默。也许是大半天的沉默。也许他们之间也有过零星的非对话性的语言碎片。但此时的万物已经被从天而降的暮色笼罩。南方的黄昏像月经一样准时。空调强行改变了季节，把寒冷扔给了那些没能坐上班车的人，车厢里温暖如春。小男人从怀里掏出半袋子饼干，自个儿啃了两片，诚挚地递给表妹："妹子，你也来两片。"表妹没有回答，也不接他的东西，自个儿从口袋里摸出一小袋葡萄干，优雅地往嘴里一颗一颗地扔，津津有味地咀嚼着。她唤起了班车上乘客的食欲，自助晚餐在车厢里蔓延。但表妹旁边睡着的男人还不知夜晚降临，也许忘记了藏在裤兜里的晚餐。或许他根本就没有晚餐。男人跟骆驼差不多，能吃苦能战胜饥渴。在开往西安的列车上，表妹也曾和一个三天三夜不吃东西的男人坐在一起，餐车一趟又一趟从他身边吆喝着经过，他竟不眨一眼，手紧紧地抓住空瘪瘪的钱袋子，还用力地咽着口水。那是她见过的最俭省的男人，她曾经不止一次在我面前提起那个去西安务工的中年男人，且满脸敬慕。我的表妹见多识广，我知道她喜欢什么样的男人。现在她对身边的睡觉男人产生了女性特有的爱怜。天下所有的男人都应该吃晚餐，免受妻子的担心，这个男人也是。"假如他是我的男人，我宁愿他多吃一点。"表妹心里想。表妹欲有意无意地碰碰这个睡觉的男人，提醒他株洲还很遥远但晚餐时间已经到了。她正要抬腿踢他的时候，又发现自己靠近他的左腿已经没有了，空荡荡的裤筒，拿什么去碰他？表妹突然间有点沮丧。

"你不必理他。他嗜睡。我们干民工这一行的都嗜睡，都把乘卧铺车当作一种享受。"小男人抓住时机恢复与表妹的交谈，"像我们呀，睡上一整天就可以连续不停地干三天三夜的活，能多赚几个钱。"

表妹明白了睡觉的男人为什么睡得那么沉那么香，其实这是一个策略，回到株洲他就可以连续三天干活不睡觉了。多精明的男人！

"我可不行，我们女人隔一天不睡面容便要枯黄，眼眶便会发黑——女人的肤色是睡出来的。"表妹说。

"你的肤色很好嘛，你真懂得睡——你是干哪一行的？工厂女工？服务员？"小男人问。

"你说我是干哪一行的？难道我是做鸡的吗？神经病！"表妹又要生气了。

小男人懊悔问错了问题，不断地向表妹道歉。旁边的乘客饶有兴趣地听他们说话。车厢里的茶余饭后。

表妹说："你们都认为湖南妹子到了广东都干那一行，我偏不下贱给你看，你知道南海宾馆前段时间发生的事情吧？"

小男人说："我们的工地就在南海宾馆旁边，那里每天都发生许多奇闻怪事，你是指哪一件？"

表妹说："良家妇女跳楼事件，你听说过吗？"

小男人说："听说了，一个正经的湖南妹子反抗顾客调戏跳窗逃跑——都是两个月前的事情了。"

表妹惊愕地问："好像你觉得这件事过了很久了？其实那湖南妹子才刚出院！"

小男人说："那有什么？她没死算是大幸了。"

表妹怒斥："那你是希望她死掉啰？"

众乘客大笑。小男人争辩说："我不是那意思，但我总不能说她是英雄吧？有人亲自看见她摔断了一条腿……"

表妹突然一把掀起被子，双手抓住左裤筒，让小男人看："你看看，我就是那个湖南妹子，我让你笑，你觉得我很可笑，摔死了你才开心！"

表妹几乎是怒发冲冠。她不仅仅展示给小男人看，车厢里的人都看到了她并不存在的左腿——空荡荡的裤子里面还藏着一个巨大的肉痂。他们脸上的笑容凝固了，目瞪口呆。小男人更是无地自容，不知所措，满脸歉意和委屈。

"我不是那个意思。"小男人反复辩解，"我怎么会幸灾乐祸呢？"

表妹的脸上有几行泪珠，在微弱的灯光下闪烁。她抱着左腿残肢的双手在轻轻地颤抖。

"妹子，你真勇敢。"老板娘远远地对表妹说。众人用充满同情的表情附和了老板娘。小男人也说："你真勇敢。"但他说得很平淡。小男人旁边的老妇坚定地说："妹子，你就得这样做，即使死了也值得——假如你是我的闺女，我愿养你一辈子。"

老板娘走过来，帮表妹重新盖上被子，并摸了摸她的头说："妹子，下次乘我的车，我给你免费。"

"……我现在回家了。"表妹激动地说，"我的家在醴陵。"

"我的父母也在醴陵。他们都七十多岁了。每月我都回去看他们。"老板娘说。

众乘客迟疑了一会才赞赏地鼓了几下掌。表妹心安理得地重新躺了下去。小男人再也不敢贸然跟她说话，裹紧衣服双手蜷缩在胸前，下巴靠在膝盖上。此后，大家都有了睡意，不久连小男人也开始打盹，车厢里安静得像在梦里滑行。

表妹梦里被小男人有意无意地吵醒了。原来班车已经进入了湖南境内，行走在弯曲的山路上，现在停靠在公路边让乘客解小便。窗外漆黑一团，杂树乱草，寒风啾鸣。越近株洲越寒冷。乘客陆续下车，不分男女或站或蹲在班车的旁边解开裤子就拉，尿液啦哗啦哗地喷洒，男女之间也没有平日的顾忌和羞涩。车上还剩下老板娘、小男人、表妹和表妹身边睡觉的男人。老板娘走近对表妹说："我来帮你下车。"表妹说："麻烦老板娘了——其实有了双拐我也能下车。"老板娘想背表妹，但觉得有点困难。老板娘瘦瘦的，表妹比她高大。老板娘努力了几下，背不动。小男人果敢地说："妹子，我来背你，两百斤的水泥我也能背上十层楼去，我能背得动你。"老板娘鼓励表妹:"背便背呗,谁怕谁。"小男人在表妹面前弯下了腰。表妹犹豫了一会,笑了笑,靠到了小男人的背上,双手抓住小男人的肩头,老板娘跟随后面用手托着表妹的屁股下了车。表妹就在车灯照不到的地方蹲下解小便,哗啦哗啦地把尿撒在夜里。撒完尿,提起裤子,然后又被小男人背上了车。班车继续前行,不久进入了平原地带。此后,表妹和小男人的关系融洽了许多,还增添了几分客气和尴尬。也许大家都不愿在漆黑的夜里说话,很快,鼾声或磨牙声此起彼伏。公路两边,湖南大地博大而辽阔,宁静而苍远。小男人也靠着表妹的座位睡着了,头倚着表妹的手,嘴角流着口水。表妹没有太多的计较,也酣然睡去。

黎明时分,班车已经深入湖南腹地,大家都能通过分辨路旁的山和水判断株洲的距离。于是大家的话也多起来。

表妹眨着惺忪的眼看了看身旁睡了半天一夜的男人,惊叹着对小男人说:"回到株洲,他就能三天三夜不睡了。"

小男人笑了笑说:"他就是贱,睡觉只是为了多干活。"

表妹弯腰伸手摸了摸座底下的双拐。小男人说:"你的拐还在,我帮你看守着呢。"

表妹说:"我不能不在乎,这双拐是我的腿,少了它我就是废人了,不过本来我就是废人——跳楼的时候我就知道我至少要变成废人了的。"

小男人说:"妹子,你真勇敢。"

表妹自信地说:"少了一条腿,我也能风风光光地嫁人。"

小男人说:"是的。"对此他一点也不怀疑。

表妹说："你知道南海宾馆乱吧？乱得很。"

小男人说："我知道，南海宾馆还是我们的施工队装修的，他们还欠我们的工钱，欠了三年了，我们经常上门讨债。"

表妹说："讨到了没有？"

小男人说："没有。我们经常和保安干架。"

表妹说："我在那里当服务员一年多了，保安也换了一茬又一茬。我也很讨厌那些保安，平时他们对我们动手动脚的，我扇过一个江西保安的耳光。"

小男人说："你真勇敢。"

表妹已经习惯了小男人的表扬似的，脸上有了得意神色。表妹说："你们没讨到工钱怎么办？"

小男人说："打架呗。"

表妹说："你们真敢跟他们打架？"

小男人说："有什么不敢的，他们拖欠我们的工钱，我们三年都没回家了，身上没钱不敢回家呀。"

表妹说："现在有钱回家了？"

小男人说："三年啦，没钱也得回……"

表妹对小男人的境遇产生了同情，但不知道怎样安慰他，或者说是否应该安慰。她还是选择说说南海宾馆，因为那儿是他们共同熟悉的地方。表妹说了很多南海宾馆的趣事，小男人听着听着有点不耐烦，突然吼了一声："我们的老乡在那里杀死过人！"

表妹吃惊地看着小男人。小男人说："那是上个星期的事情，那时你还在医院吧！"

表妹点头。

小男人说："我们乞求老板给点医药费，我哥病了，是累病的，但老板不给。狗黑拿刀捅人，捅死了一个保安。狗黑现在被关在深圳看守所，我们想看看也不成，他们说要等到判了才成。狗黑是我们的哥们儿，但他也三年没回家了，去年他老爸死了也没有回去。"

表妹倒吸了一口冷气："那你哥的病……"

小男人说："死了，累死的，老板要赶工期，我们连续干了三天三夜，不能睡觉。干到第三天时，我哥就撑不住了，在医院里躺了三天就死了——本来他赚够一万块钱便要回家结婚的，他的女朋友就是你们醴陵县陶瓷厂的工人，人长得挺不错，有你那么高，皮肤也挺白的，我爸已经将他们的房子刷新了……世界上有很多种绝症，往死里累也是一种。我哥得的就是这一种病，或者这也不能算病。他永远讨不到自己的工钱和老婆了——而且死时还多了一个遗憾，因为狗黑。"

"你哥真可怜。"表妹说。"累死人的事在深圳并不少见咧，年初大华毛织厂便累死了一个女工，是我过去的工友，才十八岁，贵州的，她还没有过男朋友，她的理想就是要嫁到香港去。"

小男人摇摇头，又伸了伸腿。坐在小板凳上并不舒服。他的背下意识地往表妹的座位侧靠了一下。"唉，我哥这辈子。"小男人的幽默感在离株洲还很远的地方消失了，他的脸上已经找不到与幽默有关的蛛丝马迹，取代的是淡淡的哀伤。车厢里的乘客也只有近乡的烦躁不安，他们提前做好了下车的准备，眼睛盯着窗外，脸色凝重，也没有幽默。株洲真的不是一个善于幽默的城市。

表妹不说话，内心很复杂，也很伤感。但别人看不到她的伤感，倒是她看到了小男人伤心的表情，估计他很累了，他应该躺一下。在此后的时间里，她唯一想做的事情就是把自己的座位让给这个小男人，让他躺着休息一会，哪怕躺一会也好，并且已经好几次张开了嘴，蠕动了身子，但话已经出了喉咙却又被强行咽回去了，因此始终没能做成这件事情。当她最后一次下决心去做这件事并且屁股已经离开座位时，班车已经停在株洲汽车总站。我老早便守候在车门外，我得把千里迢迢归来的表妹接回家。

　　表妹首先找到了双拐。小男人扶她站起来。她说："好了，我能行。"小男人说："我背你下去。"表妹说："到了株洲我怕羞，我表哥肯定在外面等我，我自己能下车，我不能让表哥看见我跟你黏在一起。"小男人把表妹的花花绿绿的小行李袋挂在她的脖子上。表妹说："谢谢你。"小行李袋在表妹的胸脯上晃荡。司机正在拆卸头顶上的电视机，估计准备和播放机一起拿去修理。小男人还是小心翼翼地把表妹送到车门口。在老板娘热情帮助下，表妹顺利下了班车。我快速迎上去，搀扶着她，把她脖子上的小行李袋挂到我的脖子上。少了一条腿的表妹仍然美丽，如果只看她的上半身，真的是无可挑剔。表妹开始有点撒娇地倚着我，后来为了证明她已经熟练地掌握了双拐，能够运用自如了才独自行走。表妹不时回头看班车的门，小男人的头已经缩回去，她却停下来等待小男人的重新出现。表妹对小男人有点遗憾，但她绝不是在等小男人。她肯定是担心躺在她身边的男人由于睡得太沉梦里不知道到了株洲，她后悔下车前没有摇醒他，或叫小男人去摇醒他，告诉他下了车便可以连续三天三夜地干活了。表妹为此担心了好一会。我催促她快点回家："表嫂都做好饭了正等着我们呢。"表妹说："那个男人……"她突然又觉得这种担心是多余的，因为老板娘会关心每一个乘客。她轻轻地对我说："不理他，我们走吧。"但她并不说走就走，仍然放心不下似的，撑着双拐等待。小男人迟迟才从车上下来的。他站在车门口的台阶上四处张望。表妹高兴地向他招了招手，但他并没有理会她。他的目光投放得很远，肯定是在寻找谁。

果然不出所料，从车站角落里钻出两三个人，他们抬着一副担架，小男人向他们招招手，他们神神秘秘、鬼鬼祟祟地窜上了班车。一会，他们从车上下来，白色的担架上躺着一个人，那人被被子全包裹住了，连脸也没有露出来，但头发飘散在外面。担架匆促地从表妹身边走过，小男人跟随其后，装作不认识表妹似的，低着头往车站的角落里走去。

表妹猛然醒悟，惊叫一声："他是死人！"

表妹满脸惊恐，猝地扔掉双拐，双手拼命插头发，歇斯底里地往车站门外狂奔，但由于身体失去平衡，几次摔了跟头，甚至嘴巴啃了泥土，脸也摔破了，但她仍狂躁不堪，爬起来又跑。我追上去抓她，却被她往脸上吐了一口口水。从她惊惶的眼神看，她已经算是疯了吧。在车站后面的一条小巷深处，我终于牢牢地控制住了慌不择路的表妹。她仍对我又打又咬。我劝慰她，我抱紧她，不给别人再伤害她。此时，那几个男人抬着担架从这条无人行走的小巷走来。表妹听到了慌乱的脚步声和扑面而来的特殊气息，再次像受惊的牛犊挣脱了我，疯狂地往前逃跑。只有一条腿的表妹像折翅的鸟，最后重重地摔倒在一道狭窄的臭水沟里，如果是夏天将会惊起一堆苍蝇。

担架从表妹身边匆匆而过。小男人调过头来，歉疚地对表妹说："他就是我哥。他是累死的。他很干净。他也回家了……"走远了的小男人再次回过头，又一次赞扬了表妹：

"妹子，你真勇敢！"

小男人肥大的西服披在他的身上看起来十分夸张、滑稽，寒风将他的头发吹成了鸡窝。尽管他的左腿有点瘸，但他走得很快，一会便随抬担架的人连同担架上的男尸一起消失在小巷尽头。

丢失国旗的孩子

　　旺月是国庆节前一天把国旗弄丢的。这消息暴风骤雨地惊动了公社，把大队支书吓得瘫软在地上，旺月的父亲阙振兴当场就要枪毙自己的儿子。

　　"他够得上枪毙了！"阙振兴把枪膛拉得啪啪响，一边拉一边说，人的声音和枪上膛的声音都很吓人。

　　丢什么不好，怎么能丢国旗呢？

　　旺月是从县城回来的路上把国旗丢的。那么漫长的一条路，中间经过那么多城镇和村庄，不知道究竟在哪里丢了，反正是，回到大队的时候，旺月发现车架后面空荡荡的，绑在那里的国旗飞了。同时，旺月的魂也飞了，他刹那间脸色苍白，双眼僵直，口吐白沫，像张洪武有癫痫的儿子一样，现在正躺在大队卫生室里，卫生员给他打了一支强心剂，还给他灌葡萄糖。他的母亲哭哭啼啼地死死地守在门口，不让持着步枪的阙振兴闯进来。他一进来，真的会给儿子一颗子弹。

大队支书是经历过各种考验的老支书了，但这个考验来得太不是时候，他瘫坐在办公室的椅子上，吩咐其他干部，动用一切力量，即使国旗到了美蒋那里也要把它找回来。

旺月不是一个很安分的孩子。每到民兵打靶训练，旺月总要逃学，在离学校不远的打靶场看民兵们打靶。本来，民兵打靶的时候孩子是不能随便靠近的。但他是民兵营长的儿子，不仅能近距离地观察，有时还悄悄地从民兵的身边捡到一些烫手的子弹壳。旺月呢，就把子弹壳分给学校里最要好的同学，他们呢，把子弹壳串在裤头的钥匙串上，一来能辟邪，二来炫耀呗。旺月最盼望的一件事就是，父亲同意让他打上一发子弹，证明他比那些笨手笨脚的民兵打得好，至少不像张洪武那样经常脱靶——那简直是在浪费子弹。但民兵训练的子弹得到充分保障，经常是，每一个民兵能分到一箱子子弹，打开箱子，一排排子弹像豆荚那样闪闪发亮。他们都知道，这些都是老三八式步枪的子弹，战场上用不上了，就给民兵训练用，用不完就过期作废了。旺月不敢直接恳求父亲，而是通过跟父亲关系好的民兵为他提出申请，就打一发子弹，如果脱靶，甘愿受罚，从此以后，安心上课，不再涉足训练场。

本来，旺月的父亲可以对此睁一只眼闭一只眼，不就一发子弹嘛，就让儿子过把瘾呗。但父亲断然拒绝了旺月的非分之想：除了民兵，谁也不能打枪。旺月不是民兵，他只是民兵营长的儿子。旺月知道父亲的严厉和固执，就死了这条心。但几天之后，他的父亲突然改变了主意："旺月，让你打一发子弹并非不可能，但你得去一趟县城，给学校买一面国旗回来。明天就是国庆节了，学校要搞升旗仪式，公社很重视，也要来人参加。"

全大队只有学校的一面国旗，又破又旧的，颜色已经褪得差不多，像女人的裙子，再挂起来就是犯错误了。但国旗不是随便就能买的，得到县城的新华书店去买，关键是要争取到买新国旗的指标，还要经公社武装部盖章同意。全公社就五面新国旗的指标，支书好不容易才求回来一个。本来，村支书是吩咐民兵营长让他亲自去县城买国旗的。但公社武装部抓民兵训练抓得紧，国庆节每个大队的民兵连都要到公社，先是阅兵式，然后是比武。阙振兴不怕阅兵式，他的民兵连队列站得很好，踏步踏得很整齐，就怕射击比赛，因此他不敢松懈，日夜训练打靶。大队里的干部也忙不过来，工作一件接一件的，每样工作都来不得半点马虎。那让谁去县城呢，振兴想到了自己的儿子旺月。旺月经常一个人去高州城，买回盐、酒和糖，一个人敢去很远的地方。这小子书读得不好，但胆子大，关键是灵敏，有责任心，轻易不把事情办砸，作为父亲振兴是知道的。支书说："那就让他骑大队的单车去。"大队只有一辆单车，平时都是支书骑，能让给旺月骑去县城，可见支书对买国旗的事高度重视。振兴也很重视，反复叮嘱旺月，一定要快去快回，一定要把新国旗顺利买回来。旺月年纪不大，但知道国旗事关重大。国旗买回来了，能打上一发子弹，他一定能打中十环，让那些民兵自惭形秽，也给父亲争光。所以，他迫不及待地要去县城，天没亮就出发了。出发的时候，母亲拿父亲的军用水壶挂在他的脖子上，一只饭盒，就挂在单车车把子上，都装满了水和饭，渴了就喝水，饿了就吃饭，没多给一分零用钱。买国旗的钱和有关手续就严严实实地藏在裤腿的一个秘密而安全的袋子里，妥妥帖帖的，只要裤子还在他的身上穿着，买国旗所需要的东西就不会丢。

结果，旺月什么也没有丢，却把国旗丢了。

他回到大队的时候已经是下午，不，已经是近黄昏，民兵打靶训练已经结束，刚刚到大队里集合，父亲振兴正给民兵做训练总结。今天又有两个民兵打了三百发子弹，竟然有两百发脱靶。振兴骂人了："日你娘的，老子一只手捂住卵子也不会脱靶，你们脱靶比脱女人的裤子还容易！"振兴还要继续骂的时候，旺月回来了，兴致勃勃又满面风尘，却一点也不觉得累的样子，他把单车架好，便冲着父亲说："我手痒了一天了，我马上要打掉我的那发子弹。"

旺月就要从众多民兵的手中挑选自己喜欢的枪。枪都是一样的枪，但旺月觉得张洪武的那支好，就要张洪武的。

振兴怀疑地吆喝了一声："国旗呢？把国旗给支书送去。"

旺月伸向张洪武的手停在了空中。旺月掉头要拿国旗的时候，手什么也没有抓着，这才发现国旗不见了。

首先意识到国旗不见的当然是旺月自己。旺月脸色骤变，把单车上上下下全看了，如果单车是一个人的话，他的屁眼和每一根汗毛都被翻过了。只有一只空饭盒和一只空水壶，都挂在车把子上，左一只，右一只，像秋风里的枯葫芦。

唯独没有国旗。

振兴意识到事情不妙，大声说：

"你究竟把国旗藏在哪里了？"

旺月支支吾吾："我明明把国旗夹在车架子上，还用绳子捆绑，回到公社我还伸手摸了一把，它还在，软绵绵的，怎么说不见就不见了呢？"

单车像一具僵直的裸尸，振兴慌乱地把裸尸翻腾了一遍，抖了几抖，抖不出个屁来。振兴粗鲁地把儿子的身上翻了一遍又一遍，除了闻到一身汗臭，什么也没有。

"你真把国旗丢了？"振兴怒吼，"你为什么不把自己的命一起丢了！"

振兴的怒吼把大队附近的耳朵都震颤了。人们知道出了大事。

振兴是当过三年兵的，脾气火爆，民兵都怕他。民兵在振兴的背后用手势暗示旺月，快跑！

旺月不敢跑。振兴从民兵张洪武的手里抢过枪，枪里还有子弹。民兵们意识到事态严重，惊恐地叫："旺月快跑。"

旺月还是没有跑。他看着父亲手里的枪，看他啪的一声上了膛。

几个民兵要夺振兴的枪，却被振兴一把推倒："你们别管，那么大的事情你们管不了。"

民兵们明白，管不了也得管呀，不管就要出大事了。他们二十几个，一下子扑上来，把振兴扑倒在地上，任他怎么骂，就是不让他动弹。

"旺月，你跑呀，有多远就跑多远。"民兵们喊。

旺月还是不跑。他害怕得不会跑了。支书来到的时候，旺月的

157

脸像涂上了一层粉笔灰，双脚直哆嗦，白沫从嘴角边渗出来。旺月母亲赶到的时候，旺月已经被抬到了卫生室。旺月母亲看着儿子魂飞魄散的样子，骂仍被民兵按在地上的振兴：

"我就一个儿子，你还嫌儿子多！"

振兴怒不可遏，像一头疯牛。

"让我起来，我要枪毙他！他够得上枪毙了！"

振兴命令他的民兵。但民兵们并不听他的。

旺月母亲气得发抖："你们把他放了，让他起来，让他把儿子枪杀了，让他生吃儿子的肉，连毛也一起吃了！"

支书过来，厉声对民兵说："你们都把枪收藏起来。"几个民兵把枪收起来。振兴也起来了，他不顾支书的劝阻，从民兵手里抢过一支枪，啪啪地把膛上了，要闯进卫生室找旺月。旺月的母亲把守着卫生室门口，对失去理智的振兴说："你要进来，除非踏过我的尸体！"几个民兵一直挡着他，他始终在离卫生室两米的地方和民兵们推扯。

经历丰富的支书从来没有那么惊慌失措过，他口里喃喃自语："事到如今，怎么办呢？"

支书回到办公室，首先电话报告了公社，然后按公社的指令，马上召集所有干部、民兵开紧急会议。但会议还没有开，支书便做出了决定："还开什么卵毛会，所有的干部、民兵都找国旗去，发动大队的群众、学生，一定要把丢失的国旗找回来！"

大队出现了多年没见的奇观，四五百人沿着通往县城的道路寻找丢失的国旗，浩浩荡荡又乱糟糟的。天色逐渐暗下来，火把次第点亮，从大队一直往北弯弯曲曲地延伸。三年前，支书七岁的孙子在高州城回来的路上意外走失，大队也没有动用那么多的人去寻找。过了一阵子，公社派来的全副武装的民兵也赶到了，武装部长接手了搜寻国旗的指挥，气氛更加凝重。

按照旺月的回忆，公社来的民兵领导决定把搜寻的重点放在大队到公社这段路上，要地毯式，不能放过一草一木，可疑的地方要五个人仔细捏过。还调来了几个喇叭，向沿途周边的群众喊话："谁捡到了一面鲜艳的国旗？哪家哪户捡到了，要主动交出来，不能私藏国旗……"怕喇叭传不到，公社组织了十一个小分队，挨门逐户地询问，软话硬话都说了，反正谁捡到了国旗，交出来便既往不咎，如果私藏国旗将从重处理。沿途的群众都说："没捡到国旗，即使捡到了，早就上交公社了，国旗又不是其他东西，谁敢私藏？"

从大队到公社十几里路，被仔仔细细地搜寻了一趟，除了找到几张不知谁遗失的粮票和一件红色破背心外，没有发现国旗。武装部长要求，从公社到大队再复查一遍，加强沿途住民的盘查，如果再找不到国旗，那就不要再找了，天亮后，大队支书和民兵连长带着肇事者到公社听候发落。

他们又把十几里的路翻腾了一遍，把沿途的住户反复盘问了，仍然不见国旗的踪影。他们已经又累又烦，怨声载道，都要回家睡觉，连公社来的民兵也放弃了进一步的努力。这就意味着，大队丢失国旗的政治事件正式确立，明天公社就可以开会进行定性。意味着，国庆节学校将无国旗可升。意味着，一连串的处分和批判将接踵而来……

振兴已经没有时间枪毙儿子，支书带着他和旺月重新把这段路掘地三尺，像用筛子筛一遍。振兴不断地让旺月回忆，会不会国旗在公社以外的地方便丢了呢？

旺月还是一口咬定，回到公社邮政所门口国旗还在车架上，他还摸了一把，软绵绵的，心里踏实了才加快步伐回家。旺月肯定，在回家的路上没有摔跟头，连磕碰也没有，他的车技很好，在供销社上班的二舅有一辆单车，早就教会他骑车，他甚至可以作表演了。

支书想，国旗肯定是有人捡到并私藏起来了。谁有这个胆？我看没有谁有这个胆！此时却有人反映，红星组的张国宝有重大嫌疑。

支书眼前一亮："张国宝？他捡到了国旗？"有人说："张国宝今天去赶集了，回来的时候手里拿着一捆东西，鬼鬼祟祟的，天还没黑就关门睡觉了，刚才民兵盘问他的时候，他支支吾吾说不清楚，关键是，张国宝一直想要一面国旗。一个老百姓要国旗干什么？不是要来悬挂（不能随便挂），也不是要来收藏，他是想呀，死后让人盖在他的棺材上，一起下葬。"支书讥笑了一声，说："痴心妄想，他张国宝算什么东西？不就是在抗美援朝的时候做过志愿军伙夫吗？一个煮饭的，虽然身上有几处伤，少了一条胳臂，但寸功未立，黄豆大的奖章也没得过一枚，退伍后一直是个农民，连种田能手也算不上，十几年前就下不了地干活了，吃队里的干饭，死后凭什么在自己的棺材上盖国旗？荒谬至极。"但孤寡的张国宝是个倔老头，脾气古怪，不愿和别人说话，十几年来他就一个请求，

160

要一面国旗，不断地给公社打报告，但公社哪里会答应他的无理要求？也是很多年前了吧，他看中了学校操场上空的国旗，恳求过支书："有了新国旗，就把旧的给我吧。""旧国旗也不能给，要交回给公社里。"张国宝骂过支书，支书倒不想跟他计较。现在，队里的国旗丢失了，张国宝有重大嫌疑。

支书和振兴、旺月，还有几个民兵推开了张国宝的门。就一扇虚掩的柴门。屋又矮又窄，堆满了乱七八糟的东西，墙角里有一张木板床，有半截蚊帐，张国宝就躺在床上，背对门口。支书知道他醒着。支书说："国宝呀，队里给的粮食够不够吃？"

张国宝不作声。

支书又说："身体还成吧？实在不成到大队卫生室去领点药，打打针。"

振兴说："国宝叔，支书关心你呢。"

张国宝打了一个哈欠。旺月看到光着上身的张国宝右手臂上只有一个皱巴巴的肉痂，心里不禁一颤，他把右臂弄丢了。

支书说："国宝呀，振兴的儿子旺月弄丢了一面国旗，是大队的，有社员看到你捡到了，你交出来吧，找不到国旗，大队、我、振兴还有旺月这个孩子，都担当不起，你知道的，命丢了就丢了，国旗丢了没完。"

张国宝把脸翻过来，一脸花白胡子。看他要坐起来，振兴赶紧去扶他。张国宝坐起来了。

"我没捡到国旗。"

张国宝说："今天赶集，我就问宋裁缝要了一些碎布，都在支

161

书脚旁。"支书俯身打开一个报纸包，里面果然是一些颜色不同的碎布。

支书说："国宝呀，前几年有社员举报说，你想偷学校操场旗杆上的国旗，而且你都去那里踩点了，有作案动机和行动了，你不知道，民兵早就埋伏好，但我不让他们抓你，一抓呀，就是大事情了，你就要蹲牢，到死那天也出不来——其他不说，就凭这一点，你也得跟我说老实话。你看，现在都是大队的人，你把国旗交出来，事情就好办，如果公社的人来搜出国旗来，我们也帮不了你。"

张国宝突然低吼一声："我真的没捡到国旗。"

支书沉默了一些时间："那好吧，让民兵搜搜。"

民兵哗啦就动手。张国宝有些慌张，但更多的是愤怒："你们不能搜我的东西！"

支书示意民兵继续搜。振兴去搜张国宝的床，张国宝盯着他，振兴说："你不要怪我，如果能把国旗找回来，我宁愿死。"

旺月不敢动手。他害怕张国宝的身体，瘦瘪的躯壳，空荡荡的右臂上那丑陋的肉痂在微微地颤动，像一口嘴巴在吮吸着什么。

民兵把屋里屋外搜了一遍了，没发现国旗。

支书彻底失望了。

张国宝说："支书，我为什么就不能得到一面国旗？"

支书终于也愤怒了：

"张国宝，现在我宁愿你是支书！"

支书摔门而去。振兴轻声地对张国宝说："如果明天死，我也想有一面国旗，我的棺材也应该有国旗覆盖。"

把大队到公社，公社到大队的路筛过两遍后，已经是下半夜了，鸡都啼了第一轮。支书宣布，放弃搜寻，明天的升旗仪式取消，他到公社请罪，听任千刀万剐。

振兴回到家里，突然发现一直跟在他身后的旺月不见了。问旺月母亲："见到旺月没有？"她惊叫："我哪里见到他？他会不会想不开……"

振兴惊慌了，万一旺月这孩子想不开，他什么事情都敢做，连死都不怕。振兴门也不进，掉头去找旺月。

但去哪里找旺月啊？天地突然变得那么辽阔，夜突然变得那么黑暗，振兴怕惊扰别人，不敢高声呼喊，慌乱地往村外跑。旺月母亲也拿着火把出来了，她比振兴更焦急，不顾振兴的劝告，大声呼喊儿子的名字，整个大队都听到她的声音了。那些刚刚睡下床的人，那些累死累活的人，对着旺月母亲的声音埋怨："嚷什么呀，要把人吵死呀！"

振兴觉得他妈的烦透了。

旺月正在学校寂静的操场上，操场的右侧竖着一根高高的旗杆。旗杆空荡荡的，像张国宝的右臂。明天，不，今天就是国庆节了，本来是要举行升旗仪式的，他是少先队的旗手，将由他亲手把鲜艳夺目的新国旗升起。他痛恨自己，沮丧地背靠旗杆，瘫坐在地上。平日热闹的操场此时悄无声息，天地都寂静得像什么事也没发生过一样。没有大人的谩骂和责备，旺月心里平静了许多。他开始想，父亲让他办了那么多的事情，他从没有出过差错呀，这一次，一出就是大娄子。他仔细地回想这一天到县城买国旗的经过，要像筛子一样把自己的记忆过一次，究竟在哪里出了问题？从父亲决定让他买国旗的那一刻开始，当时他兴奋得跳了起来，因为父亲答应他打一发子弹。那一夜，他睡得很好，做了一夜的梦，梦见自己在打靶场上"一枪成名"，公社甚至县里武装部都知道了，决定破格让他当民兵，等到了年龄，就让他参加解放军，跟美蒋对着干……第二天一早，他出发了。支书的单车虽然破旧了一点，但还是一把好车，骑起来挺舒服的，不用怎么用力，车也跑得挺快的。一路上，骑车的人不多，走路的人也不多。一个孩子骑一辆单车吸引了不少羡慕的目光。一路上都有人逗他："小子，让我骑骑你的单车。"旺月当然不会答应他们，他只顾去县城。中午的时候，旺月终于来到了县城。县城比他想象中要大，要热闹。他第一次到县城，一切都觉得挺新鲜，进入县城后，他的眼睛就没有闲过，东张西望。县城里有很多馋涎欲滴的东西，面包、煎饼、油条、拉面、老鸭粉，还有传说中的糯米蒸腊肉……旺月想，堪比高州城。但旺月没有零用钱，面对诱惑，他躲到公园的榕树下，吃从家里带来的饭。饭没吃到一半，却被一场浩大的批斗打断了。一队长长的队伍从公园西面的抽水站过来，敲锣打鼓，振臂高呼，走在前面的是几个顶着猪笼、胸前背后挂着牌匾的人，那些人衣衫褴褛，蓬头垢面，却戴着眼镜。队伍中间打着醒目的标语，那些字，旺月都认得，却记不起来了。旺月记得的是批斗的惨烈。顶着猪笼的人不到一阵工夫，便被打得头破血流，还被掷了一脸猪屎……旺月从没见过如此惨烈的场面，他放好饭盒，推着单车，兴奋而又忐忑不安地跟随在队伍的后面。队伍经过新华书店的时候，旺月进去了，旺月看到了货架上的国旗，折叠得四四方方，鲜艳得像一团火。

旺月说："我要一面国旗。"

但售货员都涌到街头看批斗，没有一个人理会他。漂亮的国旗近在咫尺，旺月忍不住伸手去触摸，但够不着。旺月就爬上柜台，跪在台面上，终于够得着国旗了。旺月激动地抚摸着他熟悉而热爱的国旗，多么柔软、多么亲切。那面国旗仿佛早就已经属于他，就等他来取走了。

旺月又叫了一声："我要一面国旗。"

还是没有人理会他。旺月又轻轻摸了一会儿国旗，那就等批斗结束再来拿吧，反正这面国旗已经是我们的了。

旺月从柜台上下来，往街上跑，在供销社第三门市部门口，他追上了被批斗的人。那些人被推上了高高的临时搭起来的台上，一些戴红袖章的人宣读他们的罪状。他们脸上的血把自己的衣服都染红了，乍看像各自披着一面国旗……那些狂热的人们觉得并不过瘾，大声谩骂着台上戴着高帽的人。旺月听不清楚他们究竟骂什么，他努力去听，整个下午，他都在试图听清楚他们骂人的理由，直到最后他才听懂一句："用狗屎砸死他们——他妈的臭老九！"于是有人四处找狗屎。旺月最厌恶狗屎了，所以他还没等到批斗结束便悄然离开。

街道突然变得冷清清的，一些店铺开始关门。旺月推着车低着头往东街口走，过了菜市、人民食堂，再越过化肥厂、农业研究所，突然一列火车呼啸而来，从旺月的跟前呼啸而去。旺月第一次看到火车，火车又离他如此之近，迅猛而霸道的火车把旺月震惊了，火车的巨响在空水壶里很长时间嗡嗡地回荡。

旺月再往下想，就是，越过铁路，经过语录塔、红星制药厂，穿过锯木场就是宽阔而威严的民兵训练场，上百名民兵正在射击训练，远处的靶子上布满了不规则的点。旺月经过那里的时候，停留了片刻，他的手痒痒的，于是骑上单车，飞快地往回跑，一路上，他都闭着右眼开着左眼，或开着右眼闭着左眼，做出瞄准的姿势。如果回去得早一点，打靶场上还在训练，他就能把属于他的那发子弹送到五百米开外的靶子，然后，等着老陈用高音喇叭吃惊地将信将疑地报告成绩：10 环，正中靶心，神枪手！

再往下想，旺月就吓了自己一大跳，突然从地上弹起来，发疯地往家里跑。黑暗的道路没有一点亮光，但旺月凭着感觉回到了家门口。

家里的灯还亮着。门虚掩着。父亲和母亲背对着门口正在灯下忙着什么，旺月听到了他们轻轻的抽泣声。

"爸，国旗！"旺月激动地说。

父亲、母亲猛回头。父亲说："国旗，我们找回来了。"

旺月看到了台面上有一面鲜艳夺目的国旗，被折叠得四四方方的，五颗星星熠熠生辉。国旗像一团火点亮了黑夜。

"可是，"旺月说，"我忘记了买国旗，我根本就没有买国旗。"

振兴安慰旺月说："不要怕，张国宝把国旗送回来了。"

旺月争辩说："我真的没有买国旗，我忘记了。"旺月把事情的经过简单地说了，还把裤腰上的口袋一把撕开，钱和盖着公章的证明散落在地上，钱一分不少，证明就是那张证明。

振兴惊讶了："看来你真的忘记买国旗！"

旺月说："我以为我买了，实际上没有买，我本来想看完批斗后再买的，但批斗还没有结束——我不知道他们什么时候结束，我就回家了，把事情忘记了——我也不知道怎么会忘记买国旗。"

振兴说："刚才国宝叔送来了国旗，说是捡到的，他还说，他身体越来越不成了，本来是要这面国旗盖在自己的棺材上的，看来，这个愿望要等到下辈子了。"

旺月说："他哪里来的国旗？"

振兴说："也许是他自己做的吧，那些碎布，他经常到宋裁缝那里要碎布。"

旺月轻轻地抚摸着这面崭新的国旗，多温软柔和的布料，多鲜艳夺目的颜色，多精巧细致的手工！旺月赞叹说："真是一面漂亮的国旗！"

想到今天早上学校操场上五星红旗将伴随着太阳缓缓升起，国歌雄壮嘹亮，旺月对着父亲，小心翼翼地笑了。

捕鳝记

有月光更好，没有月光也成。沿着弯曲窄小的河流一直往上走，一个夜晚下来总能捕到半箩筐的鳝鱼。

当然，这是好多年前的事情了。父亲说，那时候，每到夏天，直至初秋，他总跟他的父亲也就是我的祖父一起，打着火把，拿着长长的竹夹子，那些肥胖得像蛇一样的黄鳝从淤泥里钻出来静静地躺在泥面上等待他们的捕捉。有时候，蛇和鳝分不清楚，往往误将蛇放进箩筐里。但无论如何，鳝鱼总会比蛇多得多。现在不一样了，鳝鱼越来越少，像冬天的蛇几乎找不着它们的踪迹了。它们往哪里去了呢？它们会不会宁愿闷死在泥里也不出来？但我们仍然得捕捉鳝鱼到镇上换取粮食充饥，像村子里的其他人一样，否则挨不到冬天便会饿死。

母亲好几天不见踪影了。我和弟弟都不知道她究竟去了哪里。

父亲也不肯告诉我，他说他也不知道。他肯定知道。我们猜测母亲肯定是丢下我们逃荒去了。但我们又否定了自己的瞎扯，因为母亲瘫痪一年多了，从未离开过床，她都快变成床的一部分了。父亲说，等到我们捕获一箩筐的鳝鱼，母亲便会出现在我们的面前。因为母亲早就想吃一顿鲜美的鳝鱼粥，满满的一锅，里面除了米，全是肥腻的鳝鱼片，黄澄澄的，粥面上洒上零星的葱花，馥郁的鱼香能引来很多蝗虫、飞蛾、蟾蜍和蚯蚓。母亲说，能吃上这样的一顿，死也瞑目了。可是，母亲躲起来有好多天了。

入夜，我便迫不及待地跟随父亲出发。我们要走在其他人的前头。出发前，父亲依照习俗，双手抓着点燃的三根香对着东方喃喃说了一些我听不懂的话，大概是请众神保佑今夜此行的路上顺顺利利，不要碰上鬼魂。我们的口袋里有神符，能避邪气。但这并非绝对保险，村里曾经有人在捕鳝的时候被鬼魂缠上了，迷失了方向，在方寸之地徘徊了整整一晚，画地为牢，步履杂乱，直到第二天有人扇他的耳光才清醒过来。这还是幸运的，李清福父子入夜出发捕鳝，直到第二天中午还不见回来，傍晚有人在一个水潭里找到他们的尸体。那个水潭哪能淹死人啊？连狗也淹不死。听人说，他们是中了邪气。黑夜一降临，邪气便跟随而来。你别看夜晚里什么也没有啊，其实什么都有，只是你看不见。三个弟弟被拒绝参与，因为他们面黄肌瘦，在夜晚里像鬼影一样，父亲把他们锁在家里，饿得像三只鹅在叫。夜色浓郁，甚少月光。我拿着火把，火把的残烬落在我的手上，我感觉不到灼疼。火把的热浪把我烤得汗流满面。父亲沿着河流，猫着腰，盯着浅水的河面。我的火把足够把河流照亮，并且能恰当地照到父亲希望照到的点上。父亲对我很满意。我们走得很快，因为对河床一目了然，河床上没有鳝鱼。最让人激动的是我们把一根弯曲的树枝当成了鳝鱼，父亲的夹子慢慢伸过去，它没有察觉，父亲猛地一夹，发出一声卡嚓，树枝断成两截。父亲沮丧地说："这年头，连鳝鱼也善变了。"

没有谁知道这条河流有多长。我们转了几道河湾，穿过了几片辽阔的原野，翻越了两三座山坡，离家越来越远了。猫头鹰在附近的树林里发出哀鸣，把那些蛙、虫吓得不敢发出声音。我听得见父亲沉重的脚步声和喘息以及自己饥肠辘辘的咕噜声。我喝了口干净的河水。父亲知道我是饿了。如果能捕到一条鳝，哪怕是一条蛇，他肯定会就地烤给我吃。可是，我们仍然继续行走，清澈见底的河床除了沙石和泥土什么也没有。火把的薪料换了一次又一次。夜深了，山峦和树林遮挡了暗淡的月光。父亲的耐性不断流失，像河水一样。他的脚步越来越快，以至于我跟不上了。父亲走到了黑暗的前面。我看不到他。

"爸爸。"我喊。

父亲在黑暗中回答：你慢一点，前面肯定有鳝鱼，它们搬迁到前面去了。

"爸爸。"

"它们就躲藏在河的上头，它们以为我们不知道。"

我加紧了脚步。可是我的腿太沉重，像陷入泥潭里拔不出来。火把也变得沉重了，我举的不是火把，而是擎天之柱，一松手天便要塌下来。一松手，火把熄灭，黑暗会瞬间把我吞噬，像一只蚂蚁消失在漩涡里。

"爸爸。"

"我到前面等你。"

"你要走到河的尽头吗？"

"也许吧，谁让鳝鱼都跑到那里去了呢。"

"可是……火把。"

"那些狡诈的鳝鱼以为自己很聪明，可是魔高一尺道高一丈，即使没有火把我也能抓住它们。"

父亲曾吹嘘说他能听得到鳝鱼打呼噜的声音，循着声音能轻易抓到梦中的鳝鱼。太神奇了，我不相信父亲真能够做到。

黑暗将我围困。黑暗里藏着无数把砍刀。前面永远是最危险最恐怖的，父亲走在最前面。我不知道又转了多少道河湾，河越来越陌生，我们离家很远了。树丛、草丛和底细不明的黑团像鬼影一样在前头等待。父亲的声音越来越远，我都听不到了。我叫了几声，也没见回答。他彻底消失在黑暗里。

我想，父亲肯定在河的尽头等我。我必须尽快赶到那里去。

恐惧让我的双腿瞬间充满了力量，像骑上了一只捕食的幼豹，沿着河岸一直往前奔跑，摔了跟头又爬起来。火把的残烬散落在我的身上，火把越来越短，要把我的手烤焦了。但我顾不上了那么多，奔跑让我忘记了疼痛。在孤独中，我想母亲了，想弟弟们。幸好弟弟们没有跟随我们，否则他们会成为父亲和我的累赘，哭闹声会惊醒陌生和寂静的原野。他们应该睡着了，就睡在平时我们拥在一起睡的小木板床上，没有席子，没有蚊帐，没有窗户，只有一张薄薄的千疮百孔的被单，冬天我们也是这样过。当然，冬天的时候，我们的身上会盖上一层厚厚的稻草，把自己埋藏起来，不让寒风找到。只是我们生不逢时，遭遇了严重的饥荒。生产队的粮仓空荡荡的，村民把树皮、芭蕉芯、黑色的泥巴塞进嘴巴，咽进肚子里，经常能看到他们脸上挂着消化不良导致的苦楚。不知道村里谁放出来的风声，"再这样下去，要学老祖宗易子而食了"，吓得小孩子惶惶不可终日，即使躲在家里也不放心。弟弟们甚至开始怀疑父亲，因为父亲眼里对我们流露出了比过去更多的眷恋和怜悯，同时不经意间也流露出阴冷的决绝。但我不相信父亲忍心把我们推到别人的刀俎之下，当然，仁慈的父亲也不会忍心吞食别人的孩子。因此，我对弟弟们说，放心，我们是安全的，不仅仅因为我们身上只剩下骨头。

在火把将尽的时候，我被一个山洞挡住了去路。山洞很小，只允许河流从它的底下经过。山洞的岩石很低，把河流压得很扁。但山洞很长，有河流那么长，猜不到尽头。我喊了一声：

"爸爸。"

可是听不到父亲的回答，我的声音又回到自己的耳朵里了。

又喊了一声，两声，三声，数声。

父亲肯定躲在黑暗里，而且听到我的呼喊了，他不回答是因为要考验我的胆识和耐性。

火把缓缓熄灭。手上只留下不能燃烧了的残薪和被火把灼伤的余痛。世界陷入无边无际的漆黑和前所未有的孤寂。黑暗把我堵住，无路可走。我屏住呼吸，只能听见流水轻微的声音和自己急促的呼吸声。我害怕极了，极力呼喊父亲，要让他感受到我的恐惧——我的恐惧随着河流传送到了山洞深处和世界的背后。河水变得颤抖和冰冷。

然而，我听不到父亲的回应。我彻底绝望。我要放声痛哭了。

"老大，我在这里。"突然传来我最为熟悉的声音，是母亲。是的，她就在身边。我闻到她的气味了。

"妈妈。"我张开双手寻找母亲。

"我在这里。"母亲的声音是从地上传来的，像一股温暖的涌泉。我俯下身去，终于摸到了母亲，她身上散发出浓烈的腐味，臭不可闻。

"妈，你怎么躲到这里来了？"我摸着母亲的脸，她的肉开始腐烂了，脖子、肩膀、臂膊、手掌，全身的肉都腐烂了，像墙上的烂泥巴，一块一块地掉。她身上有蛆虫，像幼小的鳝鱼在蠕动在茁壮成长……

"妈，你怎么啦？"我惊慌地问母亲。

"没什么呀，我很好。"母亲若无其事地说。

"妈，你是不是已经死了？"我哭喊起来。

"你说什么呢，老大。你不是看见了吗？我很好。"母亲平静地说，就像在家里一样。但我看不见她。

"我叫爸爸来救你……"我要松开母亲去寻找父亲。母亲却抓住了我的手："你爸就在前面，我看到他了。他也看得见我们。"

我惊讶地往岩洞里看，可是深不可测，漆黑一团，什么也看不见。

"富汉、英群、树春、玉芬、兴强、小娟、阚刚……都在这里。"

母亲轻描淡写地说出了一串已经失踪了多时的人的名字。他们都是夜里悄然无声地离开村子的，我以为他们丢下亲人逃荒去了，原来不是我想的那样。母亲说："他们饿着肚子来到这里，现在他们都很好。他们再也不会分食亲人的粮食了，他们的孩子也不会饿死了。"

我四处摸了摸，全是骨头架子，大的、小的，高的、矮的，一副，两副，三副……原来他们都在这里。

"爸爸呢？"

"他就在前面，在河的尽头。"

"爸爸怎么啦？"

"没什么呀，他也很好。"

"弟弟呢？家里的弟弟怎么办？"

"他们睡着了。老二、老三、老四都睡得很安逸，像三只吃饱了的小兔子。家里的粮食够他们挨过冬天的……"

"妈，我呢？我怎么办？"

"你也会很好的，老大。"

"我饿。我好像一辈子从没吃过饭。我快要饿死了。妈。"

"那你早一点躺下来吧。躺下来就好了，来，快躺到妈妈的身边。"

我顺从地躺到了母亲的身边。母亲搂抱着我，河水从我们的身子底下流过，抚摸着我的躯体，滑滑的，凉凉的，痒痒的，像一万条鳝鱼在嬉戏、挑逗。

"爸爸，快来，鳝鱼都藏在这里了。"我兴奋地喊了一声。母亲慈爱地笑了笑，轻轻地把我搂得更紧。

你为什么害怕乳房

　　从今往后，我再也不会和张畅一起出游。他是一个不负责任的人，我们出发的时候说好了，一定不能在海滩上做龌龊的事情，因为那里有很多陷阱。可是他暗地里违背了约定，最后把我身上的钱扒光了才能打发走那个粗陋不堪的女人。因此，在回家的路上我们连吃饭、加油的钱都没有了。我们侥幸地认为，这辆小排量的雪佛兰凭着剩下的半缸油也能回到市里。但糟糕的是，到下津镇的时候，车坏了，不知道哪里出了毛病，动不了了。下津镇属于粤桂边界的一个小镇，归广东省管辖，之前我从未到过这里。偏僻、孤寂、简陋，看不到几间房屋，也好像没有几个人。幸好，镇上有一间破败的汽车修理铺，铺上只有一个瘦削得像根桉树杆的师傅，他的左腿还是瘸的，走路时要用手按着它，让人怀疑他是否有力气打开车头盖。但他说话比较利索而且略见幽默。他说："像你这种使用期超过十年的旧车一旦坏了就很难拾掇，像一个老态龙钟的妇人摔跟头连扶都扶不起来。"我说："怎么样也得修呀，要不，离市里还有近两百公里，我们怎么回去呀？而且明天中午我得把车还给洪烛，他的表妹结婚要用他的车，我的五百块违约金还押在他那里。"师傅叹了口气说："把一匹死马医活最快也得大半天，大不了今晚我加班，连夜修好它。"

此时已经是黄昏，镇上仅有的几个路灯已经暗淡地亮了。一辆开往市里的班车，肯定是最后一趟，呼啸而来，张畅说没有必要两个人都耗在这里，晚上他众多女友中的一个过生日，必须回去，话没说完便以迅雷不及掩耳之势跳上了班车，留下我一个人。我发誓，从今往后，这个对电影一窍不通却装腔作势的家伙不再是我的朋友，尽管过去也不是。

往下的时间，我得考虑修理小车的费用来源，当务之急是解决肚子的问题。身上没有足够的钱买一个包子了，镇上也没有可用银联卡的地方。我开始想，在下津镇我有什么亲戚朋友，哪怕只是认识的人也好。头脑里过了一遍又一遍，终没有找到。给张畅打了一个电话，他支支吾吾了半天才想起一个人来。

"你的前女友蓝小莲在下津镇，好像就住在木器厂的背后。这是她十年前告诉我的。"

十多年前的事情我大概已经忘记得差不多了，但蓝小莲的名字还是依稀记得，一经提起，她的形象越来越清晰。

先说一些私隐的事情。在那个穷困的年代，我的母亲先后生了六个孩子，要命的不是没有钱粮，而是母亲的乳房太小，小得几乎找不着，嗷嗷待哺的婴儿的呼救声变成村里最烦人的噪音。父亲情急之下曾甩手给母亲一耳光。这一记耳光成为父母日后矛盾长期直无法弥合的症结。我的父母一辈子几乎都在争执之中，没有多少事情能达成共识，唯独在我们兄弟娶妻标准上惊人的一致：要娶乳房大的，越大越好。这个标准开始是家庭秘密，后来成为公开的教条，最后变成了我朋友圈中的笑谈和他们给我介绍女朋友的噱头。蓝小莲就是这样被送到我的面前的。

实际上是十三年前夏天，我们一帮影迷在江滨茶楼左侧的露天茶座喝茶聊天，聊得起劲的时候，张畅从侧面横刺过来，对我们嘘一声，大伙安静下来。

"今晚，我要给李煜介绍第一个女朋友。"张畅阴阳怪气地说，"她绝对符合李煜的纳妾标准。"

张畅来不及回答他们争先恐后的提问，往身后一招手，一个女孩从昏黄的灯光中走了过来。我们首先看到的不是她的脸孔，而是薄衬衣掩映下硕大无比的胸脯。全场肃静，目瞪口呆，继而发出情不自禁的惊叹。

她就是蓝小莲。她在靠近我的位置坐了下来，没有羞赧，也没有不自在，自信而落落大方。他们的目光依然停在她的胸脯上。她的胸脯正好高出桌子一点点，看上去两只乳房被端放在桌面上，与两只瘦小的茶杯平起平坐。张畅坏笑着当着大伙的面对我说，从今往后，蓝小莲就是你的女朋友了，你一定要善待她。在大伙的起哄和附和中，蓝小莲就这样成了我的准女朋友。这时候我才仔细地看了看她的脸，一副很普通甚至算得上平庸的脸，皮肤偏黑，牙齿也不甚整齐，要命的是个子也不高……可是一美遮百丑——也许算不上丑，她跟着我来到了父母亲面前。父母对她赞不绝口。这成了我继续和她发展下去的唯一理由，名义上她成了我的女朋友，她很快便开始以我女朋友的名义出入在我的生活中，尽管我们连手也没有拉过，更谈不上肌肤之亲。

　　不知道是从什么时候开始，蓝小莲觉得我和她还没有初吻有点不妥，因此，她经常有意无意地创造条件和氛围。比如，她坐在我摩托车后座的时候，极力用她的胸脯顶着我的背，让我感觉到两只火球在烫；我在球场上扭伤了脚，她给我敷药的时候，故意用她的胸脯碰我的膝盖；她给我的宿舍拖地板的时候，穿着低胸的裙子，弓着腰在我面前晃来晃去……这一切都让我心动，说心里话，我真的喜欢大乳房，直到现在，我依然对蓝小莲丰满的若隐若现的乳房向往不已——后来我曾有多个女友，她们的乳房都是那么小巧玲珑，加起来也比不上蓝小莲。在很长的一段时间里，我和她们每一次赤裸相见的时候我都会怀念蓝小莲。我的母亲，因为我现在的妻子乳房过小，一直对我们耿耿于怀。妻子好几次偷偷到上海做丰胸手术，每一次都折铩而归，她的脾气越来越暴躁，经常和我母亲吵得鸡犬不宁。但那时候我爱不上蓝小莲，因为蓝小莲不是我骨子里要的那种女人。在我的眼里，她很粗野，很浅薄，很不知廉耻。美就是美，丑就是丑，一美真的遮不了百丑。她不知道我的朋友在外面怎样取笑我，损害我的尊严，我的仇敌知道我有一个患巨乳症的女友后到处恶意张扬，让我威信扫地，还添枝加叶的，要我臭名远扬。这让我很没有面子。

我知道这个世界上真的有一种病叫巨乳症。但这种病通常只会在欧美女人的身上发生，中国女人不需要那么巨大的乳房。当我知道蓝小莲的巨乳是来自家族遗传后，我决定与她分手。当今超市里的奶制品琳琅满目，不再需要乳房也能将孩子养大，大乳房已经成为身体的累赘。我跟父母这样陈述理由。父亲像当年甩手给母亲一记耳光一样也以同样的方式给我的脸留下了五个血淋淋的手指印。尽管如此，我还是暗下决心和蓝小莲分了。说是分手，实际上我们一直没有亲昵过，算不上分不分的，我是想断绝与她往来，趁早撇清我和她的关系，好挽回我在朋友中的威望。蓝小莲肯定察觉到了我的心理变化，我看得出来，她要破釜沉舟了。有一次，我正在房间看第十三遍《北非谍影》，沉迷在褒曼的美貌中。她温情脉脉地来到了我的身边，耐心地等我看完了电影，才靠近我，突然紧紧地搂抱着我。巨大的乳房牢牢地粘在我的身上，仿佛成了我身体的一部分。我不知所措。蓝小莲吻我的脖子。好痒，好潮湿。从脖子，到头，到耳朵，到脸颊……她要和我接吻了，那疯狂的架势让我无法回避，也不容我回避。我半推半就，我的嘴被她吸吮住了。她要吞食我的舌头。她剥开我的衣服。她抓住我的手往她的胸脯里伸……我条件反射地挣脱了。我推开了她。她惊讶了一下，继而要解开自己的衣服。一解开衣服，我便能看到她巨大的乳房。我赶紧打掉她的手，不让她动她的纽扣。她的脸一下子红了，尴尬得要哭。但她还是想再试一次。

　　"不要解开你的衣服！"我吼了一声。

　　蓝小莲吓呆了。我很快后悔羞辱了她。

"你不能这样，蓝小莲。"我说。我想告诉她，我要和她分手了。

蓝小莲眼泪在眼眶里打转。她整理了一下衣服和头发，转身离开了。我从窗口上看到她骑车骑得疯快，秀逸的头发往后飘扬起来，像一面漆黑的旗帜。

就这样，我和蓝小莲彻底脱离了关系，像甩掉了一个沉重的包袱，在朋友们当中，我的自尊和威信又回来了，我又可以和他们平等地谈论女人。第二年，我有了新的女友，她的乳房大小很正常，一个正常的女人。蓝小莲所在的一家国有企业迅速倒闭了，她下了岗，听说年底嫁人了，嫁到乡下去了。这让我如释重负，她离我越远，我就越安心似的。果然，十多年过去了，我，包括我的朋友都听不到她的一点消息，好像她已经永远消失了。事后，张畅曾异常阴险地告诉我一个秘密，蓝小莲之所以对我发起攻势，是想在她下岗之前和我结婚，然后留在城里，为我生下一群孩子，可是她功亏一篑。

我找到了木器厂。工人们已经下班。我向一个妇女打听蓝小莲的住处。

"我不认识什么蓝小莲。"她粗鲁地回绝了我，"……她是怎样的人？"

我说："怎么说呢，个子不高，胸脯很大……"

"哦，你说的是大奶婆！"她往右侧的房子一指，"她就住在那里。"

那是一间简陋的一层砖瓦结构房子，屋前堆放着很多杂物，几只鸡鸭，三个孩子在汲水。

我走过去，对三个孩子说："我找蓝小莲。"

三个孩子怔怔地看着我，其中一个孩子似乎对我抱有高度警惕，他大声地说："你找我妈有事吗？难道她也欠了你的钱？"

我说："我是你妈的朋友，她没欠我的钱，我只是来看看她。"

一个女人从屋里出来。从那丰腴不减当年的模样来看，毫无疑问，她就是蓝小莲，尽管她的面容已经枯黄，身体更加肥胖，穿着紊乱得不成体统，甚至遮掩不了臃肿的肚脐。她想转身回到屋子里去重整容装，至少把脸上的尘土洗去，把头发梳理，换一套像样一点的衣服……可是她来不及了。

"蓝小莲。"我叫住了她。

"你怎么来了？"蓝小莲怯怯地说。

"顺便来看看你，十多年来，我应该来看看你。"我说。

蓝小莲让我进了她屋里。昏暗的房间乱七八糟的，显得狭窄、压抑。我坐到沙发上，蓝小莲慌乱地为我找茶杯——努力了好几次，她实在找不出一只拿得出手的茶杯。我说："不用了，你做饭吧，今晚我要在你这吃饭。"

蓝小莲一下子从窘迫中解放出来，愉快地答应着做饭去。出了门，对那三个高矮不一的孩子说："去爸爸那边要点钱，到菜市看看还有什么能招待客人的。"

三个孩子呼啦一下跑开了。

我环顾着蓝小莲简陋的家，心里有点不是滋味。蓝小莲怕我闷，打开电视机让我看。能收到的全是粤语电视节目，我听不明白，百无聊赖，随便从废纸堆里找一些旧报纸看看。蓝小莲就这一会工夫，竟迅速梳条理了头发，换了一套崭新的衣裳，白衬衣、蓝裤子，有些褶皱，远远便闻到樟脑味，而且很不合身，裤子显得肥大，衬衣却显得局促，捉襟见肘，主要是因为胸脯拉扯了太多的衣料。与十多年前相比，蓝小莲的乳房已经明显下垂，像两只挂在胸前的丧失了斗志的敌人的头颅。蓝小莲在隔壁的厨房里做饭，时不时过来看一下我，也不说话，笑一笑便走，似乎是让我看一眼她迅速改观的形象，甚至让我看看她与十年前相比风韵没有太多的减少。从我的眼神来看，她以为她的目的达到了，开始恢复自信和得意。

"我的生活水平并不差，我一家生活在镇上；你也看到了，我生了三个孩子，只要我愿意，我还能多生三个。"蓝小莲说。

我还来不及奉承，蓝小莲又转回厨房去了。

三个孩子兴高采烈地回来，走在最前面的是大儿子，手里提着一袋子肉，直奔厨房。另两个孩子在门外看我。我口袋里实在拿不出什么零食分给他们，为此我感到丢脸。但是两个小孩也没有鄙视的意思。

"我在电视上看见过你。"最小的是女孩，她自信地说。

"是吗？"我说，"不可能吧，是你记错了。"我从没上过电视，我只给电视台写过串词。

"就是你，牙膏广告上的那个人就是你，牙膏胖子！"小女孩任性地说，且不容置疑。

我只好说："这个，可能是的。"

小女孩欣喜地去告诉蓝小莲："屋子里那个人就是牙膏广告上

的那个胖子，他的牙齿果然很好看。"

蓝小莲吆喝了一声，小女孩竟跟蓝小莲争了起来。我只好去解围："她说得对，我就是那个牙膏胖子。"

我们吃饭的时候话不多，蓝小莲不断地给我夹菜，令三个孩子大为不快。还不等他们吃饱，蓝小莲便支走了他们，用不容反驳的语气给他们下了三道命令：

第一，把饭送给爸爸；

第二，然后去胡萝卜家把作业做完；

第三，今晚有客人，你们就在胡萝卜家里住，明早和胡萝卜一起直接去学校。

只有两间房子。我准备睡在孩子们的房间里。

孩子们对我越发不满，走出好远了还回头对蓝小莲说："妈，别让牙膏胖子压坏我的玩具。"

蓝小莲和我回到孩子们的房间里。天已经暗了，小镇安静下来，除了公路外偶尔传来几声汽车的轰鸣，几乎听不到其他声音。

"你丈夫在哪里？"我说。

"在汽车修理铺，那个瘸子就是。晚上他不回来，闻到他身上的汽油味我会吐。"蓝小莲说，"我前后吐了三次，每吐一次给他生一个孩子，我不愿意再为他吐了。"

我感觉到自己局促不安。

"你没有听明白？"蓝小莲说，"晚上我丈夫不回来。"

"我听明白了。"

"十三年前你没有那么胖，那时候没有人叫你胖子。"

"我的确比十三年前胖了很多。干我这一行的都是胖子。"

"你为什么十三年了才来看我？你为什么又要来看我？"

"我是顺路的。"我说，"本来我早就应该来看看你的，但张畅刚才才告诉我你在下津镇，你一直都在下津镇吗？"

"嫁到下津镇前，我在市里。我以为我一辈子都会留在市里的。"

"你的丈夫也不错，会修理汽车。"

"我丈夫性格很好，人缘也好，在镇上是出了名的老实人，但没有人敢欺负他。他晚上不回来——他经常在铺子过夜，半夜里也有人请他修车。在市里找不到像我丈夫那样可靠的男人。"

"看得出来，他是这样的人。你真有福气。"

"你们那些朋友都好吧？张畅也好吧？"

"都好，只是黄高成死了——你还记得黄高成吗？"

"记得，那个到处诽谤我有巨乳症的瘦竹竿，他真死了吗？还那么年轻。"

"车祸死的。陈小皮离婚了，王孙到了美国，方向盘升任税务分局局长了。"

"一帮狗东西！不死的都过上了好日子。"

"他们确实很混账，吊儿郎当的。"

"听说你编电影了，叫编剧是吧？现在你有地位了，我早就知道即使在北京你也能混出人样来……"

"没有，刚刚开始，一切才刚刚开始，这一行也不好混，甚至比不上修理汽车。"

"你不用谦虚，糊弄不了我，别以为乡下人什么都不懂。"

我们沉默了一会。大概我们不知道说什么好了。

"我丈夫晚上不回来。"蓝小莲说，"我很少让他碰，他手上的汽油味洗一百遍也洗不掉。他血管里流的不是血是汽油。"

"你丈夫是一个可靠的人。"我说。

"他确实很可靠。"

又是一阵缄默。但她的胸脯有了新的变化，开始颤抖了，也就是说，她有些激动了。也许。

"你知道那时候我多么爱你吗？李煜，爱得快要死了。如果你是一辆汽车，我宁愿被你撞死。但你躲掉了，拐弯了——我哪怕成为你的轮胎也成。"蓝小莲突然转移了话题，说得勇敢、率真，单刀直入，让人无法躲闪。

我敷衍说："是吗？"

"我从看到你第一眼开始就认定你是我的丈夫，可是你放弃我了，到手的福分被你当香蕉皮扔掉了。"

我说："真遗憾……"

"我们中间只隔着一层纸，那层纸在你身上。"

我说："大概是吧。"

"你是一个傻瓜……你为什么害怕乳房？"

我支吾着不知如何应答。

"我丈夫可不像你那样害怕乳房，但是我不给他碰……他手上的汽油味洗一百遍也洗不掉——女人的乳房像黄瓜藤上的嫩花，一碰到汽油就要枯萎。"

我说不上话。编剧的时候，我害怕写人物对话，我不擅长对话。

"你现在还害怕乳房吗？"

"什么？"我像刚醒过来一样。"我说你现在还害怕乳房吗？"蓝小莲火辣辣的猫眼一样的眼睛盯着我，非要我做出明确的回答不可。

"不……那么害怕了。"我说。

"那你。"蓝小莲关上了门，"摸一下吧。"

她想干什么呢？其实我心里明白，但畏缩不前。蓝小莲迎上来，抓住我的手，要通过肚皮底往上送到她的胸脯里去。我本能地把手缩回来。

"你到底还是害怕。"蓝小莲很失望，"跟十三年前一样。"

蓝小莲横亘在狭窄的通道上，我像一个无路可逃的小偷。

"如果十三年前你摸了它，我就是你的人了——你为什么不摸一下呢？

"你为什么不摸一下它？

"我看得出来，你害怕，你究竟害怕什么？

"……我告诉你，我骗了你，我现在过得很不好，你看到了，我住的是什么地方？哪怕我住在市里的厕所也比住在这鬼地方强。我不应该过得这么坏的，是你们在市里败坏了我的名声，你们现在都过得很好，即使黄高成死了也比我好。我一直想到城里生活，天天都想，但恐怕等到我死了才能……你母亲还记得我是吧？

"我就不明白，乳房有什么可怕的？你究竟害怕什么？

"我丈夫并不可靠，他赚的钱还不够买盐，一个废物，他没有资格碰我的身体——我的身体本来属于你的，十三年来，我一直给你留着，不信你闻闻，我的乳房没有汽油味……

"你为什么不说话……

"你不摸一下它，我这一辈子都会想不通你为什么害怕乳房，来，李煜，你把你的手伸进来……"

我被逼到了墙角，无处可退。蓝小莲重新抓住我的右手，闭上了眼睛。我的右手交给了她，任凭她摆弄。此时此刻，眼睛是多余的，我也让它闭上了。我的右手摸到了她的左乳，又摸到了她的右乳。上上下下，像在两座高山中来回爬行。她抓我的手偶尔松一下，我想把它收回来，她却及时地重新抓紧，如此反复。我的右手在冒汗，在喘气。

蓝小莲睁开眼睛："除了大，还有什么不一样吗？"

我慌乱地摇摇头。

"那你为什么害怕呢？"

我感觉到屋子外有脚步声。我很紧张。但实际上屋外可能什么也没有。

"现在你还害怕吗？"

我害怕得想呼救。蓝小莲却越来越兴奋，力气突然大得吓人，要将我的手穿过她的胸膛，一直伸到她的心里去。脚步声似乎越来越紧，像千军万马。

我终于憋不住了，挣扎着要逃出来。但蓝小莲仍不肯放开我的右手，镇静而温顺地看着我，像一个情窦初开的小姑娘，满是雀斑的脸上依然有当年的自信和矜持。我闻到了她身上的汽油味，浓烈得呛人，仿佛要燃烧起来了。我得逃了。

我的车大概修好了，我想。即使还没有修好，我还是应该去看看我的车，如果还没修好，我就看着它，一直到天亮。

看样子蓝小莲还有很多的话要说，即使一个通宵也说不完的。我怎么才能穿越她离开这里？

幸好，屋子外传来了孩子们的喧闹声。他们回来了。

"妈，胡萝卜家里没有多余的床了，他家也来了客人。"

蓝小莲像泄了气的皮球，悻悻地嚷道："你们就不会改去洪三宝家？"

蓝小莲放开我的右手，赶紧开了门，三个孩子忐忑不安地站在门外。

"妈，你哭什么呀？"

"我没有哭。"

"你明明哭了，妈，你害怕什么呀？"

我衣冠楚楚地走出来，竭力装出若无其事的样子。外面的空气清新舒畅，四周的青山高耸到了天上。

我要到修理铺上去。蓝小莲舍不得，却不好在孩子们面前表露出来，巨大的胸脯一耸一耸地颤跳着，那样子，不是生气就是激动。

"替我向张畅问好。"蓝小莲突然故作愉快地说，"下个月，我到城里找你……们。"

我装作没有听见。在黑暗中我看不到蓝小莲的面孔了，她也应该看不到我。

　　估计是，孩子们钻进了屋里，旋即又跑出来。

　　"妈，幸好那个牙膏胖子没有压坏我的玩具。"

　　我走出了好远，可还是听得很清楚，因为这里的夜晚寂静得让人害怕。而那孩子如释重负的声音听起来很舒服，像微风从脸上轻轻吹过。

烟花巷里的唐教授

春天的最后一个晚上，我和唐教授穿过大半个城市去远在西郊的瓮城大学赴宴。路上有烦人的拥堵，有无尽的喧嚣和漫天的尘埃，唐教授脸上始终堆放着明媚的笑意，没有抱怨半句，因为请客的是一位德高望重的老朋友。唐教授的到来给晚宴增添了厚重感和庄严感，毫无异义地被安排到了重要的位置。对号入座，觥筹交错，推杯换盏，各尽其兴，这样的饭局，我们不知道经历过多少。谈笑有鸿儒，往来无白丁，能跟唐教授坐在一起吃饭的从来都是斯文人，本来不会出现什么稀奇古怪的事情，但是这次出现了一些不愉快。席间，三个我叫不上名字的年轻副教授（似乎其中还有一个是讲师）抓住"知识分子世俗化"的话题大呼小叫，高谈阔论，慷慨激昂。令人厌恶的是满口舶来术语，貌似颇有学识，实属生吞活剥、一知半解。那个德高望重的朋友介绍过了，他们是分别从北京、上海、成都过来的，参加瓮城大学举办的一个什么论坛，本来安排他们发言的，不料后来由于时间不够，发言被取消了，这是最令人扫兴和憋屈的事情，可以理解嘛。刚好，这个饭局是一个不错的场合，适合他们发表高论。他们各坐一方，我和唐教授分别被他们隔离着，坐在唐教授对面的那个争辩起来张牙舞爪，恨不得跳到桌面上去。他们的导师，唐教授和我都熟知，甚至关系不错。开始嘛，不看僧面看佛面，就不介意他们，但他们的表达欲望太强了，口若悬河，根本停不下来。唐教授张开嘴巴，本想说话，却只能吃菜喝酒，因为每次要说话的时候总被他们中的任何一个打断，或被他们有意无意奚落，暗讽唐教授观念老套，"不知有汉，无论魏晋"。那个德高望重的朋友已经数次暗示他们注意场合，不要打断长辈的话。但他们装糊涂，隔着饭桌对我们手舞足蹈，口沫横飞。这三个不知道天高地厚的小子，我记不住他们的名字，心里便分别以无知、无礼、无视称之。十几个人的饭局竟成了他们三个人的"独角戏"。因而，整个饭局，唐教授自始至终没能完整地说上一句话。尼采说，他心里的火都燃烧起来了，旁人只是看到冒烟。但唐教授毕竟是唐教授，始终正襟危坐，忍而不发，甚至连烟也没有冒，给足了那个德高望重的朋友的面子。回来的路上，我们等了好长时间也打不到的士，只好乘公交车，却被几个叽叽喳喳的女学生挤压到了吐满污物的垃圾桶边。唐教授终于忍不住扼腕长叹："礼崩乐坏，满目疮痍呀！"我知道唐教授肚子里的瓦斯快要爆炸了，赶紧拉着他中途下了车。

"我们走走，透透气。"我说。

我和唐教授走在笔直的康乐大道上。树木茂盛，街灯昏暗，凉风习习，行人车辆稀稀拉拉。这样的环境适合泄愤。果然，唐教授开始骂娘了。

"连概念都没有弄懂，不学无术却信口雌黄，"唐教授愤怒地说，"讲得好我可以原谅他们，但是，你听听，他们张嘴闭口就康德、福柯、荷尔德林，不知所云！你看看，现在的学术界就是这样，黑白混淆，是非颠倒，一片狼藉，满目疮痍！"

我无条件赞同唐教授的看法，附和着他疯狂地抨击饭局上的那三个年少轻狂的副教授，将他们贬得一无是处，甚至连他们的导师也一起骂了，教导无方，管教不严，该骂。一直骂到朝阳路口，唐教授才算解气，才恢复他作为一个著名学者、博士生导师的儒雅、豁达、宽容的气度。

无论从哪一个角度看，唐教授都是一个谦谦君子，温润如玉，惹人喜爱。平时他不是睚眦必报的人，尤其是对后辈他总是以难得的包容待之，因而他在圈子里威望甚高。况且，他人品出奇地好，从没有人说过他的不是。如果个头不是那么短小，肚皮没有那么滚圆，我愿意用完美无缺来形容他。他长我十六岁，所有的人都称他为"唐教授"，唯我敢以兄称之。

"唐兄，今后要多提携提携。"我搂着唐教授的肩头调侃他。

"好说，好说！"唐教授踌躇满志，肚子腆得更高了。

我们转入朝阳路才发现，这个城市变化之大出乎我们的意料。面貌焕然一新，我们居住瓮城二十几年，竟几乎不认得妇孺皆知的朝阳路了。唐教授口干舌燥，进一间便利店要了两瓶水，递了一瓶给我。我张嘴仰面就喝。他不断地拽我的衣角，提示我往左边的巷子里看。

我扭头往巷子里张望。巷子很破旧，像民国遗物，昏暗的灯光里，在每一个门口外都站着三两个花枝招展、搔首弄姿的女人。我明白这是干什么。

"朝阳路原来好好的，什么时候多了这样的一条巷子？"唐教授啧啧称奇，又痛心疾首。

我小声说："是烟花巷，听说唐山路也有。"

"朝阳路堕落了，像知识分子一样，道德沦丧，满目疮痍。"唐教授叹息道，"这个时代连知识分子都堕落了，还有什么不能堕落的？"

"别整得那么严重，不就一条烟花巷吗？何必指桑骂槐、上纲上线呢？"我又喝了口水，要往前走。唐教授拉了我一把，有几分暧昧地说："时候还早，要不，我们进去看看？"

我暗吃一惊，耸耸肩，笑了笑，怀疑他的诚意："不去吧，藏污纳垢之地，黑白是非之所，会影响你的光辉形象，还是远离为好。"

唐教授歪着脑袋看我，眼里带有怂恿和轻蔑之意。

我补充说："万一遇上熟人、记者暗访、警察突查、流氓敲诈、摄像留影……"

唐教授说："你多虑了，熙熙攘攘，茫茫人海，谁认得我们——你又把自己当名人了是不是？"

我支吾其词。在学术界，我的名字虽然不像唐教授如雷贯耳，却也日益为人所知，到了爱惜羽毛、小心翼翼的时候了。

唐教授诚恳地说:"你的顾虑也并非没有道理,我也不会愚蠢到贪图一时之快致使一世英名毁于一旦,我们只是去看看,决不做龌龊苟且之事,大大方方地进去,清清白白地出来,保证你全身而退。"

"处是非之地,焉能全身而退?"我还要推托,唐教授佯怒道:"还装?差不多就成了,我们都是男人,不必装了。"

我还要犹豫,唐教授却已经进去了。我只好紧跟其后。

我们刚进巷子便引起了那些站街女的注意。她们用挑逗的表情和肢体语言引诱我们。唐教授挨着我对那些面目模糊的女人一一做点评:"这个太老了,那个太胖了;这个像一颗地瓜,那个像头母驴;这个脸上脂粉成堆,那个乳房断崖式下垂……残花败柳,满目疮痍!"

唐教授不愧为著名批评家,看人看问题总能一针见血,精准无比,虽然不免有些刻薄。巷子里出入的男人很少,因而显得冷清而安静。

"我们只是来看看而已。"唐教授说,"尽管只是看看,但逛烟花巷要比参加今晚这种无聊饭局美妙得多!"

唐教授似乎已经从晚宴的不快中解脱出来,显得兴致勃勃,颇有老夫聊发少年狂之态,与平时的老成持重截然不同。在一间挂着按摩店牌子的店铺门口,我们被两个香水味很重的女人堵住了,其中的高个子女人还拉住了唐教授的手,将娇媚的脸贴过去,说:"唐先生好久不见啦。"

唐教授大吃一惊:"你怎么知道我姓唐?"

高个子女人嗔怪道："我还记得你，你却忘记我了，我们见过的……"

唐教授挣脱她的手，争辩道："我什么时候来过？我一辈子从没光顾烟花之地，从不，绝不。"他转脸看我，是想告诉我事实，还是要让我证明他的清白？我被另一个女人纠缠着，要拉我进屋。我坚决不进去。里面是龙潭虎穴，藏污纳垢。

唐教授甩掉了高个子女人的手，正色告诉她："我是第一次路过这里，我只是看一下，我跟你素昧平生，前世也没见过。"

高个子女人说："我知道你们不会来这种地方的，你们跟其他戴眼镜的男人不同，你们是正人君子，道德模范。"

"少来这一套！"唐教授习惯性地扶了扶眼镜，不依不饶地追问，"你到底怎么知道我姓唐？"

高个子女人惊喜道："你果真姓唐？我是乱猜的。"

唐教授说："你真的只是乱猜？"

高个子女人很有成就感，自豪地说："是的，有时候真能猜中，这次又猜中了，我中彩了。"

唐教授还不放心："你真没有见过我？我们只是萍水相逢？"

高个子女人说："现在不是见面了吗？缘分嘛，进来享受一下吧……"

唐教授对我说："我们走，我们怎么会来这种地方消费呢！我们只是瞧瞧。"

高个子女人有些不悦："你们怎么只看不消费？有什么好看的，没见过世面？"

唐教授想反驳，但想了想算了，拉着我往巷子深处走去。侧目而视，我发现唐教授像一匹识途的老马走在回家的路上，脸上兴奋之色仿若桃花。

"刚才那个婊子是信口雌黄，一派胡言。对天发誓，我真没嫖过娼。"唐教授说。

"她没说你嫖过娼呀，"我说，"我绝对相信唐兄从没有光顾过烟花巷，更没有嫖过娼。"

唐教授嘿嘿笑了笑说："话也不能说得这样绝对，我，我还是光顾过烟花巷的，像你这个年纪的时候，差一票没评上教授那天晚上，和洪爽、莫大、张爱国（此三人曾经都是我们的同事）光顾了烟花巷，但我没有嫖娼——他们都进屋子了，我有贼心没贼胆，一个人守在外头，紧张得浑身颤抖，汗流浃背，他们出来时，看到我脚下一地烟头，满目疮痍，嘲笑我白走了一趟烟花巷，但他们不知道我把张若虚的《春江花月夜》默念了二十一遍。前段时间，我哄我的小孙子背诵《春江花月夜》，开始他死活不乐意，后来我给他承诺，如果背下来，赏金200元，结果只两天他便能倒背如流。现在连小孩都厚颜无耻、满目疮痍！"

我纯真地笑着，唐教授觉得我怀疑他根本不记得《春江花月夜》，不容我辩解，他竟背了起来：

> 春江潮水连海平，海上明月共潮生。
>
> 滟滟随波千万里，何处春江无月明！
>
> 江流宛转绕芳甸，月照花林皆似霰；

空里流霜不觉飞，汀上白沙看不见。

江天一色无纤尘，皎皎空中孤月轮。

江畔何人初见月？江月何年初照人？

我及时打断唐教授说："在这里背诗不协调……你守身如玉，终没有失去底线。"

唐教授说："有人说这是我人生一大遗憾……"

我说："不遗憾，如果那次你同流合污了，说不定你从此就堕落了。"

唐教授说："你要更新观念，嫖娼并不能说明人品问题，古代不少文人墨客是以青楼为家的，所谓知识分子世俗化——你说说嫖娼和剽窃，谁更罪大恶极？本校就有人剽窃他人学术成果爬上了高位，他从没嫖娼，但能证明他比嫖客更高尚？那天他还公开批评某人品行不端，我不知道他哪来的道德优越感！简直是厚颜无耻、满目疮痍！"

我知道唐教授又在指桑骂槐，指责我们的校长。

又有烟花女向我们招手。唐教授悄悄地凑近我的耳边说："右边那个烟花女不错，像化学系的小宋。"

我走近一看，果然像小宋。小宋是我们化学系的年轻海归副教授，长得像日本女人，唐教授喜欢得不得了，可谓动了真情。唐教授中年离婚，孤家寡人，曾信誓旦旦说永不再娶，但见到小宋后，断然否认说过类似的话。然而小宋并不搭理他，看得出来，她从心底里蔑视唐教授。我们都知道，理工科瞧不起文科，即使你名满天下。唐教授经常为此郁郁寡欢，多次约我喝酒倾诉衷肠。我不少劝慰他："小宋都已经结婚了，老公是物理系最年轻的教授，千人计划引回来的，国家重点培养对象，又帅得一塌糊涂，你干吗偏偏选这样的一个对手？"唐教授捶胸顿足悲叹道："此身为何早生三十年？你看看现在的我，与年轻时相比，简直是秋风黄叶，满目疮痍。"

关于岁月蹉跎，我没话可说。不到四十岁，我已经谢顶，看上去不比唐教授年轻多少。我若叹息人生苦短，唐教授随时会拍案响应，在这一点上，我们达成共识要比学术容易得多。

此女只是五官有几分像小宋，娇小玲珑，特别是嘴巴和下巴，但气质和涵养哪及小宋万分之一呀？

唐教授果敢走上前去热情地说："小宋你在呀？"

"你怎么知道我叫小宋？"烟花女先是怔了一下，然后开怀而笑，笑得天真无邪。

"你真是小宋？"唐教授摘下眼镜，嘴巴都快凑到"小宋"的脸上了。

"是呀，我是小宋，你还记得我呀？""小宋"说。

"记得，怎么会不记得呢？美女犹如好诗篇过目难忘嘛。"此时的唐教授和蔼可亲，甚至有些慈祥。

"先生，往里面请。""小宋"故作惊喜，与唐教授一见如故，把他的一条胳膊牢牢地抱在胸前，放在乳沟中间，往屋里去。

唐教授并不推辞，甚至没有犹豫，转身对我说："你在这里待着，我跟小宋进去瞧瞧，只是瞧瞧。"

"小宋"回头对我说："你也可以进来呀，里面有我的几个姐妹。"

我摆摆手婉拒了。我觉得我更适合在外头待着。

唐教授进去后，屋子的门关上了。我走到对面的墙头下站着，左右张望。一会过来一个烟花女问我要不要快活。我说："不需要。""那你站在黑暗里干什么？"我说："等人。""等谁？"我故作高深地说："你别问了，我们是同行。""你跟我哪可能是同行？"我说："你卖肉，我卖灵魂。""你说什么？你卖什么？"烟花女的质疑和审问竟让我语无伦次，只好说我现在很快活。"莫名其妙！"那女人轻蔑地丢下一句话，走了。

其实我心里很紧张。我担心唐教授的安危。我害怕警察突然袭击，把唐教授抓走，明天他的名字出现在各大媒体的娱乐新闻上。又担心从哪里冒出一帮小混混，进去将唐教授恶揍一顿，然后勒索万金，我还得替他跑一趟银行……我怕被连累，怕自己才刚刚起来的名声就此夭折，怕我家被妻子委以了重任的女儿。我不断抽烟。但抽烟也不能有效缓解我的紧张情绪，我的牙齿禁不住打架，汗出如浆。我深吸一口气，开始默读《春江花月夜》，一遍，两遍，三遍……开始是默读，后来是轻声地，到最后是放声诵读。有烟花女甚为好奇，走过来不好气地问："你在干什么？"

我说："我在等人。"

"你在这里诵读诗歌，把整条巷子都糟蹋了！"这个凶悍的烟花女上下打量了我一番，然后用鄙视的语气威胁我，"你只看不消费也就罢了，还在这里捣乱，小心有人揍你。"

受此轻蔑，我无地自容，说："我们很快就走了。"我不断地跺脚，试图给唐教授传递信息。

"走之前你把烟头清理掉，你弄脏了我们的巷子。"凶悍的烟花女斥责道。

我点头称是。她不再理会我，转身走了。

唐教授进去很久了还不见出来，会不会出现意外？如果出现意外，我应该如何处置？我的脑子里飞快地考虑应急预案。

我拨打唐教授的手机，关机了。屋子里灯光暗淡，看不到人影晃动。又等了一会，实在憋不住了，刚要去敲门，门却开了，唐教授大大方方地走了出来。我赶紧拉着他往外逃。

"什么情况？"唐教授说，"我这不是清清白白地出来了吗？"

"我有预感，警察要来了。"我说。

唐教授胸有成竹地说："哪会有警察？再说了，我也没有做什么坏事呀，我只是瞧瞧……"

"你在里面待了一个小时了……"

"不，只是四十五分钟，刚好是一节课的时间。我跟小宋聊天，谈论知识分子世俗化的问题。"

"你怎么会跟一个烟花女谈这个话题？"

"我本来要在今晚的饭桌上谈的，可是他们不给我机会——"

唐教授神秘地告诉我："他们就在里面，里面有很多房间，我在小宋的房间，他们在隔壁的房间，我听出来是他们三个人，还有白教授。他们一边享受按摩之乐，一边继续谈论知识分子世俗化，虽然他们压着声音，鬼鬼祟祟、遮遮掩掩的，但我听得出来就是他们。我跟小宋说，他们说的都是皮毛，都是狗屁，拾人牙慧，满目……"

当然，唐教授说的"他们"并不包括白教授。白教授就是那个请我们吃饭的德高望重的朋友，比唐教授年纪还大，比唐教授更稳重，他怎么会来烟花巷，我们不得而知，可能是被那三个小子蒙骗了。但我还是对唐教授的听觉保持一定的怀疑。

"我是故意说给他们听的，我给他们讲得条理分明、清清楚楚，免费给他们上了一节课。"唐教授信心满满地说，"听了我的一节课，我相信小宋的学术水平已经超过那三个小子了——你相信吗？"

我说："相信。"唐教授对我的回答很满意。

我拖着唐教授走到朝阳路，站在来来往往的行人中间才如释重负。朝阳路才是光明大道、人间正道。

我们往前走，往热闹喧嚣的地方去。

唐教授一直跟我解释说："我真的没做龌龊之事，只是跟小宋谈学术，深入浅出，像辅导一个本科生一样。"

"但是，我付了她两百元钱。"唐教授最后说。

我不解："为什么呀？"

"你是不是觉得我傻？"唐教授问。

"没有。"我说，"真没有。"

"那为什么你用不屑和轻蔑的眼光看我？"唐教授脸上有愠色。

我说："没有！"

唐教授说："从今往后，我们都不要去烟花巷那种地方了，坚决不去了，要去就由他们去吧。"

我说："为什么呀？"

唐教授挣脱我的手，停下来，环顾四周，茫茫然，扼腕长叹："藏污纳垢，满目疮痍！"

旅　途

　　父亲永远是这个世界上最欢呼技术进步的人。当电第一次通到米庄的时候，他懂得用电杀死耗子，兵不血刃，耗子尸横遍野。兔死狗烹，他声称要将所有的猫统统放进锅里，结果村里的猫纷纷连夜潜逃不知所踪。村公所装上电话的第一天，便接到了柳州公安局的电话，是找我父亲的。父亲只需要跑三里地的路程，便能听到千里之外的声音。当然不是什么好消息。我叔叔被捕了，车匪路霸，杀人越货，将被从严从快惩处，因担心正式文书寄达之前便被枪决，出于人道主义的考虑，先电话告知。父亲根本不相信，以为是一墙之隔的人跟他开玩笑，并不当一回事。或者压根就没有听懂，甚至是装作没听懂的样子，在电话里大声嚷嚷：

　　"去你妈的，你说什么？说清楚一点会死吗？"

　　但是父亲还是佩服电话这个玩意，放下电话对旁人说："电话就是科技，科技进步能解决一切问题！"旁人无法理解他的寓意，但觉得此时不适宜反驳。父亲若无其事地在村公所转了个圈，又回到电话机前，抓起话筒然后恶狠狠地砸下去，对着里面空荡荡的屋子吼叫："科技进步能解决一切问题！"

父亲在洪村郭胖子家第一次看到电视的时候，拍着桌子提醒电视机前密密麻麻像马蜂窝一般的巨大人群："要是美国被人操了，我们当天就能知道，但是，要是我们被操了，美国一百年后才知道——我们不相信美国，但要相信科技进步！"

父亲积极推动科技进步。他钻研地质知识，找到别人找不到的水源，打了米庄的第一口能涌出活水的井。他甚至学会了嫁接技术，能让一棵梨树长出桃子，还能让橙树一年四季都开花结果。他搞发明创造，长明灯、抽水机、老鼠夹、防盗装置、黄鳝捕捉器、会飞翔的帽子……但这些都算不了什么，最惊世骇俗的科技进步无疑是人工授精了。

今年夏天，父亲跟驾驭种猪的老范闹翻了。原因是我家的母猪没有生满窝，只生了十二只猪崽，后来父亲到镇上花了四元钱买回来两只一样大的，才凑满一窝。父亲责怪老范偷工减料，老范说功夫都已经做足了，生不满窝不能全怪种猪。两人在酒桌上争吵起来。父亲掀翻了桌子，说从此以后不靠你老范了。老范从容地站起来，哼哧一声嘲讽道："整个谷镇就我有一头种猪，有本事你不求我。"老范扬长而去。酒醒后父亲后悔说错了话，但错就错了，宁愿母猪从此不产崽，他也不会再求老范了。

有一天，来了一个兽医站的人，左手举着一只白色的小瓶子，右手晃着一条细长的软管子，信誓旦旦地告诉我们，有了这两样东西，不用性交，母猪也能正常生一窝。这对所有人来说都是骇人听闻的事，无论如何，科技进步的步伐也不可能如此神速。米庄的人半信半疑，妇女掩面窃笑，男人嗤之以鼻。只有我父亲凝视着兽医手里那两样东西，相信科技无所不能。他从兽医手里要过了两样东西，领着他走进了我家的猪圈，然后关上门，两个男人在猪栏里鼓捣了一个下午，走出来的时候，他们都已经精疲力竭。父亲意味深长地对守在门外的母亲说："去他妈的老范！"

关于给母猪人工授精的细节无从说起，因为小孩子禁止观看，但后来从大人的只言片语中我似懂非懂地知道了。父亲是米庄掌握此项技术的第一人，他四处游说给母猪人工授精，但别人并不相信他，并讥笑他，等待看他的笑话。

"兽医给你家母猪错配狗精子了，生下的将是一窝狗崽子。"

母亲也担心，万一母猪生下一窝狗崽多丢人呀。父亲斥责道："瞎操心！如果真能那样，明年给母猪配上我的精子！"母亲觉得受辱了，在猪栏里哭哭啼啼的，说悔不该让别人拿自己的母猪当试验。父亲本来并不在乎别人说什么，但此后变得忐忑不安，害怕出现不怕一万就怕万一的事情。这年冬天的一个夜里，我家母猪生下了一窝崽猪，而不是狗崽。父亲兴奋坏了，对母亲说："科技多么了不起，总有一天，女人不需要男人的帮忙也能怀孕。"父亲得意扬扬，逢人便说人工授精的好处。

"我告诉你们，人工授精生下的猪崽要比交配出来的猪崽聪明、强壮得多，这是科技进步，交配这种方式太古老太愚昧太难看，还费力气……"父亲摆出一副真理在握的样子，试图让所有的人接受他的理念，虚心向他请教人工授精的窍门。

但那些永远对科技进步持怀疑态度的男人对父亲说："你这一窝猪崽都不知道自己的父亲是谁，活着又有什么意思呢？"

父亲知道这是对科技进步一无所知的人在吹毛求疵，对母亲说："把这窝猪崽好好养大，像对待自己的孩子一样，让那些嫉恨的人心服口服。"而面对这项科技进步新成果，母亲并没有那么激动，反而忧心忡忡，叫去父亲，让他数数猪栏里的小猪。父亲数了，十六只，平生第一次碰到母猪一次产那么多的猪崽。

"再次证明科技进步的威力。"父亲并没感觉到有什么不妥，相反满怀喜悦，"猪崽多了，不是可以卖更多的钱吗？"

"问题是我家的母猪只有十四只奶头，怎么能喂养十六只猪崽？"

果然，两只孱弱的猪崽总是被强壮猪崽粗暴地排挤，无法抢到母猪的奶头。等待它们吃饱喝足，离开了奶头，那两只猪崽才有机会凑过去，但此时十四只奶头都已经被吸干，它们饿得连站都站不稳。而更多的时候，那十四只强壮猪崽整天霸占着奶头，约定俗成地成为各自的专属，别人根本不能染指。母亲曾不止一次地干预它们，让两只孱弱的猪崽也能吃了几口奶。结果那两只猪崽很快被咬得遍体鳞伤，连它们自己也不敢靠近母猪。父亲气急败坏，动用武力试图维护猪栏里的公平正义，但根本无法改变猪世界的丛林法则，反而引起了母猪的不满，用尖牙利齿向父亲表达它的愤怒。它们像孤儿一样瑟缩在角落里。

"科技进步带来的问题必须用科技进步来解决。"父亲胸有成竹地说。

父亲用一块门板将母猪与十四只强壮猪崽分开，让两只孱弱猪崽从容奢侈地选择十四只饱含乳汁的奶头。但是，被分开的猪崽集体发出嘈杂和愤怒的抗议，甚至互相撕咬，惨叫声使母猪躁乱不安，在猪栏里蛮横地转圈，那两只猪崽跟着转，嘴巴无法咬紧晃动的奶头，才一会便因力气用尽而放弃。父亲另想出来一个办法，从母猪身上挤出一碗奶，给两只孱弱猪崽开小灶，此办法总算让那两只猪崽没有过早地饿死，但由于缺乏吸奶的锻炼，缺少母爱，它们越来越孱弱，明显比那十四只猪崽瘦小。

"它们是多余的。"母亲说。

父亲罕见地轻易认同了母亲的判断。

母亲说："它们俩迟早会饿死，或冻死，不如送人吧。常常有母猪生下的一窝猪崽只有八九只的，俗话说，生不满窝。"

"我们把去年花在买猪崽身上的钱赚回来。"父亲说，"总不能让我们一直吃亏。"

但父亲是没有勇气当街吆喝的。作为母亲，她理解母猪的感受，因此母亲更不愿意把猪崽拿到镇上叫卖。那就只有我去了。这肯定不是一件好差事。我咬咬牙答应了父亲，但他必须满足我一个要求。

"我要用卖猪崽得到的钱作为去一趟柳州的盘缠。"我的唯一条款不容拒绝。

我不是讨价还价，而是第一次如此强悍地要求父亲必须无条件地签署一个协议。

年关将至，我要去看看叔叔。听说他被判了死刑。父亲早知道这件事，连数年来从没下床的祖父都知道了，擂着床板对父亲说："年关前老二就要推出午门斩首了，你还愣在这里干什么！"父亲爽快地答应祖父马上去柳州拯救叔叔，就算劫法场也要把他带回来。父亲走出祖父的房间，去村尾转了一个圈子便回来了。第四天，他走到祖父的床前既兴奋又谨慎地报告："老二已经救出来了，但是我暂时还不能带他回来，我托一个战友把他秘密送到缅甸躲避了，等几年风头过去天下太平了就回来——缅甸也不错，你不也有老战友几十年过去了还在那里待着吗？"

说到缅甸，祖父的眼睛总会变得雪亮。只要他的眼睛还能变得雪亮，父亲便放心了。

父亲参加过对越战争。他胆小如鼠，在战场上简直就是一只缩头乌龟，不曾放过一枪一炮，还装伤诈死逃避冲锋，后来差点被送上军事法庭。但这些难以启齿的往事并不影响他经常自我吹嘘说在战场上如何骁勇善战，九死一生。

祖父怀疑父亲："告诉我你怎样把老二救出来的？"

父亲迟疑了一会，高深莫测又大言不惭地说："细节问题你不必知道——科技进步能解决一切问题。"

祖父将信将疑，又无可奈何："让他出去躲躲也好。"

为了让祖父更宽心，父亲断然否认叔叔杀人的可能。

"老二怎么可能杀人？要杀早杀了。冤假错案自古就有，现在有，将来还会有。"父亲信誓旦旦地向祖父保证，"请你一百个放心。将来一旦查明老二是被冤枉的，我就可以让他光明正大、敲锣打鼓地回来了。"

父亲向祖父列举了很多类似的例子，比如"镇反"，比如"右派"，比如"反革命分子"，有多少都是冤假错案，当然，他也没忘标榜自己："过去他们都说我是一个逃兵，现在不也平反为英雄了吗？"

被"平反"为英雄的事情彻头彻尾是父亲自己的杜撰。早已经没有谁有兴趣甄别它的真伪了。

"你说的都是真的吗？"祖父说。

父亲指着天发誓说："全是真的。"

祖父如释重负，舒展地躺在床上，似乎可以瞑目了。

"他是你的亲弟弟啊，怎么一点也不紧张？你是不是长得一颗猪脑袋！"母亲不止一次怒骂父亲。

"科技进步能解决一切问题。"父亲依然说。

母亲知道父亲是束手无策，又死爱面子。

"至少你得去看看他。"母亲说得很严肃。

父亲突然沮丧地说："看看有用吗？科技进步都解决不了这个问题，我能解决么？"

我也相信叔叔不会杀人。叔叔只是游手好闲，喜欢占人便宜，甚至趁人不备，把一些不属于自己的东西据为己有。当然，他也喜欢动刀子，伤过米庄的几个人，这算得了什么，他曾一刀子扎进我祖父的左腿，旋即拨出来，又迅猛扎进了我父亲的右腿。这都是他到外面捞世界前的事情了。我都三年没见过他了。他对我也不好，常常骂我"猪杂种"，还扬言将我卸成几块喂狗。他甚至还骂过我母亲是"世界上最淫荡的一个婊子"。这本来是最不可宽恕的事情，但我还是决定不跟他计较。因为他是我亲叔叔，唯一的叔叔。而且，我相信他并非故意伤害我们。他的脑子肯定是被一群疯狗占领了，他所作的恶，全不是他的本意。他是世界上最孤独最可怜的人。我不搭理他，就没有人搭理他了。现在他被判处死刑，不管是不是他的错，我都得去看看他。

但我没有盘缠。除了必要的开支，家里的钱大多被父亲用于科技创新上去了。没有多余的钱，也没有多余的爱。抠门的父亲甚至不愿意给我 4 元钱买一张去柳州的火车票。

4 元钱，不是一笔小数目，够给母猪人工授精一次的费用了。

"你去一趟柳州，能改变什么？解决世界上所有的问题只能依靠科技进步。"父亲用树枝在地上画了一条粗大的长长的线条，"这是火车，它能带你到达世界上任何一个地方，但你还得回来，因为你会发现到了那里你却什么卵毛也改变不了。"

但是父亲还是同意了我们的协议。也就是说，这两只孱弱的猪崽即将变成一张去柳州的火车票。

我从没有到镇上叫卖过。母亲担心我，反复交代要拿到禽畜市场，要找到贩卖狗肉的二舅，要一口咬定每只猪崽卖 2 元，两只猪崽 4 元钱，少一分钱都不够买去柳州的火车票。母亲另外给了我五毛钱，那是从谷镇到陆川火车站的班车费。每天傍晚都有一趟去陆川火车站的班车。每周二的八点，有一趟从湛江开往上海的火车经停陆川火车站，第二天早晨到达柳州，在柳州站停留二十分钟。这二十分钟内，你必须离开火车，否则它将你带到上海。从柳州火车站到柳州第三看守所，走路也就一个小时的路程。今天正好是星期二。父亲一点也不担心我会走丢，相信我一定总会回到米庄。

"你一定要相信科技进步！"父亲叮嘱我，"你要告诉他们，这两只猪崽是人工授精下来的，跟老范一点关系也没有。"

我提着猪笼迎着刺骨的寒风往镇上去。猪笼里塞满了稻草，两只猪崽惊恐万状，瑟缩着，紧紧依靠在一起。从米庄到镇上要走很长的沙石路，猪笼将我的双手勒得红肿，我也顾不上鼻涕横流，马不停蹄地赶路。虽然出发得早，途中也没有耽误，但到了镇禽畜市场已经是晌午，阴晦的天气模糊了时间的概念。熙熙攘攘的人流正慢慢消退。禽畜市场与肉行只有一街之隔，卖肉的脸上有了倦意，禽畜市场比农忙时分还要萧条。我找到二舅固定的摊点，但旁边的摊贩告诉我："你二舅昨天被狗咬掉了鼻子，没来。"我相信了他们的话。我就在二舅的摊位摆放猪笼。他们以为我摆放的是一只空猪笼。我告诉他们，是两只猪崽。是多余的，要卖掉。他们凑过来将猪笼倒立起来，终于看到了两只惊恐的猪崽，它们发出吱吱的微弱声响。

"它们快死了。"卖鸡的摊贩秃头对我说。

我相信它们不会那么快死掉，没有理会他。他们想诓诈我。

"谁家的母猪没生满窝呀？多买两只猪崽回去填满窝。"秃头鸡贩朝着经过的行人问道，但没人搭理。

我相信会有人问津的。我坐在二舅的狗肉台上，闻到了狗肉的气息。旁边的摊贩逗了我一会，见我没能给他们带来预期的乐趣，便赖得理我。只有秃头鸡贩时不时冲着我喊："你吆喝呀！你不吆喝，人家还以为你是自己卖身的！"

我试着吆喝。开始时小声得连自己也听不到。

"你的舌头被狗咬啦，嗡嗡嗡，狗拉尿都比你叫的响亮！"

被秃头鸡贩几番激将后，我胆子终于大起来，高声吆喝："卖猪崽啰！一只两块，两只四块！"我不断地重复着这一句话，越吆喝胆子越大，旁若无人。做生意就得有做生意的样子，不要像我父亲死爱面子，我超越了他，甚是得意，我甚至开始规划人生，立志做一个比秃头鸡贩世故、狡猾的摊贩。

"你能不能多叫一句呀？我们都听腻烦了。"

是呀，这一句话我自己也叫腻了。想了想，我增加了一句：

"卖猪崽啰——人工授精产下的猪崽！"

这一句本来没有任何幽默感的吆喝竟然引起了那些摊贩的哄然大笑。那个鸡贩笑得快要倒地了。那些不明真相的行人和对面肉行的肉贩子也跟着莫名其妙地笑起来。仿佛整个谷镇都被笑翻了。

"你们要相信科技进步的威力。"我对他们说。但他们笑得更疯了。我才不管他们，高声叫喊："人工授精的猪崽，一只两块，两只四块！"

不时有人过来好奇地掀开稻草，看到两只冻得浑身颤抖的猪崽，对我说："它们快死了，你还不赶快弄回去给它们喂奶……"

我不得不反复向他们解释："这是多余的猪崽，连母猪都嫌弃它们了，现在成了孤儿了，要有其他的母猪喂养它们——一只两块，两只四块！"

211

"可是它们快死了……"总会有人杞人忧天。

"它们不会死的，要死早死了。"我说，"人工授精的猪崽比普通猪崽生命力强十倍。你们要相信科技进步的威力。"

当再也没有人取笑，也没有人问津的时候，街市开始落寞，肉行和禽畜行都纷纷收摊。秃头鸡贩临走前凑过来又瞧了一眼猪笼子，担忧地说："它们都奄奄一息了……要不，送给我烤小乳猪跟你二舅喝几杯。"

我断然拒绝了秃头鸡贩的无理要求，但我再也无力吆喝。当他们都收拾离开，只剩下我一个人孤零零地站在寒风中，我觉得这一次来错了地方。傍晚将至，回家还是去柳州，令我左右为难。如果我拎着两只卖不出去的猪崽回家，父亲会瞧不起我，嘲笑我，今后我再也没有资格和脸面跟他讨价还价。母亲会为这两只猪崽饿了整整一个下午而痛心疾首。更为遗憾的是，错过这一次，再也没有机会去柳州看叔叔。而且，一个星期才有一趟去柳州的火车。年关后，我在这个世界上再也没有叔叔了。我没有做更多的犹豫，当机立断，拎着猪笼子往车站跑。

刚好，去陆川的班车仍在等我。我掏出五毛钱，毅然决然上了班车，找到中间靠走廊的座位坐下，将猪笼子放到通道中间。

车上坐满了密密麻麻的陌生人。通道上也蹲着人。售票员带着责备的语气问我："笼子里是什么？"我说："是猪崽，半个月大的猪崽，活的牲口。"我是说给车上所有的人听的，希望正好有人需要两只猪崽。

售票员嘟囔了一声："早知道携的是牲口，我就不给你上车了。"

售票员没有驱赶我下车，她走开了。这次前途未卜的旅程终于有了一个还算顺利的开头。

我压低声音对周围的乘客说："人工授精产下的猪崽，一只两元，两只四元。"可是车上没有一个人对我的猪崽感兴趣，甚至连瞧一眼的举动也没有。他们各自瑟缩在座位上，一言不发，表情麻木，仿佛这个世界跟他们没有关系一样。

班车往陆川方向开去。坑坑洼洼的泥石路，寒风夹着车扬起的黄色尘埃从无法密封的车窗灌进来。坐在我身边的瘦削单薄的男人把衣服包裹得更紧了，我甚至感觉到了他在微微颤抖。而我自己，也感觉到了越来越深的寒意。我瞧了一眼猪崽，它们互相偎依在一起，声息微弱，但依然在颤动。它们身上散出来的气味在车厢里越积越浓，这让我产生了一些歉意。

夜色降临前我小睡了一会，做了一个短小精悍的梦。梦见叔叔在柳州火车站站台前等我。他的身上有血迹，举着被铐住的双手向我打招呼，嬉皮笑脸对我说："幸好你来得及时，明天一早我就要被推到刑场斩首了——临死前总算见上一个亲人，我死也瞑目了。"我走近他，把他紧紧抱住，在他的怀里悲伤地痛哭。可是，他一把将我推开，恶狠狠地对我说："滚，猪杂种！你来迟了……昨天我就死了！你看看我脑门上的弹孔……"这时候我猛醒了，双手抓住前面的座位靠背，拼命地喘着粗气。邻座的瘦男人惊愕地看着我，脸上同样满是悲伤地说："你的猪崽刚刚断气了。"

我摇了摇猪崽，它们仰面躺在笼子里，嘴巴微微张开，四肢已经僵硬，一动不动，毫无声息，但它们依然紧紧偎依着。它们竟然死了。我不知所措。

"你应该把它们扔掉。"瘦男人说。

我犹豫不决。瘦男人抬高了声音对着全车的人说："你应该把两只死猪崽扔掉！"

瘦男人的话得到了他们的响应。"怪不得车厢里臭气熏天的。"他们似乎要把世界上的一切不好都怪罪到我的头上，夸张地发泄着不满的情绪。售票员从车头走过来，捂住鼻子对我说："把笼子和猪一起扔出去！"

我支吾着说："一只两元，两只四元……"

"它们死了！一钱不值了！"售票员说，"变成垃圾了——人也是一样，死了就不值钱了。"

我解释说："我本来是要用它们换去柳州的火车票的。我得去一趟柳州。"

"即使它们还活着，你也去不了柳州，火车站的售票员只认钱。你的猪崽卖不出去，你去什么柳州？"

"我要去柳州看一眼叔叔，最后一眼。"

"你叔叔要病死了？"

"不是，我叔叔没有病。"

"要杀头了？"

"他肯定是被冤枉了。"

"你身上还有钱吗？"

"没有了。"

"没有去柳州的钱，难道从柳州返回的钱也没有吗？"

我这才突然醒悟过来，我根本就没有考虑从柳州返程的问题。父亲和母亲也都疏忽了这一点。

我再次回答售票员："我只有够去陆川火车站的钱，刚才已经全给你了。"

车厢里的人哄堂大笑。这个世界仿佛都与他们有关了。

"你应该下车去，走路回谷镇还不算远。"售票员诚恳地对我说，"把这两只猪也带走。人工授精的东西更不值钱。"

我头脑里兵荒马乱的。车载着我们越走越远。窗外夜色渐浓，看不见车轮扬起的尘埃了。寒风比出发时更加凛冽，恨不能将车刮翻。

售票员不断地催促我收拾东西下车。旁边的乘客也附和着，甚至有人迫不及待，伸腿踢我的猪笼子。

我有些生气了，理直气壮地对着售票员说："我是买了票的，到陆川火车站前，你无权叫我下车。"

售票员瞠目结舌的，一副委屈的表情。瘦男人推了我一把说："她是好心……大家都是好心，难道你到了陆川火车站再走路回来？"

我赌气说："没有钱，但我有双脚，我走路也能到柳州。"

他们又笑了。他们的笑使得班车更加颠簸。

"你是谁家的孩子呀？那么倔。"

我看着猪崽，心里有些难过。如果父亲知道猪崽没有卖掉，还死在途中，他肯定会骂我，甚至还会对我动粗，母亲也帮不了我。

"你先得把你的猪崽扔下去！"有人叫嚷道。他们都跟着起哄，要我马上把刚刚死去的猪崽扔掉。

众怒难犯，我只得这样。

班车停下来了。车门打开。我拎着猪笼子走向车门。

我站在车门口，舍不得就此将猪笼和猪崽一起扔掉。寒风从车门而入。我连打了几个寒战。车厢里有人指责我慢吞吞的，耽误他赶路。司机也不断催促我快点。

但我还是舍不得，也不忍心。母亲对每一只猪崽的爱，都像对待自己的孩子一样。尽管乳头不够，但孩子是没有多余的。我扔掉的，不仅仅是两只猪崽，可是他们理解吗？

车厢里怨声四起，有人破口大骂，甚至要以武力相威胁。

"你再不扔掉猪笼，我要连你一起推下车去了。"售票员严厉地警告我。

我宁愿售票员将我一把推下车去，让这次有点草率的旅程戛然而止。这样我既可以保住两只猪崽回去向父亲交差，又可以有一个体面的理由不去柳州——没有钱，确实无法在年关前到达柳州，即使是再不讲理的叔叔也会理解和体谅。但售票员迟迟不动手。

"把猪笼子扔掉！"司机突然粗暴地怒吼一声，把车上所有的人都镇住了。

我惊恐无措，站在车门口屈辱地号啕大哭。寒风和沙尘灌满了我的喉咙。夜色追逐着班车滚滚而来，我要松手将猪笼子扔掉了。

"不！猪崽可以扔掉，但笼子要留下！"

这炸雷一般的声音压过了司机的怒吼，比怒吼还要让人惊惧，停止不动的班车因为这一声断喝而往前颠簸了一下。

这声音我很熟悉，猛回头寻找它的来源。

阴暗中，我看到了车厢末尾靠窗的角落里站立着一个人。一脸杀气，像一个穷途末路的车匪，又像随时可能扑到谁的身上撕咬的疯狗。

毫无疑问，他是我父亲。谁也不知道他到底什么时候埋伏在那里。看他那副样子，似乎对一切洞若观火。

我哭得更加大声、悲怆。通道上蹲着的人纷纷闪到一边。父亲慢慢地向我走过来，用嘴巴贴着我的耳朵轻声安慰说："不要怕他们——他们都是人工授精生下来的猪杂种！"

此刻的恶毒是恰当和有效的。我停止了哭泣，甚至要忍不住破涕为笑。

父亲接过我的手中的笼子，果断地将两只猪崽扔到了风中。

"笼子将来还用得着。"父亲将空荡荡的笼子举过头顶，向他们展示它的精致和结实——它是我们最后的尊严。没有人敢吭声，他们一个个瑟缩在座位上，目光呆滞，战战兢兢，像被判斩立决的死刑犯。父亲拉着我回到车厢内，让我坐到他的身边，用散发着猪粪味的手替我擦拭脸上的泪水，用从没有过的温柔、慈爱的语气对我说："我们一起去柳州。"

然后，父亲又站起来，对着满车厢的人恶狠狠地威胁说："有话好好说，不要恃强凌弱。科技进步能解决一切问题！"

口　罩

　　苏瑞和杨霞都不是北京人，但大学毕业后都留在了北京，并且很快就站稳了脚跟。在双方父母的支持下，四年前在四环的边上买了一套小房子。同学聚会时，他们成了最受羡慕的对象。本来嘛，他们在大学时就是金童玉女，早早就私订了终身，谢绝了其他的追求者。两人性格属于互补型，苏瑞内向稳健，杨霞外向活跃。他们感情很好，结婚五年来，还保持着热恋时的状态，鱼水交融，恨不得分分秒秒在一起。为了分分秒秒在一起，杨霞选择了在苏瑞公司对面工作，上下班出双入对，即使分离，也只是一街之隔，须臾可及，甚至能感受得到对方的呼吸和心跳。

　　苏瑞的图书出版公司在苏州街一个不显眼的角落。一幢古老的小楼房，一楼是卖假古董的，二楼是湘西人开的疑难杂症诊所。三楼才是苏瑞公司的办公室。五年间，苏瑞从一个小职员混到了公司副总经理，成为京城图书出版界的知名筹划人、出版商。杨霞在苏瑞公司对面的内蒙古土特产批发中心谋了一份工作，当会计。杨霞和苏瑞在大学的专业都是财务管理。杨霞对图书出版一点兴趣也没有，也不打算入行。她只对苏瑞一如既往地充满满腔热情和专注，保持一以贯之的感情热度，希望脱离庸俗的世俗的爱情婚姻惯性。的确，他们的爱情成了苏州街家庭道德建设的模范，如果不是苏瑞的坚决拒绝，电视台早就要将他们塑造成北京的典型。苏瑞向来是一个低调谦和的人。

然而，感情再好的夫妻也有吵架的时候。只是结婚五年来，他们只吵过一次架，为了口罩。四年前，那时候他们刚结了婚，买了房，日子过得捉襟见肘，有点小狼狈。

那天傍晚，雾霾突然降临，且特别严重。杨霞反复叮嘱正在王府井大街办事的苏瑞，赶紧去百货大楼买两只最新款的口罩，然后到公司来接她回家。最新款的口罩才能把雾霾拒之嘴鼻之外。但是，当苏瑞赶到苏州街时，被杨霞当头棒喝了一顿。

"你戴的根本就不是最新款的口罩！"杨霞把手机上的图片翻出来给苏瑞看。

苏瑞从口袋里取出另一只口罩："这只才是，给你的。我戴旧款的就成了。"

杨霞很生气："你为什么不给自己也买一只最新款的？"

"太贵了，活生生贵了一倍，坑人坑得太离谱。"苏瑞争辩道。

这一争辩，杨霞竟然发飙了，把"钱重要还是生命重要"这个古老的问题重新抛出来，逼苏瑞表态。苏瑞忍不住跟她吵了几句。

"因为要用钱的地方太多了。满大街的人戴的都不是最新款口罩，说明旧款口罩也未必没有作用。"杨霞说："你从来就没有为自己着想过，不为你自己着想，也就是不为我着想——如果你死了，我怎么办？"

"最新款的也未必就比旧款的好……"苏瑞觉得是小题大做了。没那么严重。

"如果有一天你死了，是因为你没有给自己买最好的口罩！"杨霞在苏州街街角压着声音说，"如果你死了，我也活不成了。所以，一只口罩事关我们两个人的生死。你还不承认错误？"

苏瑞诚恳地认了错，表示从此以后不会重犯类似的错误，还请杨霞吃了一顿新疆烤羊排杨霞这才罢休。

从新疆羊肉店出来，杨霞恢复了她开朗阳光活泼的个性，猛夸新疆羊排好吃："等到我们有钱了，天天吃新疆羊排。"

苏瑞说："不用等到有钱，现在我们就可以天天吃新疆羊排了。"

杨霞说："嗯，我算算，一顿羊排下来的钱可以买多少只新款口罩了？"

杨霞把最新款的口罩给苏瑞戴上，自己戴老款的。苏瑞不从。杨霞说："你的命比我重要，为了天天能吃上新疆羊排，你必须戴最好的口罩。"苏瑞只好戴上。两人亲热地手挽手消失在雾霾和人流中。

这一天，苏瑞又要出差了。

杨霞不喜欢丈夫出差，因为出差意味着离别，意味着孤独，意味着很多很多。但苏瑞还是经常要出差。好在他每次出差都是办完事马上回来跟她厮守，加倍地对她好。每次出差，杨霞都送苏瑞一程。不是开车，而是乘坐地铁。他们一直没有买车，北京太堵了，堵得烦，很多夫妻因此心情暴躁，在自家车里吵架，以至于把车直接开到街道办，办离婚手续。他们在地铁里互相挤着，互相搀扶，互相抵御别人的侵扰，互相体会到对方的关爱，仿佛变成了一个人。苏瑞出差回来，杨霞总是转弯拐角地提醒他该请她去吃一顿新疆羊排了。

然而，巧合的是，这天杨霞也要出差了。她说，这是昨天上午定下的事情。老板要在天津开一家分店，让杨霞先去那边跟加盟的店商谈，谈妥了，老板才过去签订合同。所谓谈合作，就是看看合作伙伴的财务状况。这是杨霞第一次要出差，心里有点惶恐。苏瑞不断鼓励她，给她谈出门在外的注意事项，跟客商谈判的技巧，让她心里有底。好在，天津不远，当天去当天回来，连行李箱都不用带。

昨天晚上，杨霞为苏瑞的出差精心准备了行装。皮箱里的物什，一件不多，一件不少，均恰到好处地安放着，像是外科医生的手术箱。出差目的地有什么情况，她事先都已经查询过，比如天气、昼夜温差、空气质量、空中飘散的是什么花粉，应该准备什么药，等等。第二天一早，只需提着皮箱就出门。而这一次，杨霞特别准备了一样东西，好对付明天的恶劣天气。天气预报说，明天以北京为中心的华北大部分地区有雾霾，且是一年来最为严重的。其实雾霾已经提前到来。昨日黄昏，雾霾已经降临北京。苏瑞出差的目的地杭州居然也有雾霾。为此，杨霞专程赶到王府井百货，买了两只最新款的口罩。这款口罩是前两天才上市的，听说有九层防护，层层过滤，不仅可以防雾霾，还能防生化武器袭击，戴上它，不仅可以防护雾霾，还可以呼吸到此地不应有的新鲜洁净空气，用广告上的话说：戴上它，犹如漫步那拉提。杨霞被"那拉提"一下子击中了。她无数次想象过那里的森林、草原、雪山和绵羊，尤其是一个人。杨霞精心挑选了两只一模一样的，橘红色。这种颜色醒目，即使在黑暗和滚滚人流中也能辨认出来。关键是，杨霞一直喜欢橘红色。她和苏瑞的底裤清一色是橘红色，多年没变。

他们戴上口罩，一早便出门了。照常在小区大门往右面 100 米的桂林米粉店吃了早点，然后往前走了十几分钟，杨霞死活要给苏瑞拖皮箱，让他的力气用到其他地方。他们看着对方的新口罩，相视而笑。是眼睛在笑。他们隔着口罩接了一个吻，抬头惊叹今天的雾霾真大，灰蒙蒙的，能见度很低，几乎看不清大街对面的行人。他们互相搂着腰，生怕一松手便找不着对方。

"昨晚我们费了那么大的劲去买口罩是值得的。"杨霞说。

苏瑞听不清楚杨霞说什么，但一如既往地点头。

"你看他们，戴的是旧款口罩，雾霾长驱直入，进了他们的肺部，损坏他们的呼吸系统，吞噬他们年轻的生命……"杨霞说。

苏瑞不住地点头。杨霞再次为他抹平口罩上的皱纹，弹去口罩上的黏附物，那样子恨不得为他全身都戴上防护罩。

"除了吃饭，你一定要戴口罩，睡觉，聊天，上厕所都要戴着。吃饭也不要吃太长时间，其实吃的不是饭，是雾霾。"杨霞说。

苏瑞似乎终于听明白了，地铁站也就到了。苏瑞要乘的是机场线。杨霞要去的是火车站。方向相反。先是杨霞，反复叮嘱着昨晚已经叮嘱过几次的注意事项。然后是苏瑞，再一次鼓励杨霞不要害怕，把第一次出差的任务圆满胜利完成。最后，互相检查了一遍对方的口罩是否戴严实了。他们依依不舍挥手作别。

"记得我们回来吃新疆羊排。"杨霞看着苏瑞的背影喊。

苏瑞没有回头，像一根针插进了密不透风的车厢里。

杨霞在地铁站呆呆地站立了一会，直到第三趟车来了才挤进去。地铁一直往前呼啸。车厢里塞了满满的人。男男女女紧紧地挤在一起。杨霞的胸部贴在一个陌生男人的背上，被压得很紧。她自己都感觉到乳房快要被挤爆了，她有些生气，是为苏瑞。因为她认为被别的男人占了便宜。如果是平时，她的乳房肯定是贴着苏瑞的胸部，不可能像现在这样。但她无法挪动。陌生男人的背也像苏瑞的一样，很坚实，很温热。慢慢地，她竟然习惯了，就让乳房靠在陌生男人的背上吧。那样，其实也很安全。

杨霞应该一直到火车总站，然后从那里赶往天津。她的高铁车票已经在网上订好了，并经过了苏瑞的核实验证，用身份证便可以取出来。但她到了积水潭站便下了车，走到对面去，乘坐反方向的地铁往回走。回到东直门，下了车，匆匆走出地铁站。

外头的雾霾似乎更严重了。

杨霞有些惶恐，好像第一次面对东直门，一切都很陌生。她举手本想调整一下口罩，却给自己抽了一记耳光。

这记耳光下手有点重了，反正脸火辣辣的。她还想给自己一记耳光，但看到行人注意到她了，她才把手放下来，若无其事地挺了挺腰。举目张望，满大街的人都戴着口罩，但没有橘红色的。她是独一无二的，在雾色里像一把火，像信号灯。在她心里，它什么都不像，只象征着爱情。

她往东走，东张西望，仿佛在寻找什么。有点冷，她把围巾系得更紧，把手藏进了口袋里。只露出的眼睛跟别的眼睛不会有什么不同，它们不会出卖自己。

杨霞一步三回头，既害怕又纠结。生怕苏瑞尾随而来，对她一声断喝，让她无地自容。

她记得那家小旅馆的位置。旁边有一家新疆特产店，她去过那里。店里的一个小姑娘是她的福建老乡，沙县的，很机灵，说将来要嫁到新疆去，那边空气好，阳光好，一年到头都不用戴口罩。她最讨厌口罩了，把人闷死，在沙县乡下，只有农民下田给庄稼喷农药时才戴口罩。

那是去年认识的那个老乡，不知道她还在不在那里上班。小旅馆就在店铺对面的白龙巷里。白底青字的招牌，名字很俗：五洲旅馆。杨霞对旅馆是有印象的，因为她父亲在沙县经营的旅馆名字也叫五洲旅馆。她多次让父亲把旅馆名字改得更有文化一点，但母亲说叫了十几年了，舍不得改了。

只有杨霞自己知道要去五洲旅馆干什么。她第一次撒谎，欺骗了苏瑞。她能有什么出差机会？一个屁股大的特产店的会计，惨淡经营，到天津开什么分店？这明明是杨霞的谎言。她也不知道为什么要编这个谎言。其实没有必要。

她已经纠结了三天了。因为他在五洲旅馆等了她三天。如果今天上午她还不出现，他将返回新疆了。

他是新疆那拉提的一个牧民。杨霞是去年秋天在北京国际特产展览会上认识他的。当时，她被他高挑健壮的身材、浓密的眉毛、高耸的鼻梁、湛蓝的眼睛、红润的肌肤、洁白的牙齿吸引住了。他展销羊绒，与那些高谈阔论的商人相比，他显得害羞、笨拙、稚嫩，像一个初见世面的大孩子。杨霞观察他好一阵子了，展览会最后一天她才上前跟他攀谈。他不善言辞，连双手都不知道往哪里摆。她喜欢他身上散发出来的青草和羊绒的味道，感觉他的身上藏着一座大草原，蕴藏着无穷的新鲜空气和温暖的阳光。她放连珠炮一样问他关于新疆的一切。那拉提，她记住了这个拗口的名字。

　　展览馆关门后，她请他去王府井吃她家乡的小吃。他无法拒绝。

　　那天黄昏，正好有雾霾。杨霞从挎包里拿出一只口罩给他。那是她给苏瑞买的。小伙子推辞。杨霞说："没有口罩，你会中毒的。"她意识到他可能从没有戴过口罩，像原始人从没有穿过裤子一样。踮起脚，硬是要给他戴上。他害羞，但不好再三推辞。她踮脚给他戴口罩的时候，胸脯已经碰到他胸膛了，嘴落到了他的肩头上。她意识到了，双腿有点发软，希望自己站立不稳，倒在他的怀里。但她很快便替他把口罩戴好，然后自己也戴上。两人相视一笑，似乎所有的隔阂都烟消云散。杨霞觉得戴上口罩的新疆人更加可爱，更加秀气。

　　"这个口罩我送给你了，你把它戴回那拉提。"杨霞说。

　　新疆小伙朝着她笑。虽然口罩遮掩了他的脸，但她仍能感觉得到他的幸福笑意。

他们穿过王府井大街，在熙熙攘攘的人流中寻找美食。有时候，她有意无意偎依着他，他也有意无意地抓扶着她不被人流挤散。看上去，她比他年长，他只是一个弟弟般的孩子。但他结实得有点剽悍，像磁铁一样吸引着她。他们来到一家沙县小吃店，吃了两笼豆沙包。主要是新疆小伙吃。他边吃边赞叹，发誓要让杨霞吃到最好的新疆羊排。

从王府井回来，一路上，她已经清醒过来了，很为自己的精神出轨行为感到羞愧，不断地打自己的耳光，掐自己的大腿。当她回到家里，苏瑞正在做饭，等她。

"新款口罩买回来了吗？"苏瑞问。也不是故意的，是顺口问了一下。

杨霞脸上正戴着呢。橘红色的，新款。

杨霞愣了下，赶紧把口罩摘下来。

"买了……"她轻描淡写地答道。

但另一只送给新疆小伙了。她忘记补买了。

第二天出门，苏瑞也没有问她新款口罩的事，因为第二天一早雾霾已经消失得一干二净，北京的空气变得像那拉提一样洁净、透明。

但杨霞决心不再回想这件事。她要彻底忘记新疆小伙。一个月后，她手机收到了一条微信，是新疆小伙发来的。他叫达昌。他给她发来了那拉提草原和洁白的羊群，还有他的照片：戴着橘红色的口罩，迎风站立在葡萄架下。"隔着千山想念你，戴着口罩眺望你。"达昌说，"自从你给我戴上口罩，我几乎就没有摘下过，吃饭时也不摘。"

　　杨霞想象不出戴着口罩吃饭是什么情形，但被达昌逗笑了。三个多月来，他每天都会给她发来一张图片，关于那拉提，关于橘红色的口罩，关于羊群。杨霞没去过新疆，但觉得自己已经去过千万遍。她无法抑制自己，与达昌无话不谈。她知道自己已经陷了进去，不能自拔，但仍有一丝生机，就是北京与新疆隔着千山万水，她不会跟他见面。只要不见面，她的人生还有胜算。

　　达昌来了，带着那拉提最好的羊排。新鲜的，真空包装，越过了千山万水。他说，是专程来报答她的口罩的。

　　杨霞心怦怦直跳，乱了方寸，差点在苏瑞面前失态。如果此去见他，她很清楚将意味着什么。她犹豫了两天，漫长而煎熬。一个简单的选择原来也如此艰难。

　　尽管能见度低，但杨霞觉得人人都有可能发现自己，认出自己，一把将她的口罩扯下来，指着她的鼻子骂。因此她走路时尽量低着头。然而，她意识到了，她脸上的橘红色口罩像一团火，像一束鲜花，没有谁的口罩跟她的一样。他们的口罩都是旧款，色彩平庸，暗淡无光。

　　去五洲旅馆还有一段很长的距离。她不打的，步行。因为她还想给自己留一点后悔的余地。如果到中途，后悔还来得及。她努力说服自己停下脚步或掉头而去。但她前进的方向仍是五洲旅馆。

　　大街上的行人很多，熙熙攘攘，川流不息。她一边走路，一边谩骂自己，路人似乎看穿了她的内心，向她投来了鄙视、嘲笑的目光。她用眼角捕捉这些目光，突然发现一团橘红色。

是的，是一只橘红色的口罩。她猛抬头，看到刚才从她身边走过的男人戴着一只橘红色的口罩，款式跟她的一模一样。或者说，跟苏瑞戴的一模一样。不，他像是苏瑞。是的，那身材、走路的姿态简直就是苏瑞。

她情不自禁地跟随上去，轻轻叫了一声："苏瑞。"

她意识到可能是叫错了。此时的苏瑞应该在机场或在飞机上。

但那个男人放慢了脚步，微微地转了转身，看了她一眼，然后若无其事地继续走路。

那眼神真像苏瑞。两只橘红色的口罩产生了共鸣。杨霞暗吃一惊。取出手机，拨打苏瑞的手机。关机了。再看，那男人已经走远。

杨霞迟疑了一下，跟上去。与那男人保持五米左右的距离，若即若离。走了好长段路，那男人没有发现杨霞的跟踪。杨霞看着眼前熟悉的身影，那扣在耳根上的口罩绳子，努力回想苏瑞日常生活的点点滴滴，试图找出他外头有人的蛛丝马迹。但实在找不到。他一如既往地老实、忠诚、专一，无可挑剔，像初恋时的他，一点也没有变。如果说有变，就是他变得更加懂得如何爱她了。如果没有达昌，她也会像他一样，对他的爱不会有丝毫减退，不会掺入任何杂质。

幸好，直到现在，她还是完美的。她有这种自信。于是她跟上去，对那个男人叫了一声："苏瑞！"

那男人停下来，问："你是在叫我吗？"

杨霞说："是。你是不是苏瑞？"

那男人说："你认错人了。"

但他对杨霞的口罩表现出了惊讶。

杨霞说："你能不能把口罩摘下来？"

那男人质问说："你是谁？为什么要我摘口罩？"

杨霞支支吾吾说不出来。

"你怎么戴跟我一样的口罩？"那男人说，"最新款的口罩，戴上它，北京也能变成那拉提。"

杨霞刚要把自己的口罩摘下来，但旋即意识到什么，把手放了下来。

"我的口罩是我老婆买的。"那男人说，"物超所值。"

杨霞感受到了那男人内心的得意，差点儿要伸手去摘对方的口罩，但觉得这样做的话显得太粗鲁无礼，只好作罢。

"苏瑞是什么人？"那男人问。

杨霞看不出他有什么破绽，虽然他穿的也是黑色西装，黑色的皮鞋，甚至他的眼神和眉毛都跟苏瑞十分相似，但她无法证明对方就是苏瑞。

那男人丢下愕然的杨霞走了，一会便消失在雾霾中找不到踪影。

此时，杨霞的手机响了，是新疆的号码。她犹豫了一下，掐掉了。转身，摘掉口罩，往回走，让自己迅速淹没在汹涌的人流中。

芳　邻

　　安泰街不过三十来户的样子，狭窄，也很短，两头不与主街道直接相通，近乎封闭，除了上门收破烂、充煤气和卖廉价商品的小商小贩，过往的人很少，因此就显得清静、安全、祥和。我是安泰街比较早的居民，刚搬过来的时候周边还是荒凉的农田，但很快，几乎是一夜之间，安泰街便户靠户地建起了楼房，每幢楼房占地都只有几十平方米，被称为竹筒房，大多数是六层的，也有四五层的，只有我家对面是一幢二层的，本来是还想往上建的，但户主突然破产了，听说是赌输了，房子就过户给了别人，因为时间太短，我还来不及认识，原户主已经举家搬回乡下去了，我也没见过新的户主，倒是看到每两三个月便换一批租客。这二层小楼还来不及粉墙，也没有装修，玻璃窗也是最便宜最简陋那种，我们从下面经过的时候总是习惯地躲着，生怕被上面可能掉下的玻璃砸着头。我们这条街大多数是从乡下搬进城的农民，平时做点小本生意维持着生活，他们比我早搬到这里。他们说，那幢二层小楼的户主呀，原来也是乡下的，夫妇两人起早摸黑地在南城汽车站旁边收破烂，十几年了才买了一块地，又好不容易才建起了两层，本来一家人就可以在城里安家落户了，可是那男人好赌，一下子输掉了房产。那女的瘦弱得像得了什么病似的，自己辛辛苦苦一手建起来的房子还没有住暖和就被逼搬走了，她哪受得了呀，一下子就蔫了。他们搬走的时候，一家人很平静，三个孩子用力地搬着旧家具，装上一辆小货车，那女的也没有吵闹，把二层楼里里外外打扫得干干净净，然后把门锁上，没跟我们打招呼就离开了。

听说新户主也是一个乡下人，只是住在南城，做点什么小生意，很少到安泰街来。也许觉得用这种方式取得一幢房子不仁道吧，他不把这里当成自己的家，宁愿在南城租着别人的房子住，就把这房子租给别人，每个月让他的老婆过来收取房租，而且都是在晚上趁我们不注意的时候轻轻敲开租客的门，后来连房租也不来收了，让租客直接打款到他的账户。来租住的都是做小本生意的乡下人，有时候是一家子，有时候是几家子合租，但都住不了多长时间，他们说房子新是挺新的，就是还留着原户主的晦气，自住进来后生意就滑坡了，就赶紧搬出去。因为房租便宜，不信邪的新租客又搬进来，可是不久又搬走了。来来往往，走马灯一般，以至于我们都来不及认清租客的脸孔他们便搬走了，这也让我感叹，现在进城谋生的乡下人越来越多。

安泰街的居民搬到这里前素不相识，但既然做了邻居，都能互相敬重，和睦相处，关系很融洽，弥漫着乡下人才有的人情世故，但逐渐进化成小市民的趋势也不可阻挡，市侩气在他们的脸上逐渐凝聚，在安泰街慢慢弥漫。他们对二层小楼慢慢表现出了一种优越感，开始对新来的租客说三道四。有一次，来了几个外地人，男女都有，他们每天都在屋子里高声地往外面打电话，傍晚，便集体到菜市场去拾被扔掉的菜叶回来下锅。安泰街的人便对他们露出了猜疑、鄙视和厌恶的眼光，对他们乱倒垃圾提出了抗议乃至指责，尽管我们自己也经常把垃圾扔得到处都是。但他们对我们的抗议置若罔闻，甚至变本加厉，深夜里故意大声嬉闹，搞得我们养在楼顶上的鸡也惊叫起来。好像我们无法容忍自己不喜欢的人，特别在安泰街，对付不属于安泰街的居民我们格外团结。我母亲在乡下生活了六七十年了，在家乡是公认的最善良的人，可是也加入了驱逐这伙外地人的行列。直至有一天，有人知道这伙外地人是搞传销的，便集体到派出所报警，才把他们赶走。可是，过了不久，又搬来了一批更令人无法容忍的租客。她们是一伙上了些年纪的外地女人，其实一开始安泰街的人便看得出来她们是干什么的，果然第二天便有猥琐的男人鬼鬼祟祟地从后门钻进去，又鬼头鬼脑地从后门离开。晚上营业，白天也没消停，那男男女女发出的肆无忌惮的与此地民风格格不入的笑声把安泰街激怒了。有人往摇摇欲坠的玻璃窗扔过泥块，有人踢着大门骂她们不要脸，可是她们根本不理会这些，跟我们见面的时候还笑眯眯地跟我们打招呼，或厚颜无耻地向我们借铁钳、梯子、保险丝什么的，好像我们跟她们已经是多年的老邻居一样，借不成，不借也不成，奈何不得。孩子们明显受到了影响，他们在街上打闹的时候，嘴里经常嘣出一两句骇人的下流话，有时还悄悄地贴着大门听二层楼屋子里的动静。安泰街的街坊同仇敌忾，想方设法逼她们离开，掷土块不成，骂不成，他们想到了一个办法，她们不要脸，嫖娼的总得要脸吧，就派人到后门前站着，看谁还好意思进去。这招效果不是没有，只是半夜三更谁愿意在那里站呀？况且后来那些臭不要脸的男人根本不害羞了，大摇大摆地走进去，完事了又光明正大地走出来，搞得站在门前的人自己觉得害臊了。我们越是要逼她们走，她们越不愿意走，她们恋战了，她们放出话来说："这里好，房子新鲜，又安全，我们就是不搬。"警察过来查了几次，因为没有抓到现行便不能把她们怎么样。一向为人胆怯的我母亲竟当面责备过警察："你们怎么总是在她们卖完肉后才来呢？"母亲是来帮我带孩子的，我的孩子才三岁，看得出来，带一个孩子并不足以耗掉母亲身上远没枯竭的力气和激情，她参与了所有的驱逐不良租客的行动，到最后，她成了最积极、最激进、最有创意的"逐客"领袖，街坊都团结在她的周围。对此我有点顾虑，觉得母亲的任务是带好孩子，大可不必在这个事情花费太多的气力。人家跟你也没有大仇恨，甚至没有什么过节，况且还跟你隔着一条街开门便见面呢。这年头，谁又不是外来户呢？只不过是他们是暂住户，我们是长期住户而已。

"谁让她们住进安泰街？而且就住在我们的对面？"母亲愤愤不平，全然没有了在乡下时逆来顺受吞声忍气的善良和内敛。

我一时无话可说。有一次夜深人静的时候，突然一声啪啦的响声把安泰街的人都惊醒了，大家跳起来往窗外看，原来是我隔壁的刘姓邻居窗户被人用石块袭击了，玻璃撒了一地。还没等大伙反应过来，扔石块的人早已经逃之夭夭。直至第二天，母亲仍惊魂未定，庆幸被袭击的不是自家的窗户。后来她弄清楚了，原来是刘姓邻居的儿子在外头惹事了，人家上门报复来的。从此以后，母亲再也不敢挑头去驱逐对面的租客。

"我明白了，这里不是乡下，我再也不干得罪人的事情了。"母亲终于恢复了善良的本性，开始试着跟对面的租客套近乎，力图给自己过去的刻薄赎罪。但人家并不理会她，这使她既忐忑不安，又特别沮丧。

"不成，我受不了她们。"母亲说，"她们给脸不要脸，我还得跟她们斗。"

母亲最后想到的办法是，根据街坊提供的线索去城南找到了二层楼房的新户主，一个正站在摩托车修理铺前忙着吆喝的中年男人，跟他说你不能租房给那些乱七八糟的人居住，因为影响了整条安泰街的安宁，也败坏了你们的家的声誉——你毕竟是户主，你是做生意的，声誉比钱重要。二层楼房的新户主是一个明白事理人，他说："这事好办，大家都是近邻，不能因为我一户影响了大伙的生活，况且，我的声誉也很重要。"

新户主果然爽快，几天后就把二层楼都清空了，那些身上散发着异味的女人骂骂咧咧地席卷而去。这一清空，房子竟闲置了两三个月，大门紧锁着，屋檐下很快布满了蛛网，玻璃窗蒙上了厚厚的尘埃，屋前的街砖缝隙长满了青草，墙头上写满了各种各样的电话号码，办证的，招工的，搬家的，推销假药的，回收礼品的，帮疏通下水道的，放高利贷的，重金求子的，贩卖黑车、黑枪支的，把新户主关于本楼整幢出租的联系电话号码遮盖了。母亲每天走近对面，看着那些花花绿绿的电话号码，忍不住叹息一声："这房子还租不出去，是不是进城的乡下人少了啊。"母亲心里肯定是有点惭愧，觉得对不起房子的新主人了，于是她动员街坊想想办法，大家有什么亲戚朋友老乡熟人要租屋的呀，帮帮忙，介绍介绍，这房子空着怪可惜的，都是用钱堆起来的房子啊，城里有多少人无家可归啊。她自己到处为那房子做广告，看到街头巷尾、电线杆张贴的寻租房屋的电话号码，就径直地给人打过去，总之她就是希望尽快把房子租出去，让自己的心好受一些。"大婶，你希望哪些人来租房子呀？"二层楼的主人问母亲。母亲说："是好人就成……租客要老实本分，正正当当，能和大伙融洽相处，能成为安泰街的一部分。"二层楼房新主人觉得也是，干脆把大门的钥匙交给母亲，房子租给谁，租多少钱，都由她定夺。母亲受此信任和重托，便更加努力，一有空就带着孙子去完成这个重大使命。

有一天，母亲果然从广场那边带回来一家老小，住进了二层楼，成为二层楼的新租客。

母亲表现出极大的热心，把孙子放任在地上玩耍，打开门锁，亲自出马帮忙新租客搬行李进屋。尽管此前她对楼内房屋结构、配套设施一无所知，但她还是装成轻车熟路的主人引导他们，夸大其词地介绍着房子的优点，那样子就是要让新租客一下子热爱上这个新家。从母亲满意的神情看得出来，新租客对房子和租金也是满意的。

新租客是一对中年夫妇，一看就是老实巴交的乡下人，带着一个老人和两个孩子，听说话口音像是我们南部的人。晚饭前，母亲从对面的房子里出来，进一步告诉我，他们果然是谷镇人，男的叫建辉，女的叫秀芳，那老太排行七，叫七婆，七婆身材高挑，鹤发童颜，穿着十分得体，甚至洋溢着贵妇人的庄重气质，看不出她是从乡下来的，但她身体虚弱，每天都坐在门口那张小板凳上，一只小黑猫不是缠在她的怀里就蹲在她的腿边。她不怎么说话，即使母亲要与她攀谈，她也只是微笑着，很谦恭地听，很少回话，有时罕见地说上一两句声音也微弱而沙哑，她实在是没有说话的力气。坐累了，她便回到黑暗的屋子里去，那只猫也跟着消失在我们的视线里。秀芳身材矮胖，穿着比较俭朴，就乡下人的打扮。她很勤快，屋里屋外收拾得整齐干净，有时候她还顺便打扫一下街道和环卫工忽略的角落。秀芳健谈而谦卑，我母亲和她说话的时候，她总是停下手中的活专注地说话，诚恳得如掏心窝。老妇是她的母亲，有冠心病、高血压、糖尿病，上个月又给狗咬伤了脚后跟，但又不愿意打针吃药。那意思是说，老妇不是来讨生活的，而是来这里等死的。每说到此，秀芳总是满脸无奈和忧愤。建辉也是一个典型的南部人，操着一口跟我们中的大多数相同的南部口音，嗓门大，说话喜欢带脏，但听起来爽直、真实、可信。建辉身体健硕，性格开朗，浑身洋溢着南部乡下人特有的热情和人情味。他们原来是住在城南的，嫌那里进出的人太复杂，好人坏人都一样多，没有城区户口孩子又进不了城南小学，便搬到城北来。母亲说，关键是他们是干正当生意的，按章纳税，守法经营，让人心里踏实。他们到城里靠贩卖香蕉为生，香蕉是我们南部产的，也有高州产的，从乡下收购过来，然后贩运到城市去，南宁、武汉、上海、北京的超市里都能买到他们的香蕉。他们在楼顶上种起了花草盆景，盖起了鸡栏，养了几只鸡，建辉还养了一只八哥，鸟笼就挂在鸡栏的上方，鸟把吃不完或不愿意吃的东西扔给鸡分享，有时候它引吭高歌，把鸡们的情绪也调动起来，常常听到公鸡的打鸣和母鸡骚动的响声。秀芳在楼顶架起了灶台，每天上午都给她母亲熬骨头汤，那浓香在安泰街弥漫开来。看得出来，他们把这里当家了，准备长久地住下去。母亲和他们一家很快熟悉和亲近起来，有事没事母亲便往他们屋子里跑，有好吃的，给他们的孩子分一口。在母亲的引荐下，新租客与安泰街的人都慢慢熟悉起来，见面都亲热地打着招呼，互相来来往往，就像乡下那样让人感受到了暖暖的人情味。很快，他们便成了安泰街的一部分。

建辉每天傍晚都从外头拉回来一车香蕉。车是一辆改装的三轮车，青涩的香蕉被搬进屋子里去，第二天早上，从屋子里搬出来的便变成了黄色，看起来很漂亮。建辉的五岁女儿和三岁儿子想帮忙，却被父亲推到旁边，让他们别添乱。街坊便拿两个小孩开玩笑："那么好的香蕉，不送点给我们吃？"孩子们自豪而咨啬地回敬道："我家的香蕉是给大城市的人吃的，你们吃不起。"秀芳就轰他们乱说话，那些散架的香蕉，秀芳总会分给街坊的孩子。我们经常去秀芳家买香蕉，特别是剩货比较多的时候，为了不让它们烂了扔掉，我们都要帮他们清仓，减少他们的损失。这时候秀芳或建辉总是不肯收钱，直到我们佯怒了，他们才按成本象征性地收一点。

从此，吃香蕉成了安泰街生活中的常事，那是我们安泰街富有人情味的见证。

乡下人喜欢倾诉，这在母亲身上体现得淋漓尽致。母亲首先和秀芳的母亲成了知己。尽管秀芳的母亲经常一言不发，但母亲还是喜欢抱着孙子或看着跑来跑去的孙子和她聊天，什么话都掏出来跟她说，她永远有说不完的话。实际上，是母亲百无聊赖了，怀念乡下走门串户相互倾诉的日子了。秀芳的母亲仿佛是上天安排到她身边来陪她解闷的，听她叨唠的。建辉忙外，秀芳主内，她在家的时间比在外的时间更多。秀芳像她的母亲那样心地善良，乐于助人。母亲去菜市场买菜的时候，总是放心地把孙子交给秀芳。秀芳总是尽到责任把我的儿子看护得严严实实，不让他乱跑乱撞，如果她有事出去了，她的母亲会把他抱在怀里，实际上是紧紧地拴在自己的身上，即使他又哭又闹也无法挣脱。等到我母亲回来的时候，秀芳母亲早已经被我儿子折磨得精疲力竭，大汗淋漓。母亲总是象征性地抽打一下调皮孙子的屁股以示惩罚并以此表达对秀芳母亲的感激。母亲在另处的空地上种有各式各样的蔬菜，摘回来总忘不了送一把给秀芳。作为报答，秀芳把楼顶上清理出来的鸡粪送给母亲，让她给菜地施肥。在亲密无间的交往中，母亲和秀芳一家建立了情谊，仿佛是亲戚一样。有一天，母亲跟秀芳说，你们努力挣几年，争取把这幢房子买下来吧，它跟你们有缘分。事实上，二层楼的东家也有意卖了它，他请母亲留意，如果有合适的买家就通知他。母亲说，这幢楼虽然简陋，但毕竟可以安一个家啊。秀芳说："我们哪里来那么多钱啊？建辉的香蕉生意赚不了几个钱，勉强够养家活口，如果房租再涨我们就得另租房子了。"母亲无端焦虑起来，生怕秀芳万一搬走，再也找不到那么好的租客了。好几次，她问秀芳："房东没跟你提过房租提价的事吧？"秀芳摇摇头。母亲说："如果房东要提价，你告诉我，我找他说理去。"秀芳说："现在物价都在涨，房东要提价也合情合理。"母亲义正词严地说："没有我，他这幢楼还租不出去呢，提什么价！不准提！房东得听我的！"在我的印象中，母亲从没如此理直气壮、慷慨激昂过。心里陡然踏实的秀芳母亲端庄的脸上绽放着收放自如的笑容。

大概是冬至后的第三天吧，黄昏，暮色刚刚赶到。我们正在吃晚饭，突然听到凛冽的警笛声，呼啸而至的两辆警车就停在我家门口，七八个警察呼啦地从警车上冲下来，把母亲吓得魂飞魄散。安泰街几乎所有的人都出来了，个个脸上都凝聚着惊疑的神色。秀芳母亲依然端坐在门口，依然气定神闲，但晚风吹乱了她的银发。秀芳从屋里走出来，冲着警察笑了笑。建辉还在屋子里吃饭，好像他没听到警笛的嘶叫似的。警察把二层楼前后围起来。当头警察问秀芳："你是孙秀芳吧？"秀芳朴实无华的脸上露出了淡定而诡异的神色："是，我叫孙秀芳。"

"你丈夫谢建辉呢？"

秀芳往屋里面叫了一声"建辉"，像平常那样叫得不紧不慢，好像是，来找建辉的是他的朋友。

建辉好久没有出来，警察冲进屋子里去。一会建辉被带出来了，被铐子扣着了双手。建辉的脸上没有太多的表情，嘴巴不断地动着，好像是还咀嚼着饭菜，是自己主动往警车上钻的。

秀芳也被推上了警车，她回头叫了一声"妈，你得喝完骨头汤"。但接着秀芳的母亲也被搀扶着架上了警车，那只猫也要跟着她，但被警察赶跑了。秀芳的两个孩子上了另一辆警车，他们大声地呼喊着"妈妈"。警察在屋子里搜索了一会，然后关上门便走了。警笛呼啸着，连风也被带走。

　　在警察搜查屋子的时候，母亲惊惶地靠近警车，小心翼翼地向一个女民警探问："他们犯了什么王法？"

　　女警察告诉母亲，建辉、秀芳和秀芳的母亲全是人贩子，我们都跟他们两三个月了，前天他们又干了一单，从城南菜市场偷走一个孩子卖到了东莞……据我们掌握的初步情况，他们几年来一共拐卖了十一个小孩，连他们的两个孩子也是偷的别人的，只是一直没有卖出去；他们把偷来的小孩藏在香蕉堆里，贩运到天南地北……他们经常搬家，狡猾得很，前天他们在城西找到了房子，又准备搬了。

　　母亲好像被什么击中了，打了一个趔趄，然后慌里慌张到处寻找什么，屋里屋外，却什么没有找到，差点把她急哭了。

　　"妈，你找什么呀？"我问。

　　"我的孙子……他人呢？"母亲到底是乱了方寸。

　　"他在床上睡觉。下午服了感冒药，困了。"我说，"就在三楼，我的床上。"母亲这才如释重负，长长地松了一口气。直到警车走远了，她仍然木讷地站在门口，似乎在等自己的魂魄。

　　安泰街像经历了一场惊心动魄的战争，好几天邻里都处在虚无缥缈的余悸里。他们都明白了，经常听说的谁谁的孩子在菜市场丢了，谁谁的孩子在放学回家的路上不见了，哪家的老人买东西一转身孩子就被偷走了，原来都是真的，原来那些作恶的人就跟他们生活在一起。从此，安泰街的人出门在外总被人拉住，问这问那，"安泰街有谁家被偷走孩子了吗？""你们怎么就没发现人贩子的蛛丝马迹？"母亲很少外出，即使外出也避开熟人，低着头匆匆忙忙地走路。

没有母亲的牵线搭桥，新的租客也能找到二层楼，在秀芳被抓走后的第五天，他们就搬进来了。他们也是一对乡下的中年夫妇，每天起早摸黑的，不知道在外面干什么，看上去他们也老实巴交的，但安泰街的邻里怎么看也不顺眼，既不愿意搭理他们，也不让他们有搭讪的机会，对他们刻意冷漠。尤其是我的母亲，对他们更是冷眼相对，好像是，他们曾经拐走了我家的孩子那样。那对夫妇曾经想跟母亲套近乎，母亲却不理会他们，反而指责他们扔掉的垃圾没有装袋，尽管我们的垃圾也经常散落一地。二层楼楼顶那些饿死的鸡发出阵阵恶臭，那只八哥早已经停止歌唱，僵直地倒在窄小的笼子里。母亲惋惜地说："造孽啊！"去责备那对夫妇："你们怎么忍心看着鸡和鸟活活饿死？"那对夫妇说："那是别人的鸡和鸟，我们管不着。"母亲愤然道："你们住的也是别人的房子！"那对夫妇觉察到了安泰街不是他们能待的地方，很快便搬走了。往后好长的一段时间里，二层楼的门都紧闭着，门墙上重新张贴满了各式各样的小广告，写满了可疑的电话号码。曾经多次有人来探问房屋的出租情况，母亲阴森地告诉那些无家可归的租客："这幢房子住不得……闹过鬼。"

大约过了一年吧，也许不到一年。有一天，突然来了一对夫妇，径直打开了二层楼尘封已久的门。母亲忐忑不安地走过去问："你们怎么租下了这幢房子？"

　　那对夫妇转过身对母亲笑了笑："那么快你就忘记我们了？"

　　母亲想了想说："我们好像见过面的。"

　　那女的说："这幢房子本来就是我们辛辛苦苦一手建起来的，后来丢了，现在我们又把它要了回来。"

　　母亲终于想起来了，他们是房子原来的主人，但看上去比当年搬走的时候苍老了许多。看来，他们为要回自己的房子吃了更多的苦。

　　二层楼原主人回来了，扶老携幼，还有那些当初搬走的家具。安泰街的邻里七手八脚地帮忙搬杂物、清除墙上的牛皮癣，给主人各种各样的建议。但母亲将信将疑地远远地观望着，安泰街的一切都与她无关了似的，手里紧紧地抓住孙子的手，任凭他怎么挣扎也不松开，好像是，死死抓着一只撒野的兔子。

狐狸藏在花丛中

　　茶树漫山遍野地绽放，百万茶花绵延直上天堂。摘茶的人们随手抓一把夹着花香的潮湿的雾气，往头发上一抹，比洗发水还能持久留香。每年这时候，茶场场长老杨都要来到茶山，除了听取我父亲简单的工作汇报外，还要扛着一支长长的火枪越过山沟和山梁，与奔奔跳跳的动物成为敌人。我像一只背叛的狗异常兴奋地跟在老杨后面不时提供线索，尽管经常一无所获，回来时浑身湿透，筋疲力尽，但我对那支高出我个头许多的火枪表露出莫大的敬畏。虽然人们不知内情地对老杨的身手产生了怀疑，但对他的火枪还是保留了应有的尊重。因为神奇的猎枪起码能吓唬一下夜间越过几座山岗出没在茶场鸡舍附近的狐狸。

　　晚上，老杨把猎枪往门槛儿一放，门也不掩就倒头大睡。第二天天还没来得及亮，他就大声嚷："阿龙，阿龙！"能听到他的召唤我当然异常惊喜。我睁不开眼睛，但还是迅速地摸到他的床前。他仍在睡，背对着门口，打着呼噜。我以为是我听错了，小心翼翼地要转身出去。在稀薄的晨光中，我看到了火枪，冒着青烟。用手一摸，枪管烫热。"你帮我到大樟树下把狐狸拖回来。"老杨半睡半醒说。我跑到百米外大樟树下的花丛间，果然能捡到一只血淋淋的还睁着眼睛的灰色狐狸。老杨睡意犹浓，做饭的老齐从我颤抖的手里拿走狐狸打算将它弄成美味粥。老杨翻了翻身，梦中说话："皮给我留下，值一担茶叶……我的枪有灵性，长眼睛，昨夜自动走火，三只狐狸打死了一只，两只往东南方向逃之夭夭。"众人惊骇。唯独我父亲不以为然。我父亲和老杨的矛盾由来已久。老杨是场长，却甚少过问茶场之事，总是窝在镇上和政府、供销社收购部的官员花天酒地，在他看来，那更是工作，比每天摘三十斤茶叶还有意义。我父亲以副场长之职管了十年茶场，公道正直，忠于职守，威望颇高，却一直转不了干，甚至还未农转非，和二十多个摘茶男女把青春耗尽在等待里。茶场只有一个干部名额，除非老杨调离或死去，否则我父亲就只能一直等下去。但老杨舍不得这样的好差事，他还是一个好猎手，年龄虽然在他的白发上暴露无遗，但身体比狐狸还健美。其实我父亲只要再等上七八年，老杨就退休了。然而，父亲不能再等了，必须在迫在眉睫的茶场转制改革之前成为一名国家干部。父亲不仅要成为干部，还要劝阻镇政府把茶树砍掉种植速生杉。老杨是改革的最大促进派，而且还对承包茶场志在必得。我父亲并不反对我跟随在老杨的后面，他说："去，看他还想干些什么！"我总想捏合两者间的隔阂和误会，让他们和平共处利益均沾。因为我需要我的父亲，但我更崇拜老杨的神奇，以至于有时渴望二者都是我的父亲。当看到老杨的小女儿的时候，我想，老杨有一天也许会成为我的岳父。如果这样，父亲和他的矛盾就迎刃而解。当老杨老态龙钟了或者摔死于悬崖，他手中长着无数眼睛的猎枪肯定会传给他唯一的女婿，我就能像他那样扛着火枪穿过一排排茂密的茶树，从这座山岗到达另一座山岗，还能在山下响水底村的孩子们面前炫耀着手中的利器。

老杨的女儿看起来像他的孙女那样年轻，还比我小了三岁。第一次出现在我的眼前时就是在这个春天。她坐在老杨的自行车后座，从场部职工宿舍房后新拓宽的高高的泥路上顺势而下，老杨把车刹得吱吱地响。她好奇而欣喜地看着周边绵延的山峦和无边的茶树，还对人迹罕至雾气缭绕的茶场表现出少女的怀疑和警觉。她出奇地美。脸颊红润，头发幽黑，眼睛圆而大，穿着一件上好布料做的花格衬衣，色泽柔和，穿一双令人难忘的皮凉鞋，鞋面上恰到好处地镶嵌着一只半展翅的蝴蝶，我感觉到她的脚就是一朵不凋败的茶花，还散发着无尽的暗香。她还带着城镇女孩的娇媚和矜持，并由于她是场长的女儿而显得更加格调高雅气质高贵。她乍看我一眼的时候，灿烂的脸突然忧郁起来，侧着头，清澈的眼神由于我的原因变得异样恍惚，似乎是我勾起了她漫长的回忆。她抓住老杨的衣服，生怕从车上掉下来。我说："你不用怕，在这里，我陪你玩。"

她叫秀。

我跟着老杨，秀跟着我。我们一起去打狐狸。秀的小胆和拖泥带水令老杨很不高兴。有时为了追赶一只黄鼠狼，他必须高速奔跑。我就留下来陪泪流满面、在荆棘和蜂虫中惊慌失措寸步难行的秀。在回来的路上，在雾气的笼罩里，在猫头鹰、布谷鸟的交替鸣叫中，我给她讲茶山上各式各样的传说和见闻，我说起了做饭的老齐，他到山脚下挑水、摘菜时被野猪袭击的狼狈，从此他成了我捉弄的对象，有一次我用泥饼塞了他的烟囱他竟浑然不觉，一个小时的饭做了三个小时，被饿得发昏的工友骂了一通，秀咯咯地笑。甚至我还讲到了山神和山鬼、茶山漫长的黑夜和寂寞的白天。我们很快就成了要好的朋友。她越来越留恋茶山如梦如歌的风景和神奇，对我的依赖也越来越大，有一天她要我带她去看对面高高的山峰上住着绿狐狸的神秘的城堡。我想，离老杨成为我的岳父已经为期不远，到了那时候，我第一件事就是要接管他的猎枪。

然而，世事不可预料。在雾气消散、茶香升腾的时候，我在花丛中看到了秀白皙的脸上溅了零星血腥的尸体。那天的布谷鸟叫得最早最响。前天夜里，炒茶的人们还听到了狐狸的尖叫从看不见的城堡那边传过来，凄婉，悲凉。但没人把狐狸的尖叫当一回事，因为每天夜里都能听到山兽的吼叫。第二天人们起来摘早茶的时候，无意中绊到了秀的尸体。

秀是被老杨的火枪打死的，她的额头上有一个被子弹打穿的洞。有人听到了半夜的枪响，只是还不能最终断定是谁开的枪。在这个问题上没有人持否定态度，连老杨也承认，他悲痛欲绝涕泪横飞，带来了恼人的回潮天气，炒干的茶叶又给弄湿了，老齐做饭时发出喋喋不休的埋怨。我也很伤悲。我在这个春天里唯一的朋友就这样拂袖而去，我伤心得哭了。我哭的时候故意让老杨看在眼里，向他表明，不止他一个人为秀悲伤。老杨的目光从捂面的指缝间透出来，把我扫射得浑身湿透。同样潮湿的火枪依旧倚在门前，枪口朝上，我盯着它，想看清楚它的眼睛究竟长在哪里。

"过了这个春天，她才满十岁。"老杨哭喊着说，"我不该让她跟我来这个邪气深重的茶山。"

大家安慰着老杨。我的父亲也真诚地为老杨的不幸而难过，此时他已经将转干的事情置之度外，也不贸然反驳老杨关于茶山"邪气深重"的诊断。

茶场因为秀的被弑而停工，老杨很快陷于绝境。因为他的火枪。他怀疑自己梦中将梦游的女儿弑了，像将狐狸枪杀了一样。他躺在铺满了火楝树花的地上苦苦追忆昨晚和昨天曾经发生过的事情，并用自责的痛骂贯穿于追忆的全过程。我从没见过威严的、不用干活照样能拿最高工资的老杨如此痛苦不堪。我不想在如此凝重的气氛中消磨越来越短暂的春天。中午时分，我决定去散步。偌大的茶场和绵延的群山、躁动的百兽和奔跑的雾气，值得每一个人留恋。我沿着往山下的小路穿过茂密的茶树和捻子树，不时眺望对面迷茫的城堡。我的漫长的农忙假期也快将结束了。我开始想念我的同桌张峰、大瓣子叶玲、吊着长长鼻涕的黄娇艳，想念死去多年的母亲，想念我的现实生活。我反复捏弄着口袋子里的七元八角钱，一回到学校，我就给刻薄的班主任一个惊喜，把我前三个学期的欠费一并缴清。同样地，这一举动能引起全体同学目瞪口呆和惊慌失措。

"喂，你要去哪里？"

老齐从山下挑水、淘米、洗菜回来，气喘吁吁，在路上与我狭路相逢。我根本不想回答老齐。尽管每年的春天，是他陪我度过了寂寞的假期。因为大人们天未亮就已经出工，我起床时总是只能见到老齐在劈柴、淘米、大声吆喝着黑毛狗。我常常孤零零地徘徊在厨房的周围，在长满山茶花的山坡上，迎候父亲带领那些工友摘茶收工回来。我和老齐的恩怨像中国与越南的关系那样，磕磕碰碰，但大部分时间里我们相处得笑声飘扬。此时此刻，我心伤感，坚决不和他搭讪。如果他像会计老刘那样善解人意，就会理解一个十三岁男人的处境。

我就这样越过了老齐。过了他我才想起要对他说："看见尸体，谁还有心情吃饭？"

老齐似乎知道我想对他说什么，老远了还回头说："你最后一次看到秀是什么时候？"

我昂首挺胸地说："昨天下午，天快暗了——你什么意思？"

老齐肩上的担换到了右肩膀，对我的回答很感兴趣："你在哪里看到了她？"

"在半坡的水塘边，我们还看到了红色的鲤鱼，一条走失的老母牛躺在塘里，水塘里漂满了山茶花，红的白的都有。可是我没有杀秀。你知道我像你们一样不会用火枪——是火枪打死阿秀的。"我争辩说。

"我没说你杀她。谁想到你了？你的头发里还藏着茶花，你都快变成一棵茶树了。"

老齐不愿跟我多说什么。我走我的路。我想一直往响水底村走去。那里有一个瀑谷，有一幕无数水流汇聚成的很大的瀑布，如失控的雷鸣，响彻云霄。过了瀑谷就是响水底村，村的南面就是广东地界，村里的鸡经常越过粤界下完蛋又回来。村上有许多到了十岁仍不上学的小孩子和制作鞭炮的作坊。独眼左婆婆家养有一条三只脚的大公狗。听说善于飞檐走壁的张九叔能制作各式各样的膏药拿到镇上骗钱。其实山下的世界比茶山美妙丰富多彩得多。山上谁发烧感冒了还得到响水底村去找张九叔。我一直很想待在山下，但我害怕有精神病的李黑，他每天都吃掉十斤还不成熟的野芭蕉，在大瀑布上头拉屎。老齐走远了，担子压弯了他的腰。他是一个可怜虫，每个月都大大透支自己的工资，到了十五号就骂自己不是人。他的老婆得了子宫癌，在老家等他的钱。今天，我不想和别人说话，老齐是个例外，但此时我又碰上了三天进山一次的唐邮差。

我装作不认识他或者说没看见他，低着头要过了他。

身材高大的唐邮差挡住了我的去路，用审问的语气跟我说话："场长的小女儿是不是死了？他的老婆昨晚做了一个梦，梦见她的女儿死了，今天叫我上山来看个究竟。"

我说："是死了，我并不想看到她死——你手中有没有给她的信？"

唐邮差说："只有茶场的账单，财政所审核过了，送回来。当然还有三天前的报纸，看不到新报纸，你父亲会骂娘的。"

我说："我早没娘了。"

唐邮差的耳有点问题，记性也大不如前，只是越来越肥，走路越来越难看，看来他离转为正式工人的日子不会太过长久。唐邮差过后不久，我的身后就传来急促的哭泣和沉重的脚步声。我扭头一看，是老杨和我父亲。

老杨在前，我父亲殿后。老杨哭泣，老泪纵横，悔恨交加。我父亲扛着老杨的火枪，枪口并没有对着老杨，只是以60度角的斜率朝天。事不关己，父亲却脸色凝重，如当年我母亲去世时的表情。他们各有各的悲伤，都不正眼看我一眼，我拧了自己一把，怀疑我隐形了，我透明了，我摸不着自己。我惊恐地闪出一条宽阔的通道让他们从容而过。我想，老杨肯定是在我父亲的陪同下去镇上自首了。此去镇上三十多公里，再去二十公里就是我的家。我现在就是往家的方向。但要经过响水底村，很可能会碰上武疯子李黑。父亲也许就是要让我一个人独自回家，如果没有什么意外，两天后我就能到达我所在的清远村，一个盛产柚子的地方。但我开始埋怨父亲把老杨的自首看得过于重要，连自己的儿子也置之度外，他至少得询问一下我吃过饭了没有，我的学费和祖父的病，欠林大嘴的债，段考成绩单的处理意见。我远远地跟随在他们的身后。但跟不上。那么我就按我自己的节奏走路吧。

春天的气息里已经散发着热气。我的衣服有了一些汗。这套衣服是我最得体的、白色的的确良衬衣，黑色腈纶皮带式裤子，秀第一次看到我穿这套衣服的时候，她用惊讶的语气对我说："哗，你像一棵茶树，我能闻到你身上的茶花香了。"我对这句话记忆犹新，这是十三年来我听到的对我最好的评价。我告诉了她，这是与我父亲关系暧昧的方姨送给我的，其实是送给我父亲四十岁生日的最好礼物。方姨摘茶叶的手艺和速度是那么棒，每天摘的茶叶几乎是我父亲的两倍，白嫩的双手、尖长的手指永远散发着茶叶的幽香，只是她远没有我母亲好看。

大概是太紧张和太过高要求父亲了，我竟然有些生气。离响水底村还很遥远，我突然改变了主意，不想走了。我不想走那么远的路，一个人。我想返回场部看看秀。秀是不是真的死了，我突然弄不清楚，我把活着的秀和昨晚死掉的秀混淆了，把生和死混淆了。秀来到茶山的第五天，和我坐在狐狸经常出没的牛角坡，面朝坚固的城堡，大声争论什么叫死。她把人的"升天"叫作死，我把人的"入地"叫作死。我们为本来惊人一致的观点争论不休，从中午一直争到下午，直到听到老杨的火枪声从山那边传回来。但是，我们都不是净友，没有闻过则喜的胸怀。第二天，我们互不理睬。她竟然拒绝让我跟随她的父亲，哪怕做一条狗也不成。她也不跟随自己的父亲，就坐在火楝树下数蚂蚁。春天的蚂蚁永远数不胜数，她终于感到无聊和厌倦。

那天，她远远地朝着坐在厨房烟囱边的我喊：

"不如我们去看城堡。"

其实，即使她不主动和解，我也正准备与她冰释前嫌。因为她知道了我太多的秘密。五天来，为了博取她的信任和好感，我已经将我的全部秘密告诉了她，包括偷了老齐的七元八毛钱，这是我人生最大的污点和最不愿意为人所知的劣行。我过早地把秀当成了自己的爱人，但她竟浑然不觉。

我说："去城堡的路很崎岖，过两天雾气散尽再去更好一些。"

秀说不等了，她父亲要带她离开了。她向我走过来，我向她走过去。在这短暂的春天里，很多昆虫鸟兽都是这样走到一起的。十三年来，每一个春天我都在这里度过最温和、最暧昧的那段日子，在孤寂中对自然界观察入微。

"我爸随时都可能回到镇上去。明年春天我将跟表姐到县城里读书了。"秀说，"你已经十八次说到城堡上有绿狐狸，它们有漂亮的毛和眼睛。我就想看看城堡里究竟有没有绿狐狸。"

我早就有这种愿望。我们就这样骗过老齐的监视，从一条小道向高高的城堡出发。出发后的十分钟里，我们迅速恢复了友谊。我拉着她的手帮助她爬上陡峭的山路，如果有必要，我愿意背着她到达海拔八百米高之上的城堡。

"你真的不止一次到了城堡吗？"

我说："骗你我是狐狸。"

"城堡真的是狐狸的老巢？"

"那里有绿色和红色的狐狸，它们一般不出来，在家里守护小狐狸。但不能让你爸上去，城堡里的狐狸是不准人杀的，有山神保护，只有那些夜里偷吃场部的鸡的狐狸才遭到山神的遗弃。"

"偷总是不道德的。不管它是谁。"秀说。她的话深深地刺伤了我，我相信总有一天会被她出卖。如果老齐知道我偷了他的钱，明年春天我就不能来这里，我的父亲将会再次打得我痛不欲生。

然而我还是骗了她。其实，我从来没有去过城堡。我不敢。场部所有的人都没有去过那里。不是因为山太高了，而是听说远远看去是城堡，走近一看只是四堵爬满青藤的残墙断壁。这样的城堡到处都有，是过去附近的村民为了防范土匪筑起来的。在雾气中，城堡像一尊青铜方鼎森严得可怕。我估计狐狸也上不到那里，到了那里我的谎言便大白于天下。我们越过了三道山梁，离场部越来越远，但城堡仍然在遥远的山巅，坐落在黑暗的天堂门口。

我突然在一片茂密的山楂树林前停下来。

"也许那里还是山神居住的地方。"

"山神愿意和狐狸住在一起吗？"

"山神不讨厌狐狸，尽管它们有狐臭，还放臭屁。"

"你害怕见到山神？"

"我只是思考该走哪一条路更好。"

秀趁机坐下来喘气。

"其实……我们要看到绿狐狸不用到城堡上去。在这里也能看到。这里是它们回家的必经之路。"

秀用怀疑的眼光看着我，疲劳使她更加楚楚动人，她有些紧张，像出嫁路上的新娘。我也有些紧张，手在颤抖，折不断一根树枝，春天的树枝总是那么坚韧、多汁。雾气在移动，我也感到自己在不断地向上升腾，越升越高，越升越高，很快就要到达云端。我大喊一声："不。停下来。"

秀惊骇地看着我，她开始怀疑甚至惶恐。她环视四周，突然发现自己走得太远了，离家越远总是越危险。她站起来，露出城镇女孩子的娇气和霸道："我不去城堡了，我要回去！"

我不想那么美好的事情总是半途而废，拉住她的手，安慰说："你不想看绿狐狸了？不去城堡在这里也能看到。绿狐狸是世界上最漂亮最妖艳的动物，在城里的动物园里永远也看不到，它一离开茶山就活不了了。它可能就藏在花丛间，只要我们不说话，屏住气，我保证十分钟内它就会出来……我闻到它的味道了，你闻，真的是狐臭——其实像臭豆腐，狐臭也是一种香。"

我真的弄不清城镇女孩子的脾气，秀说要回去就回去。我有些慌乱，我的下半身已经胀得痛。

"你总得等我撒完这泡尿嘛。"我一手拉紧秀，一手将裤扣子解开。但扣子太紧，一只手解不开。

"你帮一下忙。"我说。我的愿望是如此强烈、迫切，我命令道。

秀的脸突然红扑扑的。我说："帮我解开中间的裤扣。"

秀说："你是坏蛋。"

"我不是，我只想你帮我解开裤扣子。"我说，"我一只手解不开，我的手被荆棵伤了。我早就对我爸说过，这扣子钉得太紧，他答应过让方姨弄得宽松一些。"

"你的另一只手……"

"我不能松，一松你就会跑的。你一跑就只剩下我一个人。我有点怕绿狐狸，绿狐狸是妖精。"

"你……你把我的手抓疼了。"

我把她的手松了一下。她乘机一下挣脱了，往山下跑，慌不择路，很快就摔跤了。我扑上去，再次抓住了她，并把她按倒在地上。

秀害怕得哭了，拼命挣扎，喊，但无人能听到。

我厉声说："不要哭了！再哭我会杀死你！"

254

秀的脸孔变得苍白。她此刻肯定想到了电影里杀人的恐怖情形。

"你不要杀我。你杀了我，我爸也会杀了你的，他有枪。"

我说："茶山早就不准打猎了，我告发你爸，让政府抓他。"

秀说："我爸跟政府的人很熟。我外公在县公安局里管很多的人。"

我黔驴技穷、气急败坏说："那么……你摸一下。"

我抓住她的手往我的裤裆塞。她反抗着，缩瑟，恐惧。绵延的群山像虎狼一样蠕动，绿狐狸随时会从身边跃过。我也一样害怕。

我哀求说："只摸一下。"

"不成！"秀说，异常坚决。

我生气了："你不相信我会杀了你？"

秀的反抗的手软了下来。指尖碰到了我的阴茎，宛如点石成金一样，那硬邦邦的东西顿时有一股热浆喷薄而出，射在秀的脸上。她的脸色更加苍白。

我长舒一口气，松开了她。她从地上爬起来，哭泣："很臭。"

我说："狐狸就在不远处。"

秀用手擦拭脸上的东西："这不是狐臭。你……你……你这个小偷，我要告诉我爸，你欺负了我。"

我怔怔地站着。这一切来得太突然，我从来不知道我会这样。我甚至后悔莫及。这和偷老齐的钱一样可耻，一样可以置我于死地。

我赶紧追赶。秀跑得很快，她不会摔跤了，稳健而敏捷，像狐狸一样在林荫道穿行。我竟然一时难以追上她。

"我不是小偷。"我在后面说，"我先前跟你说的话都是假的，包括城堡上的狐狸。我一直在骗你开心。我怎么会偷钱呢？"

秀摔了一小跤，但很快就爬起来，迅速地逃。她竟然认得回去的路。我并不想跟得太紧，怕她更加紧张，摔死于悬崖。我只是想和她和解，并不是要杀死她。

她累了，开始跌跌撞撞。我在她的身后，费尽口舌。

"我真的不是小偷。我是跟老齐闹着玩，我拿他的钱，七元八角，从他挂在木钉子上的衣服的衣兜里拿的，但我已经偷偷放回去了。我不忍心偷他的钱，他的老婆得了子宫癌，可能快死了。"我说，"我的学费就让它欠着，反正班上又不止我一个。"

秀不理，冷漠。她永远理解不了我内心的惶恐和伤感。

"你不知道我有多么可怜。五岁时母亲就死了，平日跟祖父生活在一起，我父亲与祖父势不两立，为各自微薄的利益争斗了十几年。实际上他们太过郁闷。我祖父也快死了，我本来要照顾他的，但我怕他有一天真死了，在我的眼皮底下死了。我看到了母亲的死，我绝不能再看到祖父的死。人是不能看到自己的死的。我也不想看到狐狸的死。我总希望你父亲的枪瞄不准，我成了它们的叛徒了。"

秀义无反顾。我哀劝她别走那么快。我们可以和解，甚至她可以带着我的友谊离开茶山到达我梦寐以求的县城，让它在县城里看车水马龙。

"我曾经想过抢劫。抢张峰的，他家比我阔多了。他在一帮女孩子面前耻笑过我的寒酸，你知道吗，整个春天我都在为此咬牙切齿。我真想杀了张峰。虽然有时候我也想念他。"

我追着说。追了好长的路。

"我告诉你，方姨一点也不好，她老劝我父亲辞职去深圳，我骂过她狐狸精。她是我最厌恶的女人，但是为了你，我还是穿上了她送给我的衣服。就这一套。你说我像一棵茶树，我就是一棵茶树。你说我是一条狗也成。我父亲憎恨你爸，但我不恨，一点也不恨，我想有你爸那样的父亲，把我也送到县城里读书，我们可以坐在一起……"

秀的脚步越来越快，像穿山甲在荆棘中与危险赛跑。

"我们清远村每年都有人杀人。前年冯六赌输了杀了张荣，去年芭蕉大跌价林雄杀了广东的一个蕉商，今年陈金杀了村农……我们那里的人喜欢杀人，日子过得不顺畅就杀人。去年我父亲差一点也杀了我，他烦躁，后来只是砸死了一条牛犊。"

……

我说得口干舌燥、气喘吁吁。我从来没有跟一个人说那么多的话，已经翻越三道山梁了，能看到冒烟的厨房和整齐的场部房屋。

秀捂住了耳朵，意思是说，她不愿意听我的解释和哀求。她连最后的机会都放弃了。看来我们不是同一类型的人，她来自天堂，应该回到那里去。

她终于又摔了跤。我扑上去，双膝跪住她的腰，右手按住她的头，左手勒住她的喉咙。她动弹不得，甚至连喊叫也无法进行。

"本来我们可以和解的。"我说。

秀的喉咙发出了咯咯的声音。我越勒越紧，我的力气有多大，她的脖子就有多难受。我感觉到了她微不足道的挣扎，腰，手，脚，头，毛发，眼，乃至舌头。

不知什么时候，她不动了。两只瞳孔像青蛙的眼睛，把蓝天白云映得一点光彩也没有。到底是黄昏了，黑暗无边地降临。

我松开，从容地站起来，如释重负。我对秀说，明年春天我照样还会来到这里。

我走出了好几步，但我不想让秀留在荒山野岭，狐狸会吃了她。我把她放在我的背上，太重了。我只能拖，拖死狗一样，从山腰上拖下来。一直将她拖到了场部外的茶树带上，让她躺在花丛间，双手抱在胸前，我还为她擦净脸上的污秽，抠净了嘴里的泥土，没有人发现我的劳苦。此时场部正在开会。老杨和我父亲争吵的声音比瀑布还响。他们在争权夺利，在决定明年春天的归属。茶场本来就是两个人的战争，我父亲一直想赢。做饭的老齐也站在门外听，本来与他关系不大的会议，他也格外关注。我若无其事地回到场部，转了一圈，发现一切与己无关，倒头便睡。

第二天起来，有人发现秀死了！这个沉痛的消息令我十分震惊，尽管是早就知道。但她的额头上的枪口令我惊骇。

我不知道是谁在她的头上打了一枪。秀的脸是那么漂亮、纯洁、恬静、安详，溅了些零星血迹也不能改变她可爱的模样。

我装出一副事不关己的模样，在场部走来走去，让他们不怀疑到我的身上。但我不会开枪，他们不会怀疑到我的——说实话，我还怀疑他们中的每一个人呢。

现在，已经是下午，老杨在我父亲的陪同下到镇上去了。老杨在派出所里将有多种解释，我的父亲将为他作证，甚至还为事情的诡异和不可思议辩解几句。估计明天一早就会有警察来到茶场，响水底村的人们也将不辞劳苦爬上来看热闹。我怕见到武疯子李黑。我捏紧了口袋里的七元八角钱，那是我的耻辱，但我要拿它向班主任讨回尊严。

在返回场部的路上，我并没有停止思考。我琢磨着下一个问题："是谁恨秀？"

除了老杨，还有谁会用枪？谁的枪法那么准？老杨多次说过，枪是有眼睛的，可是枪的眼睛究竟长在哪里？

老杨和父亲又翻越了一道山梁，远远、高高地模糊在我的视线里。我突然发现，他们的步伐是那样整齐有序，抬步、摆手、挺胸之间露出了军人特有的威武气质。其实他们也有共同点，只是彼此都没有发现而已。再过一道山梁就是响水底村了，首先展现在他们眼前的将是一帘盛大的瀑布。

美 差

说起来已经是二十年前了。那年夏天已过还没有到中秋，本来已是农闲时节，男人可以围着打牌小赌吃喝，女人则应该蹲在榕树下互相帮助，用线除掉脸额上的死皮和粗黑的面毛。但一反常态的是，村里正异常忙碌，纷纷开垦坡地种上杂粮以备安度荒年。我家的坡地特别多，有些荒废多年的现在也要重新耕种。父亲的计划是迅速种上秋麦、红薯、木薯和黄豆等五谷杂粮，因此，我们兄弟三人都向学校请了假，在家里帮助父母。然而，正是在这繁忙时节，我却意外地得到了一个美差——卖鸡。

那天一早，我带着对学校的眷恋扛起锄头，正要跟随父亲出发干活，母亲却叫住我。她站在堂屋高高的门槛上，手里倒抓着一只空米桶，声音有些沮丧。

"把家里的鸡担到镇上卖掉吧，总比白白死掉了好。"

家里有十二只鸡，个个都很肥壮，村里很多鸡都死掉了，它们还亭亭玉立，父亲的意见是等母亲生孩子的时候宰杀给她补身子。估计到腊月母亲便要生下第三个弟弟了。那将是我们一家人享受鸡肉美味的时候。但母亲还是决定把鸡卖掉。

　　在我们狐疑之际，母亲已经吹响口哨，把散落在院子里各角落的鸡召集到一起。

　　"得卖鸡换粮了。"母亲当机立断地说。

　　我家的粮仓已经空荡荡的，连老鼠都搬迁到别的地方去了，一家人喝了好几天稀粥，还没爬上山坡弟弟们便暗地里叫饿。其实我比谁都饿，只是不敢叫出来。本来我们不应窘迫到这个地步，但去年无处不在的福寿螺把水稻啃光了，这年春天稻田里发生了一场来历不明的病虫害，农业站还来不及找到合适的农药，村里的水稻便连片枯萎了，取而代之的是旺盛的像蒜苗一样的杂草，贪婪地消耗着田里剩余的养分。这种病能传染，附近的村也出现了这种情况，人们束手无策，眼睁睁地看着禾苗枯萎在地里。到了稻熟时节，人们手执镰刀站在田埂上怨声载道，还得为缴纳政府的公购粮而苦恼。因此，这个夏天是我听到的最多诅咒和叹息的一个夏天。接踵而至的便是饥饿，村里的每家每户都把粮仓的粮食看得比钱袋子还重要，谁也不愿意把仅存的一点口粮借给别人。老人们更是想到了曾经经历过的大饥荒，他们甚至坚信每隔多少年便要出现一次饥荒，像瘟疫的出现一样，这是轮回，是自然规律，是上天的安排，是天灾人祸，是躲不过去的劫难。饥荒是一把杀人刀，到了万不得已的时候，还得易子而食。由于老人们的危言耸听，人们内心便有了隐隐约约的惊慌，从每餐做干饭改为稀饭，稀饭再加多一点的水，或掺杂些红薯青菜，总之尽量节省一些米，那些猪、狗、鸡越来越难吃到米，日渐消瘦了。作为农民，我们村里只有卖米，没有谁从市场上买过米回来。在我们眼里，买米是丢人的事，意味着懒惰、无能、傻逼、窝囊废，连田都种不好！况且，钱本来就缺得紧，除了人情往来、上学、治病，从来就没有买米的预算和盈余。遇到青黄不接，饿得不成了只好硬着头皮向关系好的信得过的人借米。即使是借米，也是在夜里悄悄进行的，双方都不会声张，如果债主多嘴泄露了谁借了她家的米，肯定会引发一场争吵，借米的人会马上把米退还给她，从此反目成仇，饿死也不会再借她一粒米。过了几年温饱日子，人们的肚皮挨受不了太大的饥饿，特别是小孩子，吃不饱便不愿放下碗筷。父亲到外婆家借米，外婆把米桶里的米全部倒进了父亲的袋子，只够我们吃了一个星期。村里有人踌躇满志地到高州乡下的亲戚借米，结果挑回来的只是一小袋红薯。当大家都发觉没有米可借时，终于放下架子，开始是偷偷摸摸，后来是光明正大地从镇上买些米回来给老人孩子们充饥。

　　然而，祸不单行的是，从镇上传来了米价不断上扬的消息，甚至一天之内变动多次。在供销社上班的阙开来晚上回来首先告诉人们的是，米价比中午又上涨了两毛，粮所的碾米机日夜不停地碾米，还加强了警戒，怕被偷抢，但粮所的米大部分是运往城市供不种田的人吃的，我们买不到。那些抓着不多的钞票还在等待观望的人慢慢坐不住了，因为早上还能买一百斤米的钱到了下午只能买八十斤了。"米价像产妇的奶子——胀（涨）得要紧。"男人们说。

其实不止米价，其他商品的价格也迎风飘扬，一路飙升。为了节约，母亲洗干净擦台布重新做洗脸巾用，父亲刷牙不用牙膏了，村里的妇女甚至不敢奢用卫生巾而翻箱倒柜找出弃置多年的卫生带。与此同时，一场台风过后，鸡瘟也暗暗逼近米庄，十几天前便有人开始往芭蕉地里埋死鸡了，我们甚至听不到清晨的鸡鸣。虽然我家的鸡安然无恙，但母亲已经敏锐地意识到，必须把鸡卖掉，即使便宜一点也要卖掉，一天也不能再等。

我很久没到镇上去了，不知道电影院又放了什么新片，旧邮政所门前杂耍的江湖佬还有什么吸引人的新把戏，大牙蔡的米粉摊是否还老是围着那么多的食客划拳吆喝。我早就盼望去一趟镇上了，再不去一趟，谷镇便永远与我无关了。但两个弟弟也扔掉锄头，争着要和我抢夺至少是分享这个美差。他们对母亲说，愿意抬着一大笼子鸡到镇上去，那样既不容易受骗上当，又能照顾到他们两人同时赶一次集。他们像我一样也很久没到镇上去了。结果我和两个弟弟发生了激烈的争吵。平时我们断然不敢在母亲面前吵架，除非想挨揍。两个弟弟一点也不示弱，在母亲面前历数他们曾经做过的一些重活和大事，甚至给我翻旧账，说我以前办砸了哪些事。总之，他们就是要以两个人的力量击败我让母亲改变主意。在我们兄弟争吵不休时，母亲也曾考虑过父亲，让他停工卖鸡。父亲也希望赶集，和大牙蔡粉摊前的酒鬼们再决高低。他满怀信心，放下担子，要进房去换上像样一点的衣服准备赶集。但母亲最终维持了原判，把这个重大的任务交到我的肩上。父亲表现出了不恰当的意外和惊讶，我的弟弟们更是对我充满了妒忌，我却兴奋得像要去一趟北京。挑一担鸡到镇上虽然并不比种杂粮轻松，但毕竟能去一趟镇上。我十分珍惜这一次机会，兴奋地在院子里跑圈热身。母亲把鸡拢在一起，不惜血本地往糠里掺杂了一些米饭，把鸡强灌得饱饱的，然后把它们抓进两只四方的竹笼里。母亲郑重地把一根溜滑的扁担交给我，并反复强调，到了镇上，一定要到肉行靠电影院的墙角前找到二舅父，让他帮你把鸡卖掉，然后，用一半钱买米，要最便宜的，另一半给你们兄弟补交学费。二舅父是卖帽子的，每天都会出现在那里。我已经挑起两笼子鸡上路，母亲还在后面追着我说："你得抄近路，如果走大路，赶到镇上要散圩了。"散圩就是赶集的人都回了家，留下空荡荡的街道和打扫街道的人。

我知道了，要抄近路。但抄近路得经过鬼村。我害怕一个人经过鬼村。鬼村不叫鬼村，叫河村，也并非有鬼，只是村上的人长得丑陋，面目可憎，让人胆战。但母亲的话我不能不服从，况且，也没有人愚蠢到挑着一副重担绕道而行，多走六七公里的路。

那时我们村里只有阙开来的一辆自行车，他谁也不会借的，况且会骑自行车的人并不多，因此没有多少人走大路赶集。如果不是为了去一次久违了的镇上，我不会选择挑着一担鸡赶集。出发时，为了打消母亲的顾虑确保她不改变主意，我故作轻松，挑起担子做健步如飞状。其实我的肩头承受不了这副沉重的担子，走出她的视线后，我的背便被压得弯曲，扁担在左右肩膀和颈椎间不断轮换，笼子里的鸡也由于我的摇晃而惊惶乱跳，给我增加了额外的重量。狭窄而崎岖的山路像布满了荆棘，我逐渐举步维艰，越来越不想用脚走路。而离镇还有很长的路呢。那些肩头空荡荡的人不断从我身边走过，还不时回头向我笑笑，看似为我担心，实际上是在取笑。我放下担子休息的频率越来越高，时间越来越长。还没到鬼村，我已经休息了八次。从我身边经过的人越来越少，意味着留在我身后的赶集的人越来越少了。我抬头看太阳，它正在头顶上。我想摘两片荷叶盖住鸡笼子遮挡阳光，但一直到了鬼村才看到池塘里开放着硕大的荷叶。

池塘就在鬼村的村口。鬼村的人都住在陡峭的山坡上，住在杂树和青竹之中，只有当头的一座深不可测的老宅高高地耸立在路人的眼前。一座杂草丛生的石阶从老宅的门槛儿上扔下来，搭在池塘的边上。虽然没上过这座石阶半步，但我常常看见老宅的门口前坐着奇形怪状的人：畸形脚的，兔唇的，阴阳脸的，盲目的，断臂的，疯疯癫癫的……那些人的脸上时刻保持着冷若冰霜的怪笑，用眼睛直勾勾地看着你，让你毛骨悚然，连狗也不敢竖起尾巴。多年前这是一个麻风病村，现在又被人称为鬼村。人们都说，这个村原来是一堆坟墓的，他们的祖辈从江西搬迁到了这里后便成了一个村了。邻近的村都不愿跟他们来往。因此鬼村是一个孤村，除了他们，方圆几里没有其他人烟居住。我们村里胆小的妇女不敢单独从鬼村门前经过，即使那里是去赶集的必由之路。我有一次单独经过鬼村被一个严重兔唇的女人——一个只有十一二岁的小女人惊吓，回来后每天在梦中惊叫，常常把邻里吵醒。后来母亲请了一个巫婆给我做了法事，我才恢复正常。因此我对鬼村充满了仇恨，常常想着一把火烧了它。对那个兔唇女孩也恨之入骨，她的四环素牙齿像一排生锈的刀子裸露在脸上，她无疑是这个世界上最丑陋的女人，而且她还有一个阴阳脸的母亲，所有的丑陋都集中在她们一家的身上了，这是上天公平的体现。

鬼村一片肃静，四周没有人行走，增加了阴森感。茂盛的荷叶在向我招手，但我还是不敢停留片刻，咬咬牙快速往密林的山路走去。过了鬼村，便是一片山林，绵延至离镇不远的公路边。阳光很少骚扰我们，我沿着这条细长的山路往镇上赶。但越是焦急，肩膀上的担子便越摇摆，越沉重。我不得不每走两三百米便停下来休息一会。走路的时候，我气喘吁吁在想，等到卖掉这些鸡，回来时又得挑着几十斤米，这一趟集一点也不会轻松。现在唯一让我兴奋的是，到了镇上，卖掉鸡，我可以先斩后奏，从卖鸡款中抽出一块钱闯进电影院看一场电影，这个举动作为对我辛苦的奖赏，母亲是不会反对的。

怀揣着这个强烈的愿望，我终于到达镇上。但此时赶集的人正陆续散去，街头的摊点也正在收拾，街上的行人稀稀拉拉的，比闲日还冷清，只有那些仍在粥店或粉摊前盯着空酒杯的酒鬼还赖着不愿离开。我拦住一个戴手表的人问时间，答，正好三点。下午三点。平时圩日即使是下午五点，镇上仍会有不少人在游荡，但今天突然出奇地寂寥，给闷热的天气增添了几分面子。逆着行人回家的方向，我跌跌撞撞向电影院赶去。电影院大门紧闭，电影早已经散场，或者今天根本就没有放电影。肉行里空无一人，一条老狗在肉台前嗅来嗅去，一无所获。穿过稀稀拉拉的几个人，往墙角里看，却不见二舅父，他的摊位所在的位置上躺着一头老母猪，浑身是泥，两排乳房像枯萎的黄瓜落满了苍蝇。我放下担子，用扁担凶狠地轰走那头母猪，然后向旁边的一个阉鸡佬打听二舅父。

"你说的是那个卖草帽的老瘸子，他今天没来，可能快死了。"这个胡子像草一样的白发老头左手捏紧矿泉水瓶，用射出来的水洗掉右手上的血迹，说明他也要收拾东西走了。

我说："我二舅好端端的，不会死的，即使很多人死了，我二舅也不会死。"

阉鸡老头说："你多久没看见你二舅了？"

我说："大半年啦。"

阉鸡老头指着旁边的一堆垃圾说："前几天你二舅在那边绊着一只死鸡，摔了一个跟头，在家里躺着，听说快不成了——你看，那边又有几只死鸡，到处都是死鸡！"

不远处的垃圾堆旁果然有几只比我笼子里所有的鸡都要肥大的鸡，跟垃圾混在一起。那么漂亮的鸡竟然被抛弃在垃圾堆里，狗也不理。

阉鸡老头幸灾乐祸地说："你怎么还挑鸡出来卖？谁还敢吃鸡肉啊——全世界的鸡都死光了，你的鸡竟然还没死？等一会，工商所的人来了还要没收你的鸡拿去焚烧、活埋。"

我说："我的鸡没有病，是好鸡，你看，它们像狗一样欢蹦乱跳——我原以为二舅会帮我卖鸡的。"

阉鸡老头嗤地笑了笑："你在这里等吧，也许你二舅会来的……"

看来阉鸡老头先前的话是真的。那我怎么办？我茫然不知所措。这担子鸡怎么办？阉鸡老头颤巍巍地站起来，阴阴地说："没有人吃鸡肉了，鸡瘟会传染给人，人得了鸡瘟便是人头瘟，那是不得了的事！即使没有鸡瘟，也没人花钱买鸡，你去米行看看，一元一斤的米，我活了那么老，从没见过米比金豆贵——连饭都快吃不上了，还吃鸡肉！"

收购站左侧的盲子修鞋店门外，一个戴着竹叶帽的破烂老头远远地往我这边咧了咧嘴，我并没有理会他，因为他肯定买不起鸡。但他竟快步走到垃圾堆旁，捡起一只死鸡，抓着鸡脚抖动几下，朝我走过来，冲着阉鸡老头说："今晚又有下酒菜了。"那只死鸡的双脚已经呈黑紫色，一群苍蝇追逐在鸡的周围。阉鸡老头捏着鼻子，向破烂老头使劲挥手，叫他滚。借着阉鸡老头的威风，我也向破烂老头吼了一声："离远点，别把鸡瘟传染到我的鸡身上！"破烂老头并不理会我，自个吹了一通他的本事，他说他能将死鸡变成活鸡，能把死鸡肉做成连皇帝也眼馋的宫廷菜。估计阉鸡老头与破烂老头素有来往，否则破烂老头不会诚邀他一起饮酒。但阉鸡老头老谋深算地轰走了他。破烂老头哼着小调，得意扬扬地往电影院左侧的小巷深处走去。走远了，仍不时把鸡提到眼前，津津有味地赞叹这道下酒菜。

"他跟你二舅一样，是一个酒鬼，除了人肉什么都敢吃。我跟他不同，我不吃病死鸡，连阉死的鸡也不吃。"阉鸡老头说，"不过，我也很久没吃鸡肉了，今天是我的生日，阉鸡佬也得过生日——你的鸡，卖一只给我吧，总比死了扔掉好。"

"我的鸡不会死。"我说，"你看，我的鸡比你灵活，还要比你长寿。"

"你究竟卖不卖？"阉鸡老头不高兴了。

我老成地说卖："五元一斤，一斤鸡三斤米，少了不卖。"

阉鸡老头不屑地哂笑："五元一只吧——其实一只鸡早已经不值五元钱，我过生日要吃鸡肉了才给你五元。"

这个该死的老头终于露出了狐狸的尾巴。这是一只对鸡虎视眈眈的狐狸。我不能小看任何一个老头。人越老，阴谋诡计越多。老头都是人精。我断然拒绝了他，一只又肥又大的土鸡才五元，这是天底下最荒唐的事情，只有阉鸡佬才会说得出口。我说："你干脆效仿破烂老头，从垃圾堆那边捡，不要钱，那边还有好几只死鸡，你看，又有人扔死鸡了，挺新鲜的，或许还有热气。"

"我是熊命，我说过我不会吃病死鸡的。"这个倔老头竟索性坐在一旁，笑眯眯地看着我，看那副相，就是要等，跟我比耐性。

我说："你不用等了，我不会卖给你的，即使我的鸡全死掉了，我也不会五元钱一只卖掉，我也要担回家去，当肥料埋到芭蕉树下，来年芭蕉也有好收成。"

老头并着急，依旧笑眯眯地坐着，并从怀里摸出一根烟枪，闲散地抽着旱烟。看来，他有足够的耐心跟我磨耗。我则举目四顾，等待顾客。但过了很久，仍无人问津。行人越来越稀少，连酱油摊点也收拾东西关门了。我终于鼓足勇气，张嘴吆喝"卖鸡"。但我的吆喝引来了一个穿红绿相间的工作服的环卫工人。又是一个高高瘦瘦的老头。他推着垃圾车停在我的旁边，大声斥责我："你怎么能乱扔病死鸡？你是不是要把全镇的居民都害死才甘心！"我辩解说："不是我扔的，我的鸡好好的，死鸡是别人扔的。"扫地老头说："你怎么抵赖？这些病死鸡跟你笼子里的鸡明明是一样的，大小和毛发都相同，是同一个母鸡生下来的——做了坏事你还死不承认，再狡辩我便罚你的款！"说罢，他真的从口袋里掏出一块红袖章熟练地戴在臂膀上，气势汹汹地看着我。我不敢再争辩，干脆默认了。扫地老头说："你得开口认错。"我说："那些死鸡是我的，是我错了，我不该乱扔垃圾累死环卫工。"阉鸡老头忍俊不禁，哈哈大笑。那个粗鲁的扫地老头还不肯原谅我："你加重了我的工作量，我不罚你了，但你得送我一只活鸡，就左边笼子黄毛的那只，黄毛的好。"我说："不成。""怎么不成？"我说："我不能白送你一只鸡！""怎么是白送？明明是以鸡代罚款嘛，那么你按规章交罚款也成。"扫地老头从口袋里摸出一张皱巴巴的单据在我眼前晃荡。我哇一声哭了。我是真哭。委屈，害怕，绝望，孤立无援。

想不到阉鸡老头竟然站出来为我求情、辩护，先是客气地说了一通，后来跟扫地老头大声论理，最后甚至卷起袖子做出要打架的凶悍来。也许扫地老头明白自己打不过阉鸡老头，对阉鸡老头"呸"了一声，恶狠狠地骂了几句，扫兴地拉着木车走了。出于对阉鸡老头的感激，更确切地说，是为了在米行关门之前买到哪怕可怜的几斤米，我答应卖给阉鸡老头一只鸡，五元钱。阉鸡老头从笼子里随意抓了一只鸡，掂了掂，在拿走前竟有点迟疑了："要不，我再多给你两块。"他果然给了我七块钱，沾着鸡血的钱。阉鸡老头把鸡揣在怀里，慌张地抓起他的袋子往谷河方向匆匆走了，步伐急得有点不稳，在旧茶厂拐弯时打了几个趔趄，幸好没有摔倒。他肯定害怕我改变主意。但我怎么会随意改变主意呢？

卖掉了一只鸡，我的担子不平衡了，我灵机一动，往少了一只鸡的笼子里放了一块石头，担子又重新平衡了。我挑着担子，走在通往米行的漫长而古老的石板路上，稀稀拉拉的行人主动为我闪出一条通道来。

米行冷冷清清的，但还没有关门。他们仿佛是在等我，而且等了很长的时间。米行的老板们个个都热情洋溢，但当知道我的口袋里只有七块钱的时候，他们马上把热情藏了起来，像财主遇上了强盗似的。几家米店甚至把店外的东西搬回店里，要关门了。还在等待我表态的老板已经多次问我到底要哪一种米。最贵的一块八，最便宜的一块三。便宜的是陈年粮，有异味，但多淘几次还能煮吃。贵的是泰国货，当然好吃，煮饭的时候全村人都能闻到香气，他们会羡慕得要死——来几斤吧，闻一下香气也能饱几天。

我算开了眼界！

"究竟你要不要米？"

我犹豫不决。实际上是米价把我吓呆了。

"米，凭什么那么贵？"我嘟噜说。本来我是说给自己听的，但米行的老板们都听见了。这样的话估计听了无数遍，否则他们不会那么不耐烦。

他们嘲讽说："贵什么，你小小年纪的，知道什么叫贵贱？王公贵族叫作贵，平民百姓才叫贱——你见过用一个小孩换一斗米吗？你见过人吃人吗？嗟，如果嫌米贵，干脆不要活了！"

不就是卖米吗，干吗把话说得那么难听！当然也有好说话一点的，但连这样的话里也夹着刺："明天你再来，或许明天的米不要钱了，政府开仓赈灾，你挑着箩筐到粮管所排队就是了——哎哟，你，你干吗挑一担鸡到米行来？"

我回过神来，急中生智："我，我决定以鸡换米，一斤鸡三斤米。"

但我的主意刚提出，便唤醒了米行老板们的警觉："去，你怎么把一担病鸡挑到米行来呢！我们的米还要不要卖！你想坏了我们的米！"

我争辩说："我的鸡不是病鸡。"

"你看你的鸡，头都蔫了，歪歪斜斜的，还不是病鸡？还想换我们的米！你为什么不担一担狗屎来换我们的米？这里不是环卫站，你把鸡倒到垃圾站去！不过，垃圾站也不准你倒的，你把它们埋了，谷河对岸有一块空地，本来是留给医院专门埋尸体的，但高佬养鸡场天天往那里埋鸡，那里的草长得比你还高哩。"

我反唇相讥说："我的鸡没病，比你们灵活，还比你们长寿。"

我的话一下子激怒了他们，有人抓起一把扫帚要驱赶我。我说，我要买七块钱的米——我有现钱。但他们决意要驱赶我了，没有一个对我客气的，我只好走，并灵光一闪，决定改变这七块钱的用途。

其实从阉鸡老头手中接过来的一瞬间，我便有打这七块钱主意的念头，只是一直没攒够勇气，米行的老板们让我做出了背经离道的抉择。天无绝人之路，我就不相信少了七块钱的米，我的一家便全饿死！

百货大楼的售货员正在做下班前的最后准备，我扔下担子，冲到柜台前，匆忙要了一双女式皮凉鞋。我一眼便看见了这双鞋的鞋面各有一只振翅欲飞的蜻蜓。那是世界上最美的一双鞋，我要把它送给天底下最美的女人。上天对我不薄的是，这双鞋刚好七元钱，只要多一分钱我便要与之失之交臂。我的天，刚好七块。我对阉鸡老头多给我两元钱充满感激。那个脸上布满雀斑的女售货员狐疑地对我打量了一番，确信我手上真有七块钱后才把不耐烦的表情放松下来。

"你的钱怎么这么脏？你拿钱当卫生巾用了？"女售货员看着我扔在柜台上的钱大惊小怪，甚至捏紧了鼻子。当她看到门外的长廊上那两笼子鸡时，她更是惊叫莫名，引起其他售货员的侧目。

"快，快叫防疫站的人来消毒！"那女人好像正被人强奸一样，声嘶力竭地喊。

我生怕售货员改变主意，赶紧抓起皮凉鞋，冲出百货大楼，挑起担子便跑。一路上，来不及看一眼大声招揽生意的粉摊老板大牙蔡，也顾不上向不小心被笼子碰到的行人说声对不起。我只顾跑。当走出镇时，我跑不动了，才知道原来肚子饿了，即使把那双皮凉鞋叠着插在皮带下，裤头还是显得过于宽松，我不得不用一只手揪紧裤子不让它往下滑落。我并没有意识到自己的狼狈和猥琐，反而突然变得兴奋和幸福起来。此时此刻的全部力量都来自腰间的那双皮凉鞋，它是一台永动机。那双鞋寄托了生的希望和死的可能，所有的风险在它面前都不值一提。

李美元，校长的女儿。我早已经向她承诺，生日那天送她一双红蜻蜓皮凉鞋。那时我的口袋里不名一钱，连一支铅笔也买不起。但勇气像屁一样说来便来，我竟在一帮混混面前说出如此超现实主义的话。我的信口开河已经成为整个学校茶余饭后的笑柄。那时候，我们学校还没有人穿上皮凉鞋，唯一一次看到皮凉鞋的是今年春天县教育局的一位女干部来学校视察工作，我们都被她优雅的气质所吸引。她的气质来自脚下的一双皮凉鞋。李美元羡慕地说："那是一双名牌货，红蜻蜓。"看她对皮凉鞋的渴望的样子，仿佛在告诉我们，如果谁送她一双皮凉鞋，她愿以身相许。那时的李美元，除了有点骚，就是美。她本来不是我们学校的，她的父亲调到我们学校后她才转到我们班的。但她比我大了整整四岁。她先后留了两次级，还休学了一年，因为成绩实在太差劲了，给校长父亲丢尽了脸面。她还比我高大，已经成熟得像个女人了，而且穿戴很新潮，天天都穿着拖泥带水的喇叭裤在我们面前晃来晃去。大家都知道，转来我们学校之前，李美元竟然与一个高中生谈过恋爱，曾被人在谷河的桥洞里抓个正着。我们当面叫她李美元，暗地里骂她李骚货。她本名也不叫李美元，是因为她喜欢美元（虽然她从没见过真正的美元），所以我们才叫她李美元的。我并不觉得喜欢美元有什么不好，即使她热爱黄金也无可厚非。她的风流逸闻也不足于将我打倒，跟很多男生一样，我是一个混蛋，我瞎了眼，我鬼迷心窍，我喜欢上她了，甚至常常为此事而烦恼，因为我害怕将来母亲不答应我们的婚事，谁家愿意娶一个众所周知的骚货做媳妇呢？但我侥幸地想，跟校长的女儿结婚，那是光宗耀祖的事，即使娶回的是一个妖精，母亲也会高兴的。当年母亲也被人骂过骚货，而今她不也老老实实给我父亲生了几个孩子？然而没有谁知道，半年来，我是如何为了一双皮凉鞋而焦头烂额煞费苦心，甚至动过潜入县城偷走教育局女干部那双皮凉鞋的念头。现在，不用远赴县城，终于也有一双红蜻蜓皮凉鞋紧紧贴在腰间，插翅难飞。

然而，我细看笼子里的鸡，它们的神态的确跟来的时候大相径庭。病恹恹的，垂头丧气，萎靡不振，像公判台上的囚犯。这是得了瘟疫的征兆。米行的老板没有说错，我的鸡真的成了病鸡。我得赶紧把它们挑回到家里，至少让它们活着站在母亲的面前——哪怕它们在我母亲面前站立一秒钟后便倒地身亡。我得与时间赛跑。然而，抬头看天，不知何时头上已经黑云涌动，天地变色。

黄昏突然降临。

我发誓，下一次，我再也不会挑一担鸡赶集了。但一边拼命往家里赶，一边得为卖掉了一只鸡并花掉了七块钱找一个恰如其分的理由，我决不能让母亲看到我腰间的凉皮鞋。我母亲的凶悍早已经闻名遐迩，如果知道我为了李美元而处理了一只鸡，她会咆哮如雷，把我痛打一顿甚至将我赶出家门。我不想让笼子里的鸡一只只地死在路上，步子走得挺快，不知不觉走上了回家的山路。

山路两旁密林如盖，幽暗得像一条通往地狱的隧道。我一个人走在这条漫长的山路上，即使有一千道难题正缠绕着我，我也会为眼下的孤寂而害怕。我的双脚不是因为累而颤抖，而是由于害怕。我生怕走慢一点便要被从地下冒出来的鬼手抓住。再转一个弯鬼村便到了，但密谋了许久的大雨突然降临，像山体滑坡一样，猝不及防。

大雨哗啦，像鬼嚎，像冰雹砸在我的身上，连树荫也无法阻挡。我和笼子里的鸡都变成了落汤鸡。密林间的山路被雨雾笼罩，鬼村里传来阵阵鬼气，在我面前变成了张牙舞爪的鬼影。所有的关于鬼的传说一下占领了我的脑袋，全身突然战栗，头发仿佛竖了起来，群鬼在身后追赶，我惊惶而逃，两只笼子摆动得甚是厉害，在一处转弯处，后笼子被一树桩钩了一下，我忽然失去平衡，双脚一滑，仰面摔倒。我以最快的速度爬起来，第一时间摸了腰间，皮凉鞋还紧紧地贴在我的怀里，但两只笼子正以不同的方向往山脚的深渊滚下去。鸡在笼子里绝望地惊叫。我拼命地追，希望能抓住其中的一只笼子。但我的双脚不听使唤，再次滑倒，并像笼子一样失去控制，往下滑。我本能地抓住了一条野藤，艰难地爬起来。幸好，两只笼子也停止了滚动，被两棵树卡住了，谢天谢地。但细看，笼子是空的，鸡们正四散往草丛、树丛中钻，羽毛散落得到处都是。

我别无选择，必须将鸡一只一只地抓回来。然而，受了惊吓和雨淋的鸡如惊弓之鸟，拼命往荆棘堆里钻。雨水迷糊了我的双眼，双手在草丛中乱抓胡掏，被荆棘划出血来也不觉得疼痛。但在追赶一只鸡的时候，我突然掉进了一个杂草丛生的坑里，双脚踩着了几块木板，我知道，掉进棺材坑了。我奋力往上爬，但太滑，几次功亏一篑，山洪不断灌注进来，坑里的水越来越多，我以为我会淹死在这里。空山无人，孤立无援，我终于号啕大哭。

但号哭反而增加了内心的恐惧，在慌乱中，我抓住一块长长的棺材板，顺着这块板，借助杂草的力量，艰难地爬出了棺材坑。恐惧到极点便是勇敢。棺材坑都掉进去一次了，我还有什么值得害怕的？我豁出去了，即使一千只鬼在身边张开血盆大口，我也要把鸡全找回来。我疯狂地在每一个树丛、草丛中寻找，把那些首尾不能兼顾的鸡一只只地从草丛中拖出来，狠狠地塞进笼子里去。不知费了多大周折和时间，十一只鸡终于全部找回来！我冒雨又踏上了回家的路。在经过鬼村的时候，我把所有的新仇旧恨都算在了鬼村的头上，并灵机一动，七块钱的问题迎刃而解。

回到米庄，雨停了，村里一片寂静，人们早已经安睡。我用最后一点力气拍响家门，叫了一声妈。

当母亲和父亲看到我挑着一担鸡失魂落魄地站在门口的时候，目瞪口呆，好半晌说不出话来。

"妈，你看，鸡还活着，我给你带回来了。"我说。

母亲用灯照了照笼子里的鸡，尽管每一个都奄奄一息，歪歪扭扭的，但它们还顽强地站立着，直到半夜才一个个地死去。第二天一早，面对一堆鸡的尸体，母亲厉声地问我："少了一只鸡！"

我说："那只鸡跑进了鬼村，找不着了。"母亲质问："你真的看见它跑进了鬼村？"我坚定地点了点头。然而，正是我这一肯定，母亲把鬼村闹翻了天。

母亲听不进父亲的一句劝告，对父亲吼道："把鸡埋了——人死了也得埋！"说罢，拉起我便往鬼村赶。

一路上，看到母亲气势汹汹的样子，我意识到了撒谎的后果将有多么严重，但如果我更正谎言，后果也会很可怕。昨天，母亲以为我卖完鸡后，跟二舅去了外婆家。我好久没去外婆家了。我告诉她，二舅可能快死了，但她说二舅不会死的，要死的话，三年困难时期便死了，现在太平盛世的二舅死不了。我想多做些解释，平息母亲心中的怒气，但临近鬼村，她不再让我开口。

站在鬼村外面，母亲犹豫了一下，才爬上高高的石阶，张嘴便嚷："你们把我家的鸡放出来！谁也别想白吃了我家的鸡。"

看样子，母亲要把所有的怒火和悲伤都转嫁到鬼村。

我从没进过鬼村。传说中的鬼村是那样阴森恐怖，但实际上跟我们米庄差不了多少，只是比我们米庄的房子更破烂一点而已。我终于看到了几乎所有奇形怪状的人。他们都向我们围了过来。兔唇的、偏头的、断手的、缺下巴的、跛脚的、聋哑的、脸面塌陷的、少了半边耳朵的、疯疯癫癫的……这里简直就是怪物的博物馆。他们个个青面獠牙，仿佛来自阴曹地府。为了一只无中生有的鸡来此，真是不值得。本来我只是想把七块的事情搪塞过去，断然不会想到，母亲会如此兴师动众。

鬼村的人都说，没看见过有鸡跑进来，即使一只蚂蚁爬进来他们也知道，但确实没见过有鸡进村。为了慎重，他们回到各自的家里，屋前屋后翻了一遍。

"我们村只剩下一只老母鸡了，是宋老三家的，它都活了七八年了，我们从来没见过如此长寿的鸡，高州贩子愿意以一头老母牛换它。"一个阴阳脸的妇女对我母亲说，"经历了四次大鸡瘟，它都没有死，我们都叫它神鸡。"

我又见到了那个严重兔唇的女孩。她抱着一只黑色的母鸡来到我母亲面前，脸上那一排生锈的刀子让我不寒而栗。

阴阳脸妇女说："除了它，我们村没有鸡了。"

我母亲当然不会相信，扯开喉咙骂开来，说鬼村的人说的都是鬼话，把我家的鸡藏起来了，还死不承认，鬼都是暗地里偷吃别人的东西，即使吃人也不吐骨头⋯⋯

我以为母亲骂一通便撤退的，但她挨家挨户地搜寻，一边搜一边骂，骂得越来越凶，越来越离谱，还把人家的东西踢翻推倒。鬼村的人终于被她激怒了，全村的人都拿起扫帚来驱逐我们。母亲难挡众怒，且战且退，回到米庄，嘴里仍喋喋不休，把火撒到父亲的身上："你怎么能把十一只鸡全埋到一棵芭蕉树下？我家死的东西够多了，你还要把芭蕉树肥死了！"

父亲辩解说，他是把鸡分别埋到了十一棵芭蕉树下。母亲不信，发疯似的，用铲子一棵一棵地翻挖那十一棵芭蕉树的树根，一直看到每一棵芭蕉下只埋着一只鸡为止。挖完，她还不解气，对着芭蕉树狠狠地打，打得几棵芭蕉树浑身是伤，一股一股的水从树干内流出来。母亲就是这天夜里出事的。

那天下午，我已经到了学校，偷偷地把那双皮凉鞋送给李美元。是在校园外的一块菜地里送到她的手上的。她大大方方地脱下自己的旧布鞋，一把扔得远远的，兴致勃勃地穿我送的那双。那一刻，我是幸福的。我所有的幸福都被李美元看在眼里，她穿鞋的时候笑嘻嘻地用右手扶着我的左肩——这是对我最高的奖赏了。然而，尴尬往往是在最幸福的时候出现的。

那双鞋的尺寸不合李美元的脚，短了一公分。事先我暗中量过她的鞋，不可能有误差，唯一的失误是，没有估计到在短短的半个月时间里，李美元的脚竟长了一公分。李美元使劲地穿，快把自己的脚弄肿了，最终还是没把脚塞进鞋里。一气之下，她把鞋扔掉了，并命令我把她原来的鞋捡回来。她的鞋远在悬崖之下，或许已经被河水带走。但李美元像我母亲一样蛮横无理，以向我母亲告密此事要挟，要我即使沿着河流追寻到高州也要把她的鞋找回来。在绝壁和荆棘中寻找一双鞋并不比昨天在荒山野岭寻找失散的鸡容易。但我还是再次创造了奇迹。我在一棵野枇杷树的树杈上找到左鞋，在一道毒蛇出没的石缝中找到了右鞋。当我把鞋送到李美元的脚下时，已经近黄昏了。回到家里，母亲一边吃饭一边呻吟，我以为她还为那只失踪的鸡长吁短叹，实际上危险已经爬到了饭桌旁边，随时准备把母亲的生命偷走。

母亲还没吃饱便放下饭碗回房里睡觉。我以为她是可怜我和弟弟，不愿多吃，把稀薄的粥留给我们。母亲说早上便没有米了下锅了。我们的确很饿。尤其是我，为了李美元的鞋弄得精疲力竭，饥肠辘辘。我知道，母亲也需要营养，她的肚子里养着我的第三个弟弟。母亲回房之前叮嘱我，等一会把牛拉到张媛的牛栏里去，预防镇计生工作组夜里突然袭击。如果我家还有鸡，也要采取同样的空城计。可惜，我们没有鸡了。

我还没吃饱饭，便突然听到了母亲大声的叫喊声。我双手下意识地颤抖了一下。弟弟们跑到芭蕉地，叫正在装置捕鼠器的父亲——他开始为明天的粮食筹谋了。当我听到母亲第二声的叫喊时，父亲已经闯进了母亲的房间。第三声是惨叫。碗从我手中悄悄滑落。

"快，快叫桂英。"父亲在里面吼叫。桂英是邻村的接生婆。

我们兄弟面面相觑。我挺身而出，我撒开双腿，风一样消失在弟弟们的视野里。

当我把接生婆带到的时候，我家围了很多人。都是村里的人，以女人居多，他们个个神色凝重，甚至惊恐。接生婆两手空空进去，约半个小时后出来，双手却提着一个血淋淋的包裹，在暗淡的灯光下，能看得到一个只有饭碗大小的头。那肯定是我的第三个弟弟，给他穿了父亲最好的衣服后，接生婆把他带走了。

"留得青山在，不怕没柴烧，这次就当拉了一次屎，来年再生一个。"接生婆颇为自得地说。

围观的人松了一口气，父亲更是如释重负。他追上接生婆并往她口袋里塞了几张纸币。接生婆并不推辞，提着我的第三个弟弟走了，说要赶到另一村去接生，在路上顺便处理掉这个没见过阳光的小鬼。

母亲是从半夜开始大呼小叫的。那时我们兄弟都已经挤在一起睡熟。起初，我以为是从墙缝传过来的父亲的鼾声。但分明是惨叫。后来还夹杂着母亲"我快死了"绝望的呼号。我意识到了事态的严重，踢醒弟弟们，至少让他们也见上母亲最后一面。

我忐忑不安地推开母亲的房门。母亲半躺在床上，脸色惨白，绝望地看着我和躲在我身后的两个弟弟。她想告诉我们什么，但我们都不敢靠近。灰色的床单已经变成了红色，床沿上全是血。父亲猫着腰正手忙脚乱地给母亲揩擦着下半身，地上散落了一堆血红的劣质卫生纸。

"你们快去找卫生纸。"父亲厉声地吼叫。

结果我们翻箱倒柜只找来了一些旧报纸和一本皱巴巴的账本。

很快，连这些纸都用完了，旧衣服也用上了，都变成了血。

我和弟弟挨家挨户地叫醒邻居来帮忙。村卫生所的医生阙山海无故打死过我家的狗，跟我家有仇，不到万不得已我不会叫他。邻居们在门外看了看，都说我母亲是血山崩，也就是血崩。血崩就是阴道变成了喷泉，水喷干了，血就流完了，人也要死了。女人生孩子不怕痛，就怕血流不止。父亲不断地给母亲喝水，一会是糖水，一会是盐水，后来白开水也煮不够她喝。但母亲嘴上喝的是水，下面流的是血。

"我得叫桂英来。"我镇静地对父亲说。

"桂英也没用，她只管接生，不管救人，得请阙山海。"邻居说。

我不能让母亲白白死去。我跑到麻垌村村口，大声疾呼阙山海。我的呼喊在深夜里引来一阵此起彼伏的狗吠和咳嗽。阙山海来到我家，给母亲把把脉，开了个单子。我跟他到了卫生所，把药拿回来，煎熬给母亲喝。母亲已经无力坐起来，甚至连喝药的力气也接不上来。喝了药，母亲仍在流血。阙山海说了，如果喝了药后半个小时仍不能止血，得赶紧送镇卫生院。但一个小时过去了，母亲床前的血纸仍然在增多。邻居不断地劝父亲，赶紧送医院。但父亲像一头倔牛一样无动于衷。邻居们骂他骂多了，他才说出原委，进了医院得要钱——我家没有钱。

说到钱，邻居们的嘴巴便闭上了。他们实在是穷，也知道医院不是积德行善的庙宇，去年李英梅在卫生院生产花了两千多元，那是可以生十个孩子的价钱了。况且，半夜三更的，此去医院得多长时间！说到底，关键是钱。我家欠的债已经够多了，不能再添新债。母亲在里面拼尽最后一口力气说："就算马上死，也不上医院——我宁愿流血死，也不愿被债压死啊！"

阙山海又来了一趟，他说："凤娟（我母亲）是虚得过度，得用鸡补，最好是老鸡，老鸡能救命。"

说到鸡，邻居们恍然大悟。其实他们先前已经多次说到鸡了，只不过全村找不到一只鸡了，都死光了。平时我家与邻居们的关系并非很好，甚至有过不少摩擦和争吵，但他们没有一个回到床上去睡觉，连八十多岁的有肺癌的阙大明也倚在墙角坚持下去，我们都分头去找鸡了，他仍自言自语地叨唠着，谁也不知道他说些什么。

多年来米庄第一次出现了如此奇观：几十个男女打着手电筒或火把，给一个血崩的女人找鸡。这种情景会永远铭记在我的内心深处。但我们白白忙了一趟，还摔了不少跟头，邻近两个村能问的都问过了，没有鸡，死光了，连一只救命的鸡也没有。我们绝望地回到家里，熄灭火把。母亲已经气若游丝，父亲仍手足无措地往地上扔着血纸。一个女人的血能有多少？到底母亲还能坚持多久？如果她死了，我们怎么办？两个弟弟蹲在墙角里呼呼地哭。

在父亲和我们兄弟都已经绝望的时候，村前的小路上出现一个大火把，火光通天。然后传来人的喊声："凤娟在哪一家？"

这边有邻居抢着回话，并点燃火把呼应。很快，那支火把便曲曲弯弯地来到了我们的眼前。

我首先看到了一只鸡。在一个女孩子的怀抱里，一个严重兔唇的女孩。撑火把的是一个中年女人，即使在深夜里，也能看得出她是阴阳脸。她们是鬼村来的。但是鬼村到这里的路多长呀，多难走呀！

那只鸡是黑色的，在夜里显得更黑，但它的眼睛在闪光，像钻石一样。

"这只鸡八岁了。"阴阳脸女人喘着粗气说。话不多，很真诚。

锅里的水已经烧沸了几次。阴阳脸女人抱着鸡径直闯进了我母亲的房间，从活鸡身上拨下鸡毛熟练地捂住我母亲的下身……女邻居把血淋淋的鸡拿走扔到锅里，很快，煮了一碗金灿灿香喷喷的鸡汤。我们所有的希望都在这碗鸡汤里了。阴阳女人用汤匙一口一口地给我母亲喂汤。母亲躺在她的怀里像一个孩子，嘴里不断发出像吮吸奶水的声音，没有比这更动听更温暖的声音了。

天快亮的时候，父亲惊喜地告诉我们，母亲不流血了，身体回暖了，脸上有了血色，还开口说话了。她说她从没喝过那么好的鸡汤。

我们终于松了一口气。阴阳脸女人紧紧抓着我母亲的手，欣慰地笑了，虽然笑得并不好看，但那是世界上最美的笑容，即使黎明前最黑暗的夜色也遮蔽不了。那个曾把我吓坏的兔唇女孩在院子里躲躲闪闪的，好像故意不让我们看到她嘴里生锈的刀子。我几次想开口问她要不要喝口水，但舌头不听话，发不出像样的声音。后来，我不小心打了个盹，睁开眼睛的时候，阴阳脸女人和兔唇女孩早已经不见了，晨曦来到了身边。

早晨，我拖着疲惫不堪的身体来到了学校。他们都知道了我家的事情。在放学的时候，李美元让我随她到操场右侧的菜地里，从几棵蔬菜间取出一袋子硬邦邦的东西送给我。

我已经没有了受宠若惊的感觉，只觉得袋子沉甸甸的，像装了一袋金子。

李美元说："七块钱的米。"

也许李美元对暴涨的米价一无所知，七块钱哪能买回这么多米啊？但李美元根本不在乎我的惊讶和内心的窃笑，她从另一处取出一双鞋——那是我送给她的那双皮凉鞋！不知道她什么时候把它找回来了，现在还给我。鞋被拭得干干净净的，油光发亮。

我家没有姐姐妹妹，母亲再也不会给我们生下姐妹了，这一双鞋给谁穿呢？在回家的路上，我突然改变方向，转向另一个地方。

我要到鬼村去，把这双崭新的皮凉鞋送给兔唇女孩，即使不能使她成为这里最漂亮的女人，也要让她拥有一双最优雅的脚。我确信，这双鞋跟她的脚刚好一样长。

响水底

    响水底只是一个村子。水从看不到尽头的茶山上跑下来，到了这里便猛摔一个跟头，从高高的悬崖上掉到黑水潭里，像汽车追尾一样，啪啪地撞在一起，哗啦啦的，昼夜都是一种声音。这种声音呀，不知道延续了多久，反正村子里的人从出生到老死听到的都是这种声音，枯水期也震耳欲聋，遇到山洪暴发，声音更大得让人惊惧。这响声，像牛屁一样沉闷，又像轰炸机老缠在头顶上不放炮弹，外面的人来到村子，根本睡不着觉，老像耳朵里边打雷，这雷声呀，经久不息，一直烦到骨子里去，特别难受的是说话，两人面对面嗓子喊破了也听不清对方说了什么，都要变成聋子和哑巴，焦急地到处找一个安静的地方说话。但声音这东西像一群饿鸡，你走到哪她跟到哪，怎么也甩不掉。因此，村子来的客人很少，来了也留不住，见一面便要走，有时连饭也不吃，吃饭不是吃饭，吞下去的还是那水声，那饭要在肚子里爆炸咧，把你的五脏六腑都炸乱。客人在外面说："响水底的母鸡下不了蛋，女人做不了种，那地方穷不死，也得烦死。"说坏话的人多了，村子的名声肯定不怎么好，来的人便少。来的人少了，村子便显得有些孤单，再加上那响彻群山不知道要传多远的水声，就更觉得孤单了。孤单便孤单呗，水还不一样流，日子还不一样过。

但外面的女人来得少了，村子里的男人便成了问题，近亲结婚的多了，傻子和奇形怪状的人也跟着多。村子里的人也并非没想过办法，但办法不多，多赚点钱，钱多了女人听到水声也不觉得烦忧了，钱赚不多，便找专拣耳聋的女人做老婆呗。镇政府来村子里搞扶贫的干部说："你们怎么偏偏要围着这瀑布居住？你们搬到山底下去不就解决问题了吗？"问题能这样解决就好了。外面的人害怕水的声音，但对村子里的人来说，没这种声音不行。这种声音呀，在娘胎里便缠上你了，都钻到你的血液里了，她像你的娘天天叫着你，要不，像你的孩子哇哇地哭，无论你多烦也得抱抱她。这声音呀，还真像贫穷一样村子的人都习惯了，到了外面听不到还不适应呢。一听不到那声音，心里就慌里慌张的，总担心发生什么大事。反正受不了静。外面的人也替他们担心，担心什么呢？担心村子里的人怎么说话呀，那水声都塞满耳朵了，夫妻间要说点悄悄话怎么办呀？但他们的嘴巴除了吃饭，还不一样说话，跟外面的人说话也没有什么不同。不同的是，他们的耳朵特别灵敏，能随时随地听得到铁针掉地的响声，能听清楚天上飞过的鸟唱什么歌。秀雅刚嫁进来的时候，挺惊讶于他们从哪来那么灵敏的耳朵，继而羡慕，恨不得要跟他们换一双耳朵。但过了不久，她自己也有了一双灵敏的耳朵，八哥远远地说话她也能听到。八哥是一只鸟，听到八哥说话便知道八哥沿着高高的山路从茶场上下来了。

也就是说，重庆转眼也快到了。

秀雅是戴着棉塞嫁进村子来的。那天唢呐声几乎压住了水声，嘹亮而优美，但秀雅听不到。结实的棉塞拒绝了一切声音。过了一座树木茂盛的山，又过了一座树木茂盛的山，转过一道山梁，终于看到了一帘巨大的瀑布闪亮在云蒸雾罩中。她惊叫了一声"大瀑布"，但连她自己也听不到自己的声音。一个调皮的小男人突然扯掉了她的棉塞，凑近她的耳朵说："我们不把瀑布称作瀑布，而只叫水。"那就叫天水呗。天水望不见尽头，高高地挂在悬崖上，重重地摔下来，然后爬起来往河里走，往山外流。山里头究竟有多少水，总也流不完。秀雅想，山上面的山是不是藏着一个汪洋大海？水声撕裂了耳朵，秀雅赶紧从小男人手里抢回来棉塞，把耳朵堵得更死了，村子里围观的人笑得前俯后仰。秀雅是十年来嫁进村子来的第一个女人，新鲜，奇怪，可疑。秀雅生得圆润、秀气，胸脯挺得直直的，很好看。她嫁给了瀑布这边山坡上的重庆，一个像小男人差不多的男人。棉塞就是他想出来的，多聪明多体贴的男人。秀雅想，其实村子里的男人都不笨，就是名字怪一点，都像重庆一样怪，都是城市的名字，什么杭州呀，桂林呀，广州呀，连北京也有人敢叫。重庆姓张，那就是张重庆。他爸张九江长年在山下面的河道上造纸，平时都不回来，如果有好吃的要送给他，距离也不是很远，但要跑很长的路，听到造纸作坊里"扑、扑、扑"的响声，看到一个高高的像时钟一样永远转动着的水车，就快了。重庆结婚就是他父亲攒的钱。他爸呀，为了重庆，也舍不得给自己重新找一个女人。重庆人生得不赖，虽然矮小一点，但白净，勤恳，憨态十足，结婚那天，村子里的人都笑了，他却没有笑。秀雅不明白他为什么不笑，直到晚上才知道，重庆要在夜里笑。当天半夜里，他竟坐在床边上嘿嘿地一直笑个不停。秀雅说："你笑什么呀？"重庆说："我找到了一个漂亮老婆啦。"秀雅听不清楚，摘掉棉塞，哗啦啦的水声灌进她的耳朵，她禁不住惊叫起来。这一惊叫呀，把村子所有的人都逗笑了，他们都笑：重庆要跟新娘亲热啦。重庆一把将秀雅捂进被窝里，秀雅害羞地推他。重庆对着她的耳朵说："你是响水底村最漂亮的女人，我想天天把你捆在马背上。"秀雅终于听明白了，原来在村子里男女之间是这样说悄悄话的。只有和自己的男人缠在被窝里，那水声才显得不那么烦人，才显得与自己无关——原来水声也是宁静的。

重庆又要上山了。秀雅比他起得早，到地里摘菜，蹲在河边洗。其他女人比她还早，人家菜都洗一半了。秀雅在她们的下游洗。女人吱吱喳喳，秀雅知道她们在议论她，但她听不到。她们说："秀雅，你的耳朵都流汗了，快把棉塞摘掉吧。"秀雅对她们笑笑。重庆在河对面的山坡上喊，他要到茶场去了，晚上不回来。秀雅知道重庆是在跟她说话，赶紧摘掉一只棉塞，水声一下冲击过来，耳朵被撕裂般痛。秀雅听不清楚，对重庆喊："你重复说一遍。"重庆重复了一遍，秀雅还是听不清楚，又摘掉了另一个棉塞，重庆又重复了一遍，秀雅还是糊涂。女人们笑得直了腰，对重庆喊："秀雅知道了。"重庆以为秀雅真听明白了，便拉着两匹马往瀑布右侧的小道上爬，越爬越高，一会便只看得见马屁股而看不见重庆，很快连马屁股也消失在雾气中。一个胖女人告诉秀雅："你男人说啦，今晚回来，你得好好准备。"女人们哈哈大笑，秀雅的脸红扑扑的，害羞得要紧，收拾好还没洗完的菜便走。

重庆是茶场的驮茶工人，隔两三天便要从茶场驮茶到镇上。茶场是镇供销社的，他也是供销社的人，场长说了，重庆工作不错，用不了三五年就有条件转正式工了。茶场离村子不知道有多远，听说在天水的源头，水源有多远茶场便有多远，要翻几座山，要过几条河，茶场在一座山的顶上，不通车，只能走马。马也难走，路坎坎坷坷的，绵延直上，像一条天路。秀雅暗自责怪那些人："为什么要把茶场建在高山密林里呢？"重庆说："因为那儿土壤好，水质好，一年到头都有雾气，茶叶长得鲜嫩，在树上就香，你闻，我全身都是茶香。"秀雅一闻，果然连他的牙齿都是香气，鼻子喷出来的气也是香的，他整个人就像城市里女人的香袋，一个大男人的要那么香干什么？但秀雅就喜欢他身上那股茶香，那是其他男人所没有的。秀雅要搂抱着重庆不让他走。可是重庆结婚后第三天就走了，秀雅简直要生他的气。还好，重庆今晚回来。他应该天天回来。

秀雅提着菜回来，那些鸡呀一下子围过来，要啄篮子里的菜。秀雅举起菜篮子，那些鸡也高高跃起，把菜啄着了。连鸡都欺生。秀雅想骂，但骂不出口，在娘家她敢骂，但刚嫁过来什么话都不敢随便说，好像到处都是村子里人的耳朵。秀雅把菜篮子挂在高高的墙壁上，那些鸡比赛着谁蹦得更高，但都够不着菜篮子，秀雅幸灾

290

乐祸地笑了。然后做什么呢？这里不是娘家，在娘家，这时候应该是挑水，但这里水多得满地都是，水声都能把人喂饱，水龙头都伸到了水缸里，一打开，水哗啦啦地跟着水管来了，又是那烦人的水声。重庆和他爸都很少在家，家里除了几只鸡什么也没有，鸡是不用管的，到处都能找到吃的东西，但晚上要防黄鼠狼，过去是邻居过来帮他拴上鸡棚子的铁门，早上又帮他打开。秀雅想，一个家呀，单单靠养几只鸡远远不够。她决定用一整天的时间谋划这个家，晚上重庆回来就让他点点头。其实，持家是女人的事情，不需要男人来管，男人懂什么呀，征求重庆的意见也只是形式，哪由得他同意不同意？秀雅虽然塞着耳朵，但仍然能听到自己心里的声音。她想呀，首先要养上三头猪，牛也得养一头，转租出去的三亩地过了年要回来自己种；猪圈要重新维修，菜地要拓宽一半，那些鸡的性别要调整结构，母鸡要比公鸡多……秀雅琢磨着要种几畦柑橘，她喜欢吃，但很快被她否决了，村子里常年都是雾气，阳光少，果子不甜。秀雅把计划都记在了一张包糖果的纸上，预算也打好了，重庆没有多少钱，得向他爸要。他爸会同意吗？秀雅想，如果他爸不同意，就回娘家借，把重庆给她娘的嫁妆钱先要回来再说。秀雅筹划事情的时候，那些鸡缠在她身边，轻轻啄她的脚趾，像生养有许多孩子的女人被孩子们绊住了腿。有了女主人，它们都变懒惰了，不去外边找食了，要养尊处优等着女主人喂。秀雅实在忍不住，瞧瞧四下没人，低声地骂了一声"发瘟"。但远大理想也得从喂鸡开始。于是喂鸡。秀雅拌了一些剩饭，倒在鸡槽里。喂鸡如喂奶，哪一只也不能怠慢，怠慢了它，它追着你的手要啄你。秀雅觉得这些鸡也挺欺负人的，挑剔，霸道，要给女主人下马威。秀雅想，你们凶就凶一点，等到我坐月子了，就让你们下锅。然后，打扫卫生，把爆竹的残花败柳打扫干净，在打扫鸡棚子的时候，秀雅发现了一只余温尚存的鸡蛋，虽然与外面的鸡蛋相比显得娇小玲珑一些，但这里的鸡蛋也是圆的，光滑得能照出人影来。几间房子是重新修缮一新的，屋顶上的瓦片新旧相间，窗棂也是，连筷子也是，看来重庆为结婚好好准备了一番。院子的围墙破损了一些，有断垣残壁的味道，补砌的新墙泥巴还未干，遮雨的水泥板断裂了不少。围墙是一个院子的脸面，可得讲究，重庆没有空，他爸也忙，过些时候让娘家的人过来，一定把围墙重新修茸一番。天水的水粒落在上面，屋顶是湿漉漉的，屋外的树叶也滴着水珠，秀雅用手摸一把脸，脸也是湿漉漉的，像涂抹了保湿油，但眉毛尖上也是水，像刚刚哭过。秀雅想，这里真能保养人。然后做饭，一个人吃饭。吃完饭，本想要到邻居家走走，一个刚刚嫁进村子的女人，总得主动串串门，以免人家说你傲慢。但秀雅还是把这个事情往后推。她害羞。村子上的人家都是散散索索的，她家离左邻右舍都有一段距离。也好，不用抬头便见到人。秀雅觉得她家比谁都占了便宜，因为离天水最近，天水仿佛就在她的头顶上。它才是她最亲密的邻居。因此，必须和它打好交道。秀雅走到天水的旁边，坐在一张小板凳上，静静地看天水。她的样子很优雅，像坐着给人摄像的模特，但她觉得自己更像一个画家，水汽把她的衣服打湿了，水声把她头发上的水珠震落下来。高大的层层叠叠的瀑布，像一幕窗帘，又像一面镜子。那条逆水而上通往茶场的小道消失在淡淡的雾气中。山坳、山坡上的花呀，草呀，嫩嫩的，蓝蓝的，绿绿的，黄白分明，颜色是春天的，气味也是春天的，哗啦啦的水声也是春天的。只是这漫长的等待呀，像冬天一样难熬。秀雅并不能像画家那样气定神闲，很快便坐卧不安。其间，秀雅回去做好了饭，早早便做好了饭，捂在锅里热着，等重庆回来便可以吃了。一定得等到他回来。秀雅守在瀑布旁边的路口，一直守到黄昏，夜色和雾气融为一体，狗吠和婴啼交相喧嚷，仰面看瀑布旁边的小路，没有行人，没有马匹。秀雅慢慢扯掉棉塞，水声顿时如洪钟灌耳，把头都震痛了。但秀雅顾不上怕，只怕听不见八哥说话的声音。

重庆说："你听到八哥说'重庆回来啦'，我就回到了。"

秀雅想，很快就会听到八哥说话。她想闻重庆身上的茶香了。重庆担心秀雅习惯不了水声，为她准备了好多棉塞，又怕她后悔，说好了经常回来陪她让她闻他身上的茶香。其实，秀雅不后悔嫁到响水底来。重庆不知道，响水底对秀雅来说有多好。秀雅娘家在另外一个镇，另外一座山，那边干旱得紧，庄稼经常活不到收获季节便枯死在半路上，连喝水都跑好几里路，去迟了还轮不到你，你得在那里等，一直等到水从泥土里慢慢腾腾地一点一点地渗出来，有时候像便秘一样好半天也憋不出一丁子儿，世界上最有耐心的人也会被漫长的等待逼哭。为了水，秀雅没少哭，有时哭掉的泪水也比水多。没水怎么能养人啊，秀雅这一辈子最大的愿望，就是要嫁到水源充足的地方去。嫁到村子之前，秀雅没到过响水底，听媒人说村子里有很多水，那男人家离水最近，水就从他的屋后落下从他的门口流过，张开嘴巴就能喝到水。秀雅想，有了水，我可以做一切事情。秀雅便嫁过来。结婚那天，一下子看到那么多的水，都把她惊呆了，原来世界上的水都藏在这里，觉得自己突然拥有了许多财富，怎么花也花不完。村里的女人不明白她为什么要选择嫁到穷山恶水。秀雅只是笑笑，心想，响水底的女人身在福中不知福，有了水，还求什么！但娘家也有比这好的，那边可静了，静得难听到声音，静得能听到自己心里想什么。这里太吵，吵得连自己说话也听不见。有什么办法呢？把水声当成音乐吧，秀雅想。这一想呀，水声真的就变成了音乐，都像八哥唱歌一样叫人揪心了。这一想呀，秀雅突然听到了叫声。早上洗菜见到的邻居张二婶乐呵呵地叫她。

秀雅来不及掩饰，内心的秘密已经被张二婶发觉。

"今早她们骗你的，你家重庆说茶场工作忙，他今天不回来。"张二婶说，"不要紧，刚嫁过来的时候，我也经常被别人捉弄。"

秀雅尴尬地笑笑："其实我也不是等重庆，我只想听听这水声。"

张二婶说："这水声呀，能把孕妇的胎儿都震下来——你得吃惯这苦头。"

秀雅又笑笑，起身回家。张二婶跟着她，帮她拍掉屁股上的泥土："在这里，别人欺负不了你的眼睛，就欺负你的耳朵。"

秀雅暗下决心，从明天起，不戴棉塞了，耳朵是自己的，一定要把它找回来，再也不让别人捉弄。

当晚，秀雅便扔掉棉塞，但睡不着呀，那水声就像雷声，它能不间断地骚扰你一整晚，让你连一个简单的梦也做不成，把头捂在被子里也不成，没有男人的被窝是空的，水声会乘虚而入。秀雅好几次要重新戴上棉塞，但一想到今早被那些女人捉弄，一想到连重庆的话也听不清楚，她又把棉塞扔掉。睡不着就睡不着呗，睡不着便想重庆的好呗。重庆有多好？重庆憨厚，满身茶香，香到骨子里去了，连牙齿也像茶花一样香，世界上的臭男人到处都是，但到哪里找一个全身香喷喷的男人啊？而且快了，他就快成为正式工人了，一转成正式工人，按照习惯，就可以安排家属到茶场摘茶叶，也是一个工人，也落得满身香味，回到娘家把那些姐妹羡慕得要死……反复地想，水声便似乎静了，进不了你的脑袋，梦也支离破碎地能做上一点，到了天亮终于可以拼凑成一个完整的梦，那就是重庆从瀑布旁边的山路上回来了。

究竟是梦。梦一醒，新的一天，便在一成不变的水声中开始了。

秀雅发现自己的耳朵痛得像被割掉，耳朵一痛，头也跟着痛。水声都搬到她的脑子里去住了。她去找张二婶。张二婶告诉她，像女人第一次生小孩一样，嫁到这里的女人总得经历耳朵痛，如果你怕痛，就一辈子戴着棉塞，也可以像张上海的女人，当年嫁到这里第二天便要逃跑，连嫁妆也不要，脸皮也不要，要一走了之，水声，连水声都忍受不了还做什么女人！

秀雅不认识张上海，但知道他的女人叫桂娟。

"我才不学她，到哪里找一个那么多水的地方啊？"秀雅说。秀雅觉得她不会像桂娟，连水声都能把她吓跑。

张二婶说："她跑不了，她还在响水底——水声把她逼疯了。"

秀雅想，水声怎能把一个人逼疯呢？秀雅知道村子里的女人都以为她受不了水声，会哭，会骂，会闹着搬到外面去，甚至像桂娟一样要逃跑。但秀雅偏不。她不相信找不回自己的耳朵，她扔掉了重庆送给她的所有棉塞，用赤裸裸的耳朵迎接水声。终于有一天，她的耳朵不痛了，还听到了八哥说话的声音：

"重庆回来啦！"

开始以为是幻觉，以为是想多了，以为是水声在捉弄她，秀雅竖起耳朵，紧张得把呼吸也停止了。在巨大的水声中她再次听到了八哥说话。穿过雾气，她看到了黑羽毛红嘴巴的八哥骄傲地低翔。一会，重庆果然出现在小路的上头，像从天上回来。

一个人，两匹马。

秀雅几乎要哭啦。她强忍泪水，帮重庆牵马。每匹马驮着两大筐茶叶，茶叶包裹得严严实实的，连气味也不露出来。茶香是从重庆身上发出的。八哥盘旋在秀雅的头上不肯停下来。重庆笑呵呵地说："你要赏它。"秀雅来不及闻一闻重庆牙齿里的香气，便先给八哥一把米饭，八哥这才停在围墙上，独自啄食。

重庆惊讶于秀雅的耳朵，与结婚那天不一样了。

"你不戴棉塞了？"

秀雅自豪地说："不戴了，都扔掉了，我也像她们一样，有了一双灵敏的耳朵。"

重庆很满意。重庆的裤子湿透了，秀雅拉他进房间要帮他脱了。重庆害羞得抓住腰带。秀雅一把将他的手打掉，把他的腰带解了。重庆背对着秀雅换裤。秀雅暗暗发笑。重庆说："肚子饿了。"秀雅说："太阳还未出来呢，哪家那么早做饭？"但还是赶紧做饭。一边做饭一边问："累吧？"重庆说："不累，还不能累，到镇上还有很长的路要走呢。"秀雅说："休息一会吧，让马也休息一会。"

重庆说:"马累了,五更便从茶场起程,走了好几小时的路。"秀雅"呀"地惊叫一声,多远的路啊!重庆扬了扬手中的手电筒,然后插进腰包,腰包里还装着一只军用水壶,水壶边上粘有泥土和草屑。路上的野草长得贼快,又滑又缠,挨摔了几次跟头呢,幸好马走得稳,没摔跤。重庆轻描淡写地说。秀雅心疼重庆,做饭的动作更利索了。

饭做好,重庆却在床上睡着了。秀雅舍不得叫醒他,倒是马叫了一声,重庆一骨碌跳起来,风卷残云地吃了两碗饭,站起来便要走。

"这茶叶等不得,晌午前要驮到镇收购站。"重庆说。

秀雅把水壶装上新鲜的开水,重庆便牵马出发了。八哥跳到马背上,也跟着出发。八哥是重庆的伙伴,漫长而孤寂的山路,他就跟八哥说话。秀雅还没嫁过来之前,八哥就是他最好的朋友了,秀雅摸了一把八哥:"你得帮我看着重庆,别让他走神了,得好好赶路。"重庆笑了笑,扬了扬鞭,马便加快了速度,一会便出了村口,很快便转了个弯,不见了。

重庆晚上很晚才回到村里。回到家的时候他已经很累了,倒床便睡。他给秀雅买了好些东西,都是秀雅喜欢的,穿的如格子花布,吃的如新疆葡萄干、重庆瓜子,看的也有,一束雍容华贵的牡丹,当然是塑料的。秀雅暗地责怪他,山里到处都是花,还买花干什么!重庆的腰包里还有别的,重庆嗫嗫地说,是茶场的同事托他买的,但杂七杂八的却都是女人用的东西,秀雅掏了半天也掏不完,越掏越生气,把东西摔得满床都是:"你怎么给那些摘茶的婆娘买卫生巾？"重庆没作声。秀雅扯他的耳朵："你的耳朵聋了？"重庆一翻身却把腰包压住了，打起了呼噜。秀雅嗔骂道："这种错误不准犯第二次了！"重庆似乎"嗯"了一声，秀雅便暂且原谅了他，把那些东西重新装回腰包去，张罗着用热毛巾小心地帮他擦拭身子，擦拭得很重，用热水给他洗脚，水烫得重庆嗷嗷地缩回脚。秀雅警告说："如果下次再犯同样的错误，我用滚开水给你洗脚，杀猪！"重庆嘿嘿地笑了笑，然后把呼噜打得更响，差不多有水声那么响。但他跟别人男人不同，他的呼噜也散发着淡淡的茶香，秀雅听得心里踏实、畅快。她一直想把她的计划告诉重庆，但没有机会呀，那就不说呗，女人的事情跟男人说什么！

第二天一早，重庆又赶马上山去。秀雅有点不高兴："你就不能在家多待一会？"

重庆说："不能，茶场里的工人一个月还回不了一次家，茶叶多得摘不完，白天摘茶，晚上炒茶，过会又要开辟新茶园。这次种的是新品种，将来的茶叶更香，连钓鱼台国宾馆、人民大会堂都要饮我们的茶。"秀雅说："那好呗，你们的茶叶都快成'贡品'了。"重庆听不出秀雅话里有刺，憨笑几声，扬鞭，马便动起来，八哥飞到了前面，咕咕噜噜不知道说些什么。

重庆不是天天回来，但秀雅不知道重庆哪一天突然经过家门口，因此她得天天准备好吃的饭菜、喝的开水。重庆从茶场上下来，肚子饿了，便能吃上她做的饭，水壶干了，便能装上她煮沸的水，然后继续赶路，把茶叶送到镇上去。看到自己的男人吃饱喝足了，秀雅的心呀，也就足了。有时候，秀雅早上做好的饭一直等到黄昏也不见重庆回来，秀雅便很失落，快快不乐，好像是重庆嫌她做的饭不好。她也舍不得把那么好的饭倒给鸡吃，结果第二天饭也馊了。大多时候，是秀雅坐在瀑布旁边等。等待的时候，秀雅的日子显得比水声还要漫长。

村里各家各户都有院子，散落在山坡或平地上，房子虽然大多破破烂烂，但竹林茂盛，阡陌交通，溪水横流，给人清洁和宁静的感觉。这巨大的水声呀，把整个村子都袒护住了，外面什么样的声音都传不进来，都侵扰不了他们，改变不了他们，你看他们每个人都悠然自得，慵懒闲散、无欲无求的样子，走路、干活不急不慢，个个都像怀胎了似的，连走过自己院子的地坪也要很长的时间，吃一顿饭的工夫在秀雅娘家能赶好几里路了。原来呀，他们的脚步跟时间不是同一个拍子的，他们像田园里生长着的瓜果，都有自己的节奏。他们确实不需要太多的忙碌，水送到了他们的身边，有了水，他们还愁什么？秀雅刚开始的踌躇满志，才几天便被他们的悠闲和从容同化了，周详的计划和远大理想都暂且放下，像他们一样，凡事都变得不紧不慢，急什么呀，时间多着呢，外面的一天到了这里便变成了两天、三天。那水流着便流着，反正流动的是水又不是时间，反正日子长着，比水声还要长。只是耳朵灵敏了，村子也突然变得鲜活而多彩。杂七杂八的声音，鸡零狗碎的话语都传到了秀雅的耳朵里，让你觉得那声音送给你的，是给你的耳朵做伴的。不知道从什么时候开始，秀雅喜欢串门和村子里的人来来往往，说说笑笑。在他们面前，秀雅的耳朵变得像眼睛一样自信，谁说她的坏话和好话她都能听得见。下屋喜凤的孩子睡醒了，东屋的李老太叫孙子端尿盆子了，西屋的张昆明痔疮发作嚷痛了……你想知道的，不想知道的，耳朵全都告诉你。原来这里跟外面也没有多大区别，女人也是啰里啰嗦的，也有蜚短流长，如，谁跟谁关系暧昧，谁刚生下一个有三只耳朵的婴儿，谁家和谁家换亲的谈判又谈崩了。秀雅不想让他们说她的坏话，我秀雅从外面清清白白嫁进来，有什么坏话可说的？他们不外乎是说她"黏男人"，一天不见重庆便魂不守舍。秀雅嘴巴上绝对不承认自己黏男人，为了证明自己，她必须经常周旋在他们中间，甚至拉得下面子和他们翻脸。有一天，秀雅摊上了桂娟，竟然误了大事。

原来桂娟果然是疯了。她的双手被铁链拴在她家门口的旧石磨上。铁链很短，石磨很重，桂娟习惯性地挣扎，似乎马上便能挣脱了，但每一次都功败垂成。秀雅远远在看着她，有些害怕。

"听说，你就是重庆的女人。"桂娟笑眯眯地说。

秀雅点点头，要躲开。她是要去李大梅家的。

桂娟叫住了她，骄傲地告诉她："我从新华镇嫁过来的时候，比你漂亮多了。"

秀雅又点点头。她听说过。

"我不怕水声，我哪里怕水声了？"桂娟的声音有些沙哑，"那些婆娘妒忌我，看不惯从外面嫁进来的女人，专门说我的坏话，你也要小心她们的舌头。"

如果不是蓬头垢面，看不出桂娟是一个疯子。因为她说起村子的事情思维清晰，滔滔不绝。令秀雅惊讶的是，桂娟整天被拴在这里，竟然对村子里鸡毛蒜皮的事情也了如指掌。"我的耳朵比谁的都灵敏，张上海从茶场驮茶回来，还没到瀑布口，我就能听到八哥说话了。八哥说'上海回来啦'，我就知道张上海回来了。"秀雅知道张上海原来也是驮茶的，赶的马就是重庆现在的马，那八哥原来也是张上海的。不知是出于好奇，还是出于同情，秀雅突然决定听桂娟说张上海的往事。张上海是桂娟的男人，听她说她的男人干什么！秀雅想，但她还是饶有兴趣地听桂娟说了大半天，竟忘记自己此行的目的是跟李大梅借烫斗。说了大半天，桂娟突然向秀雅提出了请求："你帮我找把锯来，不要让别人看见。"秀雅说："要锯干什么？"桂娟说："锯断铁链，我要自由。"秀雅说："我不能给你锯，你自由了会打人的。"桂娟说："那你把你脚底下的那块石头踢过来也成。"秀雅说："石头也不能给你。"桂娟突然哭了："我都被铁链拴了六年了，如果张上海不死，我都能给他生六个孩子了——你看看，他们都把我当狗了，叫我守门，响水底哪里有贼？"秀雅心里发毛，禁不住后退几步。桂娟猛地咬一口铁链，嘴唇出血了。秀雅惊惧，担心桂娟的牙齿。桂娟知道秀雅担心什么，张开嘴，原来牙齿早已经脱光了。秀雅心里想，真是疯了。桂娟小声地哀求说："那你给我一把刀，我要刀！"秀雅说："什么东西我都不会给你。"桂娟绝望了，突然大喊一声："张上海！"这声音真大，大得穿破了水声，比水声传得更远。秀雅被桂娟的喊声吓了一跳，原来村子里有人说话的声音比水声更响。秀雅猛然醒悟，该是做饭的时候了。匆忙跑回到家里，看到院子墙角里有一堆还散发着热气的新鲜马屎，不禁捶胸顿足，号啕大哭，发疯似的往村子外追赶。村子里的人奇怪，秀雅哭什么呀？伤心得像一个小孩！

大伙不知道，偏偏在秀雅忘记做饭的这天，重庆回来了。"他吃光了昨晚的半碗剩饭和一碗粥，都有馊味啦，他还吃！"秀雅说，"重庆走了那么长的山路，都像一只饿狼了，还要走很长的路才到镇上，到了镇上，他肯定舍不得买东西吃——我怎么就忘记了做饭呢？"秀雅从没有这样懊悔过，觉得对不起重庆了。那八哥怎么不说话啦，不提醒她啦？难道它哑了吗？它会飞，为什么不飞到桂娟家门口？秀雅错怪了八哥，张二婶告诉她，八哥已经说了好几遍"重庆回来啦"，她都听见了，只是秀雅听不到。秀雅怀疑自己的耳朵，是不是自己的耳朵欺骗了她？这个女人呀，追不上重庆，竟一屁股坐在路边，跟自己的耳朵过不去，不断地拧耳朵，狠狠地扯它、扭它、撕它，好像不要它做自己的耳朵了。拧得太重了，耳朵肿成厚厚的通红一块，秀雅这才原谅了自己的耳朵。但她不能原谅桂娟，她决定再也不去她那里去了，找李大梅，宁愿绕过张西安的大宅院和张成都的蘑菇棚。

　　夏天，一场接一场的山雨，水声果然更响了。令秀雅扫兴的是，辛辛苦苦经营的菜地被早晨的一场山雨冲垮了。菜地里种上了重庆从镇供销社买回来的巴西卷心菜种，秀雅是响水底第一个种上这种好看又好吃的蔬菜的人，眼看长出地面了。这一场山雨呀！秀雅沮丧地坐在院子前，等重庆回来向他诉苦，告诉他，那么大的一块菜地，那么好的一地蔬菜，再过两个月，就可以摘了，就可以让你带给茶场的工人吃了，吃上你媳妇种的菜，你脸上也有光彩。但现在，你看看这菜地，像野猪拱过一样，难看死了。这菜，重庆说了，是茶场委托秀雅种的，山上野猪多，种不了蔬菜，就让秀雅种。也不是白种，算钱。反正嘛，也是为茶场做贡献。现在菜地给毁了——村子里几乎所有的菜地都被毁了，秀雅怕重庆责怪，她想好了怎样解释，怎么补救。她盘算好了，明天再造一个菜地，重新种上蔬菜，多浇点肥，让菜长得快一些，也耽误不了多少；此外，棚里的十二只鸡、栏里的三头肉猪也是给茶场养的，年底便可以端上桌面了，到时候，都让重庆驮到茶场去。到时候，她也要跟着去一趟茶场，看看到底有多远，路有多难走，茶场有多大，茶有多香。饭做好了，重庆也该回一趟了。秀雅扳手指头算了算，重庆五天没回来了。也就是说，有五天的茶叶要送到镇上了。两匹马能不能一下子驮得了那么多的茶叶？幸好雨停了。如果雨不停，她宁愿重庆今天不回来，明天，后天回来也成，反正日子长着呢。

重庆到底还是从茶场上回了。什么都可以等，但那茶叶呀，等不得。

然而，秀雅想不到的是，重庆在离响水底还有一半路程的途中，被突如其来的山洪冲下了山谷，再也回不来了。重庆曾经遇到过好多次山洪暴发，都能有惊无险地安全通过。可这一次的山洪呀，太猛烈了，从山上像石头一样滚下来，连树都冲垮了。重庆猛踢马的屁股，马咬咬牙冲过去了，只是他脚底一滑，摔倒在地上，他抓住了一把枯藤，但枯藤断了，一股山洪将枯藤和他席卷而去，山谷里全是山洪轰鸣的声音……山洪，秀雅懂吗？她没见过山洪，也没见过雪崩，不知道什么叫排山倒海、摧枯拉朽，那声音，比瀑布不知要响亮多少倍，那才是真正的天水。她能听到吗？村子里的人说："每年夏天总要经历几次山洪暴发，道路总要被冲断几次，六年前，茶场的驮茶工人张上海被山洪冲走，你猜，冲出了多远？"

秀雅说："猜不出来。"

那人指指秀雅身后的瀑布："就从那儿掉下来，村子里的人还以为是一条鱼，哪里来那么大的鱼啊……后来，你家重庆就成了他的接班人。"

秀雅耳朵猛然一阵紧缩，好像听到了大山深处的山洪暴发，那声音，那气势，像汪洋大海上的海啸，可怕极了。她的心突然格外沉重，刚才想好的与菜地有关的解释、计划一下子全乱成一团麻。她仰视着瀑布旁边那条小路，一阵又一阵的雾气沿着路倾泻下来，把她的眼睛蒙住，把村子笼罩，那些东西欺骗不了她的耳朵，要欺骗她的眼睛了。秀雅的心越发焦虑，甚至要哭了。但不能哭，一哭，耳朵就不灵敏了，就只能听到自己哭的声音。

"重庆回来啦！"

快到日午的时候，秀雅终于听到了八哥报讯的声音，一会便看到八哥低翔的身影，还看到两匹马出现在山路的上头。能看到后面那匹马的马首了，藏在马屁股后面的，应该便是重庆。秀雅如释重负，长长地舒了一口气，泪水汹涌而出像瀑布一样挂在脸上。但她没有迎上去，未等看到马的屁股，便跑回屋里，手忙脚乱地要把饭菜重新烧热。不娇的媳妇不美，不热的饭菜不香。秀雅用颤抖的手生了火，火焰跳起来了，红扑扑的，鲜活、温暖而安全，尚有余温的饭菜依然香喷喷的，跟刚刚做好的一样。只是，那水声，越来越响了，那瀑布仿佛就挂在耳朵里，挂在厨具上，挂在炒菜的铲子上，把灶台的碗震得阵阵颤动。八哥飞到秀雅面前，使劲地说：

"重庆回来啦。"秀雅有些害羞地说："知道啦，你能不能说点别的？"但八哥真的说不了别的，它就只会说一句话。它怕秀雅听不懂，不断地反复说"重庆回来啦"，一次比一次急促，一次比一次清晰。秀雅不耐烦了："我都说知道啦。"赏八哥一把米饭，八哥不吃，还在一个劲地提醒她"重庆回来啦"。秀雅索性不理它，专心致志做饭。

秀雅系着围裙，卷起衣袖，像一个面对一群饿汉的厨师，手脚异常熟练、麻利，你看她有板有眼的动作和焦灼的表情，就知道她还在想着上次忘记给重庆做饭的事。秀雅早就向自己保证过，那样的错误决不准犯第二次了。

图书在版编目（CIP）数据

陪夜 / 朱山坡著 . —济南：济南出版社，2019.7
（2024.3 重印）
（文学新势力 / 张清华，邱华栋主编）
ISBN 978-7-5488-3978-1

Ⅰ.①陪… Ⅱ.①朱… Ⅲ.①短篇小说—小说集—中
国—当代 Ⅳ.① I247.7

中国版本图书馆 CIP 数据核字（2019）第 156321 号

出 版 人	谢金岭
责任编辑	宋 涛 戴 月
封面设计	璞 间

出版发行	济南出版社
地　　址	山东省济南市二环南路 1 号
邮　　编	250002
印　　刷	山东百润本色印刷有限公司
版　　次	2019 年 7 月第 1 版
印　　次	2024 年 3 月第 3 次印刷
成品尺寸	145 mm × 210 mm　32 开
印　　张	9.875
字　　数	180 千
定　　价	69.80 元

（济南版图书，如有印装错误，请与出版社联系调换。联系电话：0531-86131736）